MARCEL PROUST

A LA RECHERCHE DU TEMPS PERDU

TOME V

SODOME
ET GOMORRHE
II

VINGT ET UNIÈME ÉDITION

I0562328

40806

PARIS
ÉDITIONS DE LA
NOUVELLE REVUE FRANÇAISE
3, RUE DE GRENELLE. 1922

SODOME ET GOMORRHE

II

ÉDITIONS DE LA NOUVELLE REVUE
FRANÇAISE

ŒUVRES DE MARCEL PROUST

MARCEL PROUST

A LA RECHERCHE DU
TEMPS PERDU

TOME V

SODOME
ET GOMORRHE

II

*

VINGT ET UNIÈME ÉDITION

PARIS
ÉDITIONS DE LA
NOUVELLE REVUE FRANÇAISE
3, RUE DE GRENELLE. 1922

SODOME ET GOMORRHE II

CHAPITRE PREMIER

Comme je n'étais pas pressé d'arriver à cette soirée des Guermantes où je n'étais pas certain d'être invité, je restais oisif dehors ; mais le jour d'été ne semblait pas avoir plus de hâte que moi à bouger. Bien qu'il fût plus de neuf heures, c'était lui encore qui sur la place de la Concorde donnait à l'obélisque de Louqsor un air de nougat rose. Puis il en modifia la teinte et le changea en une matière métallique de sorte que l'obélisque ne devint pas seulement plus précieux, mais sembla aminci et presque flexible. On s'imaginait qu'on aurait pu tordre, qu'on avait peut-être déjà légèrement faussé ce bijou. La lune était maintenant dans le ciel comme un quartier d'orange pelé délicate-

ment quoique un peu entamé. Mais elle devait plus
tard être faite de l'or le plus résistant. Blottie toute
seule derrière elle, une pauvre petite étoile allait
servir d'unique compagne à la lune solitaire, tandis
que celle-ci, tout en protégeant son amie, mais plus
hardie et allant de l'avant, brandirait comme une
arme irrésistible, comme un symbole oriental, son
ample et merveilleux croissant d'or.

Devant l'hôtel de la princesse de Guermantes,
je rencontrai le duc de Châtellerault ; je ne me
rappelais plus qu'une demi-heure auparavant me
persécutait encore la crainte — laquelle allait du
reste bientôt me ressaisir — de venir sans avoir
été invité. On s'inquiète, et c'est parfois longtemps
après l'heure du danger, oubliée grâce à la distrac-
tion, que l'on se souvient de son inquiétude. Je
dis bonjour au jeune duc et pénétrai dans l'hôtel.
Mais ici il faut d'abord que je note une circonstance minime, laquelle permettra de comprendre un
fait qui suivra bientôt.

Il y avait quelqu'un qui, ce soir-là comme les
précédents, pensait beaucoup au duc de Châtellerault, sans soupçonner du reste qui il était :
c'était l'huissier (qu'on appelait dans ce temps-là
« l'aboyeur ») de Mme de Guermantes. M. de Châtellerault, bien loin d'être un des intimes —
comme il était l'un des cousins — de la princesse,
était reçu dans son salon pour la première fois.
Ses parents, brouillés avec elle depuis dix ans,
s'étaient réconciliés depuis quinze jours, et forcés
d'être ce soir absents de Paris, avaient chargé
leur fils de les représenter. Or, quelques jours
auparavant, l'huissier de la princesse avait rencontré dans les Champs-Élysées un jeune homme

qu'il avait trouvé charmant mais dont il n'avait pu arriver à établir l'identité. Non que le jeune homme ne se fut montré aussi aimable que généreux. Toutes les faveurs que l'huissier s'était figuré avoir à accorder à un monsieur si jeune, il les avait au contraire reçues. Mais M. de Châtellerault était aussi froussard qu'imprudent ; il était d'autant plus décidé à ne pas dévoiler son incognito qu'il ignorait à qui il avait à faire ; il aurait eu une peur bien plus grande — quoique mal fondée — s'il l'avait su. Il s'était borné à se faire passer pour un Anglais et à toutes les questions passionnées de l'huissier, désireux de retrouver quelqu'un à qui il devait tant de plaisir et de largesses, le duc s'était borné à répondre, tout le long de l'avenue Gabriel : « — *I do not speak french.* »

Bien que, malgré tout — à cause de l'origine maternelle de son cousin — le duc de Guermantes affectât de trouver un rien de Courvoisier dans le salon de la princesse de Guermantes-Bavière, on jugeait généralement l'esprit d'initiative et la supériorité intellectuelle de cette dame d'après une innovation qu'on ne rencontrait nulle part ailleurs dans ce milieu. Après le dîner, et quelle que fût l'importance du raout qui devait suivre, les sièges, chez la princesse de Guermantes, se trouvaient disposés de telle façon qu'on formait de petits groupes, qui, au besoin, se tournaient le dos. La princesse marquait alors son sens social, en allant s'asseoir, comme par préférence, dans l'un d'eux. Elle ne craignait pas du reste d'élire et d'attirer le membre d'un autre groupe. Si, par exemple, elle avait fait remarquer à M. Detaille, lequel avait naturellement acquiescé, combien Mme de Villemur, que sa

9

placé dans un autre groupe faisait voir de dos, possédait un joli cou, la princesse n'hésitait pas à élever la voix : « — Madame de Villemur, M. Detaille, en grand peintre qu'il est, est en train d'admirer votre cou. » Mme de Villemur sentait là une invite directe à la conversation ; avec l'adresse que donne l'habitude du cheval, elle faisait lentement pivoter sa chaise selon un arc de trois quarts de cercle et sans déranger en rien ses voisins, faisait presque face à la princesse. « — Vous ne connaissez pas M. Detaille ? demandait la maîtresse de maison, à qui l'habile et pudique conversion de son invitée ne suffisait pas » « — Je ne le connais pas, mais je connais ses œuvres », répondait Mme de Villemur, d'un air respectueux, engageant, et avec un à-propos que beaucoup enviaient, tout en adressant au célèbre peintre, que l'interpellation n'avait pas suffi à lui présenter d'une manière formelle, un imperceptible salut : « — Venez, monsieur Detaille, disait la princesse, je vais vous présenter à Mme de Villemur ». Celle-ci mettait alors autant d'ingéniosité à faire une place à l'auteur du *Rêve* que tout à l'heure à se tourner vers lui. Et la princesse s'avançait une chaise pour elle-même ; elle n'avait en effet interpellé Mme de Villemur que pour avoir un prétexte de quitter le premier groupe où elle avait passé les dix minutes de règle, et d'accorder une durée égale de présence au second. En trois quarts d'heure, tous les groupes avaient reçu sa visite, laquelle semblait n'avoir été guidée chaque fois que par l'improviste et les prédilections, mais avait surtout pour but de mettre en relief avec quel naturel « une grande dame sait recevoir ». Mais maintenant les invités de la soirée commençaient d'arriver et la maîtresse de maison s'était assise non loin de l'entrée — droite et fière, dans sa majesté quasi royale, les yeux flambant par leur incandescence propre, — entre deux altesses sans beauté et l'ambassadrice d'Espagne.

Je faisais la queue derrière quelques invités arrivés plus tôt que moi. J'avais en face de moi la princesse de laquelle la beauté ne me fait pas seule sans doute, entre tant d'autres, souvenir de cette fête-là. Mais ce visage de la maîtresse de maison était si parfait, était frappé comme une si belle médaille, qu'il a gardé pour moi une vertu commémorative. La princesse avait l'habitude de dire à ses invités, quand elle les rencontrait quelques jours avant une de ses soirées : « Vous viendrez, n'est-ce pas ? » comme si elle avait un grand désir de causer avec eux. Mais comme au contraire, elle n'avait à leur parler de rien, dès qu'ils arrivaient devant elle, elle se contentait, sans se lever, d'interrompre un instant sa vaine conversation avec les deux altesses et l'ambassadrice et de remercier en disant : « C'est gentil d'être venu », non qu'elle trouvât que l'invité eût fait preuve de gentillesse en venant, mais pour accroître encore la sienne ; puis aussitôt le rejetant à la rivière, elle ajoutait : « Vous trouverez M. de Guermantes à l'entrée des jardins », de sorte qu'on partait visiter et qu'on la laissait tranquille. A certains même, elle ne disait rien, se contentant de leur montrer ses admirables yeux d'onyx, comme si on était venu seulement à une exposition de pierres précieuses.

La première personne à passer avant moi était le duc de Châtellerault.

Ayant à répondre à tous les sourires, à tous les

bonjours de la main, qui lui venaient du salon, il n'avait pas aperçu l'huissier. Mais dès le premier instant l'huissier l'avait reconnu. Cette identité qu'il avait tant désiré d'apprendre, dans un instant il allait la connaître. En demandant à son « Anglais » de l'avant-veille quel nom il devait annoncer, l'huissier n'était pas seulement ému, il se jugeait indiscret, indélicat. Il lui semblait qu'il allait révéler à tout le monde (qui pourtant ne se douterait de rien) un secret qu'il était coupable de surprendre de la sorte et d'étaler publiquement. En entendant la réponse de l'invité : « Le duc de Châtellerault », il se sentit troublé d'un tel orgueil qu'il resta un instant muet. Le duc le regarda, le reconnut, se vit perdu, cependant que le domestique, qui s'était ressaisi et connaissait assez son armorial pour compléter de lui-même une appellation trop modeste, hurlait avec l'énergie professionnelle qui se veloutait d'une tendresse intime : « Son Altesse Monseigneur le duc de Châtellerault ! » Mais c'était maintenant mon tour d'être annoncé. Absorbé dans la contemplation de la maîtresse de maison qui ne m'avait pas encore vu, je n'avais pas songé aux fonctions terribles pour moi — quoique d'une autre façon que pour M. de Châtellerault — de cet huissier habillé de noir comme un bourreau, entouré d'une troupe de valets aux livrées les plus riantes, solides gaillards prêts à s'emparer d'un intrus et à le mettre à la porte. L'huissier me demanda mon nom, je le lui dis aussi machinalement que le condamné à mort se laisse attacher au billot. Il leva aussitôt majestueusement la tête et, avant que j'eusse pu le prier de m'annoncer à mi-voix pour ménager

12

mon amour-propre si je n'étais pas invité, et celui
de la princesse de Guermantes si je l'étais, il hurla
les syllabes inquiétantes avec une force capable
d'ébranler la voûte de l'hôtel.

L'illustre Huxley (celui dont le neveu occupe
actuellement une place prépondérante dans le monde
de la littérature anglaise) raconte qu'une de ses
malades n'osait plus aller dans le monde parce que
souvent, dans le fauteuil même qu'on lui indiquait
d'un geste courtois, elle voyait assis un vieux monsieur. Elle était bien certaine que, soit le geste
inviteur, soit la présence du vieux monsieur, était
une hallucination, car on ne lui aurait pas ainsi
désigné un fauteuil déjà occupé ! Et quand Huxley,
pour la guérir, la força à retourner en soirée, elle eut
un instant de pénible hésitation en se demandant
si le signe aimable qu'on lui faisait était la chose
réelle, ou si, pour obéir à une vision inexistante,
elle allait en public s'asseoir sur les genoux d'un
monsieur en chair et en os. Sa brève incertitude
fut cruelle. Moins peut-être que la mienne. A partir
du moment où j'avais perçu le grondement de mon
nom, comme le bruit préalable d'un cataclysme
possible, je dus, pour plaider en tous cas ma bonne
foi et comme si je n'étais tourmenté d'aucun doute,
m'avancer vers la princesse d'un air résolu.

Elle m'aperçut comme j'étais à quelques pas
d'elle et, ce qui ne me laissa plus douter que j'avais
été victime d'une machination, au lieu de rester
assise comme pour les autres invités, elle se leva,
vint à moi. Une seconde après, je pus pousser le
soupir de soulagement de la malade d'Huxley,
quand ayant pris le parti de s'asseoir dans le fauteuil, elle le trouva libre et comprit que c'était le

13

vieux monsieur qui était une hallucination. La princesse venait de me tendre la main en souriant.
Elle resta quelques instants debout avec le genre
de grâce particulier à la stance de Malherbe qui finit
ainsi :

Et pour leur faire honneur les Anges se lever.

Elle s'excusa de ce que la duchesse ne fut pas
encore arrivée comme si je devais m'ennuyer sans
elle. Pour me dire ce bonjour, elle exécuta autour
de moi, en me tenant la main, un tournoiement
plein de grâce, dans le tourbillon duquel je me
sentais emporté. Je m'attendais presque à ce qu'elle
me remît alors, telle une conductrice de cotillon,
une canne à bec d'ivoire, ou une montre-bracelet.
Elle ne me donna à vrai dire rien de tout cela,
et comme si au lieu de danser le boston elle avait
plutôt écouté un sacro-saint quatuor de Beethoven
dont elle eût craint de troubler les sublimes accents,
elle arrêta là la conversation, ou plutôt ne la commença pas et radieuse encore de m'avoir vu entrer,
me fit part seulement de l'endroit où se trouvait le
prince.

Je m'éloignai d'elle et n'osai plus m'en rapprocher, sentant qu'elle n'avait absolument rien à me
dire et que dans son immense bonne volonté, cette
femme merveilleusement haute et belle, noble comme
l'étaient tant de grandes dames qui montèrent si
fièrement à l'échafaud, n'aurait pu, faute d'oser
m'offrir de l'eau de mélisse, que me répéter ce qu'elle
m'avait déjà dit deux fois : « Vous trouverez le
prince dans le jardin ». Or, aller auprès du prince,
c'était sentir renaître sous une autre forme mes
doutes.

14

SODOME ET GOMORRHE

En tous cas fallait-il trouver quelqu'un qui me présentât. On entendait, dominant toutes les conversations, l'intarissable jacassement de M. de Charlus, lequel causait avec S. E. le duc de Sidonia, dont il venait de faire la connaissance. De profession à profession, on se devine, et de vice à vice aussi. M. de Charlus et M. de Sidonia avaient chacun immédiatement flairé celui de l'autre, et qui, pour tous les deux, était dans le monde d'être monologuistes, au point de ne pouvoir souffrir aucune interruption. Ayant jugé tout de suite que le mal était sans remède, comme dit un célèbre sonnet, ils avaient pris la détermination, non de se taire, mais de parler chacun sans s'occuper de ce que dirait l'autre. Cela avait réalisé ce bruit confus, produit dans les comédies de Molière par plusieurs personnes qui disent ensemble des choses différentes. Le baron, avec sa voix éclatante était du reste certain d'avoir le dessus, de couvrir la voix faible de M. de Sidonia ; sans décourager ce dernier pourtant car, lorsque M. de Charlus reprenait un instant haleine, l'intervalle était rempli par le susurrement du grand d'Espagne qui avait continué imperturbablement son discours. J'aurais bien demandé à M. de Charlus de me présenter au prince de Guermantes, mais je craignais (avec trop de raison) qu'il ne fut fâché contre moi. J'avais agi envers lui de la façon la plus ingrate en laissant pour la seconde fois tomber ses offres et en ne lui donnant pas signe de vie depuis le soir où il m'avait si affectueusement reconduit à la maison. Et pourtant je n'avais nullement comme excuse anticipée la scène que je venais de voir, cet après-midi même, se passer entre Jupien et lui. Je ne soupçonnais rien de pareil. Il est vrai que peu

15

de temps auparavant, comme mes parents me re-
prochaient ma paresse et de n'avoir pas encore pris
la peine d'écrire un mot à M. de Charlus, je leur
avais violemment reproché de vouloir me faire
accepter des propositions déshonnêtes. Mais seuls,
la colère, le désir de trouver la phrase qui pouvait
leur être le plus désagréable m'avaient dicté cette
réponse mensongère. En réalité, je n'avais rien
imaginé de sensuel, ni même de sentimental, sous
les offres du baron. J'avais dit cela à mes parents
comme une folie pure. Mais quelquefois l'avenir
habite en nous sans que nous le sachions, et nos
paroles qui croient mentir dessinent une réalité
prochaine.

M. de Charlus m'eût sans doute pardonné mon
manque de reconnaissance. Mais ce qui le rendait
furieux, c'est que ma présence ce soir chez la princesse de Guermantes, comme depuis quelque temps
chez sa cousine, paraissait narguer la déclaration
solennelle : « On n'entre dans ces salons-là que par
moi ». Faute grave, crime peut-être inexpiable,
je n'avais pas suivi la voie hiérarchique. M. de
Charlus savait bien que les tonnerres qu'il brandis-
sait contre ceux qui ne se pliaient pas à ses ordres,
ou qu'il avait pris en haine, commençaient à passer,
selon beaucoup de gens, quelque rage qu'il y mît,
pour des tonnerres en carton, et n'avaient plus la
force de chasser n'importe qui de n'importe où.
Mais, peut-être croyait-il que son pouvoir amoindri,
grand encore, restait intact aux yeux des novices
tels que moi. Aussi ne le jugeai-je pas très bien choisi
pour lui demander un service dans une fête où ma
présence seule semblait un ironique démenti à ses
prétentions.

16

SODOME ET GOMORRHE

Je fus à ce moment arrêté par un homme assez vulgaire, le professeur E... Il avait été surpris de m'apercevoir chez les Guermantes. Je ne l'étais pas moins de l'y trouver car jamais on n'avait vu, et on ne vit dans la suite, chez la princesse, un personnage de sa sorte. Il venait de guérir le prince, déjà administré, d'une pneumonie infectieuse, et la reconnaissance toute particulière qu'en avait pour lui Mme de Guermantes était cause qu'on avait rompu avec les usages et qu'on l'avait invité. Comme il ne connaissait absolument personne dans ces salons et ne pouvait y rôder indéfiniment seul, comme un ministre de la mort, m'ayant reconnu, il s'était senti, pour la première fois de sa vie, une infinité de choses à me dire, ce qui lui permettait de prendre une contenance, et c'était une des raisons pour lesquelles il s'était avancé vers moi. Il y en avait une autre. Il attachait beaucoup d'importance à ne jamais faire d'erreur de diagnostic. Or son courrier était si nombreux qu'il ne se rappelait pas toujours très bien, quand il n'avait vu qu'une fois un malade, si la maladie avait bien suivi le cours qu'il lui avait assigné. On n'a peut-être pas oublié qu'au moment de l'attaque de ma grand'mère, je l'avais conduite chez lui, le soir où il se faisait coudre tant de décorations. Depuis le temps écoulé, il ne se rappelait plus le faire-part qu'on lui avait envoyé à l'époque. « — Madame votre grand'mère est bien morte n'est-ce pas ? me dit-il d'une voix où une quasi-certitude calmait une légère appréhension. Ah ! En effet ! Du reste dès la première minute où je l'ai vue, mon pronostic avait été tout à fait sombre, je me souviens très bien. »

17

C'est ainsi que le professeur E... apprit ou rapprit la mort de ma grand'mère, et je dois le dire à sa louange, qui est celle du corps médical tout entier, sans manifester, sans éprouver peut-être de satisfaction. Les erreurs des médecins sont innombrables. Ils pèchent d'habitude par optimisme quant au régime, par pessimisme quant au dénouement. « Du vin ? en quantité modérée, cela ne peut vous faire du mal, c'est en somme un tonifiant... Le plaisir physique ? après tout c'est une fonction. Je vous le permets sans abus, vous m'entendez bien. L'excès en tout est un défaut. » Du coup quelle tentation pour le malade de renoncer à ces deux résurrecteurs, l'eau et la chasteté. En revanche si l'on a quelque chose au cœur, de l'albumine, etc., on n'en a pas pour longtemps. Volontiers, des troubles graves mais fonctionnels, sont attribués à un cancer imaginé. Il est inutile de continuer des visites qui ne sauraient enrayer un mal inéluctable. Que le malade livré à lui-même s'impose alors un régime implacable, et ensuite guérisse ou tout au moins survive, le médecin, salué par lui avenue de l'Opéra, quand il le croyait depuis longtemps au Père-Lachaise, verra dans ce coup de chapeau un geste de narquoise insolence. Une innocente promenade effectuée à son nez et à sa barbe ne causerait pas plus de colère au président d'Assises qui, deux ans auparavant, a prononcé contre le badaud, qui semble sans crainte, une condamnation à mort. Les médecins (il ne s'agit pas de tous bien entendu et nous n'omettons pas, mentalement, d'admirables exceptions), sont en général plus mécontents, plus irrités de l'infirmation de leur verdict que joyeux de son exécution. C'est ce qui explique que le professeur E...

quelque satisfaction intellectuelle qu'il ressentît sans doute à voir qu'il ne s'était pas trompé, sut ne me parler que tristement du malheur qui nous avait frappés. Il ne tenait pas à abréger la conversation, qui lui fournissait une contenance et une raison de rester. Il me parla de la grande chaleur qu'il faisait ces jours-ci, mais, bien qu'il fût lettré et eût pu s'exprimer en bon français, il me dit : « — Vous ne souffrez pas de cette hyperthermie ? » C'est que la médecine a fait quelques petits progrès dans ses connaissances depuis Molière, mais aucun dans son vocabulaire. Mon interlocuteur ajouta : « — Ce qu'il faut, c'est éviter les sudations que cause, surtout dans les salons surchauffés, un temps pareil. Vous pouvez y remédier, quand vous rentrez et avez envie de boire, par la chaleur » (ce qui signifie évidemment des boissons chaudes).

À cause de la façon dont était morte ma grand'mère, le sujet m'intéressait et j'avais lu récemment dans un livre d'un grand savant que la transpiration était nuisible aux reins, en faisant passer par la peau ce dont l'issue est ailleurs. Je déplorais ces temps de canicule par lesquels ma grand'mère était morte et n'étais pas loin de les incriminer. Je n'en parlai pas au docteur E... mais de lui-même il me dit : « — L'avantage de ces temps très chauds, où la transpiration est très abondante, c'est que le rein en est soulagé d'autant. » La médecine n'est pas une science exacte.

Accroché à moi le professeur E... ne demandait qu'à ne pas me quitter. Mais je venais d'apercevoir, faisant à la princesse de Guermantes de grandes révérences de droite et de gauche, après avoir reculé d'un pas, le marquis de Vaugoubert. M. de

A LA RECHERCHE DU TEMPS PERDU

Norpois m'avait dernièrement fait faire sa connaissance et j'espérais que je trouverais en lui quelqu'un qui fût capable de me présenter au maître de maison. Les proportions de cet ouvrage ne me permettent pas d'expliquer ici à la suite de quels incidents de jeunesse M. de Vaugoubert était un des seuls hommes du monde (peut-être le seul) qui se trouvât, ce qu'on appelle à Sodome être « en confidences » avec M. de Charlus. Mais si notre ministre auprès du roi Théodose, avait quelques-uns des mêmes défauts que le baron, ce n'était qu'à l'état de bien pâle reflet. C'était seulement sous une forme infiniment adoucie, sentimentale et niaise qu'il présentait ces alternances de sympathie et de haine par où le désir de charmer, et ensuite la crainte — également imaginaire — d'être, sinon méprisé, du moins découvert, faisait passer le baron. Rendues ridicules par une chasteté, un « platonisme », (auxquels en grand ambitieux il avait, dès l'âge du concours, sacrifié tout plaisir), par sa nullité intellectuelle surtout, ces alternances, M. de Vaugoubert les présentait pourtant. Mais tandis que chez M. de Charlus les louanges immodérées étaient clamées avec un véritable éclat d'éloquence, et assaisonnées des plus fines, des plus mordantes railleries et qui marquaient un homme à jamais, chez M. de Vaugoubert au contraire, la sympathie était exprimée avec la banalité d'un homme de dernier ordre, d'un homme du grand monde, et d'un fonctionnaire, les griefs (forgés généralement de toutes pièces comme chez le baron) par une malveillance sans trêve mais sans esprit et qui choquait d'autant plus qu'elle était d'habitude en contradiction avec les propos que le ministre avait tenus six mois

avant et tiendrait peut-être à nouveau dans quelque
temps : régularité dans le changement qui donnait
une poésie presque astronomique aux diverses
phases de la vie de M. de Vaugoubert, bien que
sans cela personne moins que lui ne fît penser à un
astre.

Le bonsoir qu'il me rendit n'avait rien de celui
qu'aurait eu M. de Charlus. A ce bonsoir M. de
Vaugoubert, outre les mille façons qu'il croyait
celles du monde et de la diplomatie, donnait un
air cavalier, fringant, souriant pour sembler d'une
part ravi de l'existence — alors qu'il remâchait
intérieurement les déboires d'une carrière sans
avancement et menacée d'une mise à la retraite,
— d'autre part jeune, viril et charmant, alors qu'il
voyait et n'osait même plus aller regarder dans
sa glace, les rides se figer aux entours d'un visage
qu'il eût voulu garder plein de séductions. Ce n'est
pas qu'il eût souhaité des conquêtes effectives dont
la seule pensée lui faisait peur à cause du qu'en-
dira-t-on, des éclats, des chantages. Ayant passé
d'une débauche presque infantile à la continence
absolue datant du jour où il avait pensé au quai
d'Orsay et voulu faire une grande carrière, il avait
l'air d'une bête en cage, jetant dans tous les sens des
regards qui exprimaient la peur, l'appétence et la
stupidité. La sienne était telle qu'il ne réfléchissait
pas que les voyous de son adolescence n'étaient plus
des gamins et que quand un marchand de journaux
lui criait en plein nez : *La Presse !* plus encore que de
désir il frémissait d'épouvante se croyant reconnu
et dépisté.

Mais à défaut des plaisirs sacrifiés à l'ingratitude du quai d'Orsay, M. de Vaugoubert — et c'est

21

pour cela qu'il aurait voulu plaire encore, avait de brusques élans de cœur. Dieu sait de combien de lettres il assommait le ministère (quelles ruses personnelles il déployait, combien de prélèvements il opérait sur le crédit de Mme de Vaugoubert qu'à cause de sa corpulence, de sa haute naissance, de son air masculin, et surtout à cause de la médiocrité du mari, on croyait douée de capacités éminentes et remplissant les vraies fonctions de ministre), pour faire entrer sans aucune raison valable un jeune homme dénué de tout mérite, dans le personnel de la légation. Il est vrai que quelques mois, quelques années après, pour peu que l'insignifiant attaché parût, sans l'ombre d'une mauvaise intention, avoir donné des marques de froideur à son chef, celui-ci se croyant méprisé ou trahi mettait la même ardeur hystérique à le punir que jadis à le combler. Il remuait ciel et terre pour qu'on le rappelât et le directeur des Affaires Politiques recevait journellement une lettre : « Qu'attendez-vous pour me débarrasser de ce lascar-là. Dressez-le un peu dans son intérêt. Ce dont il a besoin c'est de manger un peu de vache enragée. » Le poste d'attaché auprès du roi Théodose était à cause de cela peu agréable. Mais pour tout le reste, grâce à son parfait bon sens d'homme du monde, M. de Vaugoubert était un des meilleurs agents du Gouvernement français à l'étranger. Quand un homme prétendu supérieur, jacobin, qui était savant en toutes choses, le remplaça plus tard, la guerre ne tarda pas à éclater entre la France et le pays dans lequel régnait le roi.

M. de Vaugoubert comme M. de Charlus n'aimait pas dire bonjour le premier. L'un et l'autre préféraient « répondre », craignant toujours les potins que celui auquel ils eussent sans cela tendu la main avait pu entendre sur leur compte depuis qu'ils ne l'avaient vu. Pour moi, M. de Vaugoubert n'eut pas à se poser la question, j'étais en effet allé le saluer le premier, ne fût-ce qu'à cause de la différence d'âge. Il me répondit d'un air émerveillé et ravi, ses deux yeux continuant à s'agiter comme s'il y avait eu de la luzerne défendue à brouter de chaque côté. Je pensai qu'il était convenable de solliciter de lui ma présentation à Mme de Vaugoubert, avant celle au prince dont je comptais ne lui parler qu'ensuite. L'idée de me mettre en rapports avec sa femme parut le remplir de joie pour lui comme pour elle et il me mena d'un pas délibéré vers la marquise. Arrivé devant elle et me désignant de la main et des yeux, avec toutes les marques de considération possibles, il resta néanmoins muet et se retira au bout de quelques secondes, d'un air frétillant, pour me laisser seul avec sa femme. Celle-ci m'avait aussitôt tendu la main, mais sans savoir à qui cette marque d'amabilité s'adressait, car je compris que M. de Vaugoubert avait oublié comment je m'appelais, peut-être même ne m'avait pas reconnu, et n'ayant pas voulu, par politesse, me l'avouer avait fait consister la présentation en une simple pantomime. Aussi je n'étais pas plus avancé ; comment me faire présenter au maître de la maison par une femme qui ne savait pas mon nom. De plus, je me voyais forcé de causer quelques instants avec Mme de Vaugoubert. Et cela m'ennuyait à deux points de vue. Je ne tenais pas à m'éterniser dans cette fête car j'avais convenu avec Albertine (je lui avais

donné une loge pour *Phèdre)* qu'elle viendrait me
voir un peu avant minuit. Certes je n'étais nullement épris d'elle ; j'obéissais en la faisant venir ce
soir à un désir tout sensuel, bien qu'on fut à cette
époque torride de l'année où la sensualité libérée
visite plus volontiers les organes du goût, recherche
surtout la fraîcheur. Plus que du baiser d'une jeune
fille, elle a soif d'une orangeade, d'un bain, voire
de contempler cette lune épluchée et juteuse qui
désaltérait le ciel. Mais pourtant je comptais me
débarrasser aux côtés d'Albertine — laquelle du
reste me rappelait la fraîcheur du flot — des regrets
que ne manqueraient pas de me laisser bien des
visages charmants (car c'était aussi bien une soirée
de jeunes filles que de dames que donnait la princesse. D'autre part, celui de l'imposante Mme de
Vaugoubert, bourbonien et morose, n'avait rien
d'attrayant).

On disait au ministère, sans y mettre ombre de
malice, que dans le ménage, c'était le mari qui
portait les jupes et la femme les culottes. Or il y
avait plus de vérité là-dedans qu'on ne le croyait.
Mme de Vaugoubert, c'était un homme. Avait-
elle toujours été ainsi, ou était-elle devenue ce que
je la voyais, peu importe, car dans l'un et l'autre
cas on a affaire à l'un des plus touchants miracles
de la nature et qui, le second surtout, font ressembler le règne humain au règne des fleurs. Dans la
première hypothèse, — si la future Mme de Vaugoubert avait toujours été aussi lourdement hom-
masse — la nature, par une ruse diabolique et bien-
faisante, donne à la jeune fille l'aspect trompeur
d'un homme. Et l'adolescent qui n'aime pas les
femmes et veut guérir trouve avec joie ce subter-

fuge de découvrir une fiancée qui lui représente un fort aux halles. Dans le cas contraire, si la femme n'a d'abord pas les caractères masculins, elle les prend peu à peu, pour plaire à son mari, même inconsciemment, par cette sorte de mimétisme qui fait que certaines fleurs se donnent l'apparence des insectes qu'elles veulent attirer. Le regret de ne pas être aimée, de ne pas être homme la virilise. Même en dehors du cas qui nous occupe, qui n'a remarqué combien les couples les plus normaux finissent par se ressembler, quelquefois même par interchanger leurs qualités. Un ancien chancelier allemand, le prince de Bulow avait épousé une Italienne. A la longue, sur le Pincio, on remarqua combien l'époux germanique avait pris de finesse italienne, et la princesse italienne de rudesse allemande. Pour sortir jusqu'à un point excentrique des lois que nous traçons, chacun connaît un éminent diplomate français, dont l'origine n'était rappelée que par son nom, un des plus illustres de l'Orient. En mûrissant, en vieillissant, s'est révélé en lui l'oriental qu'on n'avait jamais soupçonné, et en le voyant on regrette l'absence du fez qui le compléterait.

Pour en revenir à des mœurs fort ignorées de l'ambassadeur dont nous venons d'évoquer la silhouette ancestralement épaissie, Mme de Vaugoubert réalisait le type acquis ou prédestiné, dont l'image immortelle est la Princesse Palatine, toujours en habit de cheval, et ayant pris de son mari plus que la virilité, épousant les défauts des hommes qui n'aiment pas les femmes, dénonce dans ses lettres de commère, les relations qu'ont entre eux tous les grands seigneurs de la cour de Louis XIV. Une des causes qui ajoutent encore à l'air masculin des femmes telles que Mme de Vaugoubert est que l'abandon où elles sont laissées par leur mari, la honte qu'elles en éprouvent, flétrissent peu à peu chez elles tout ce qui est de la femme. Elles finissent par prendre les qualités et les défauts que le mari n'a pas. Au fur et à mesure qu'il est plus frivole, plus efféminé, plus indiscret, elles deviennent comme l'effigie sans charme des vertus que l'époux devrait pratiquer.

Des traces d'opprobre, d'ennui, d'indignation, ternissaient le visage régulier de Mme de Vaugoubert. Hélas, je sentais qu'elle me considérait avec intérêt et curiosité comme un de ces jeunes hommes qui plaisaient à M. de Vaugoubert et qu'elle aurait tant voulu être, maintenant que son mari vieillissant préférait la jeunesse. Elle me regardait avec l'attention de ces personnes de province qui dans un catalogue de magasin de nouveautés copient la robe tailleur si seyante à la jolie personne dessinée (en réalité la même à toutes les pages, mais multipliée illusoirement en créatures différentes grâce à la différence des poses et à la variété des toilettes). L'attrait végétal qui poussait vers moi Mme de Vaugoubert était si fort qu'elle alla jusqu'à m'empoigner le bras pour que je la conduisisse boire un verre d'orangeade. Mais je me dégageai en alléguant que moi qui allais bientôt partir, je ne m'étais pas fait présenter encore au maître de la maison.

La distance qui me séparait de l'entrée des jardins où il causait avec quelques personnes n'était pas bien grande. Mais elle me faisait plus peur que si pour la franchir, il eût fallu s'exposer à un feu continu.

Beaucoup de femmes par qui il me semblait

que j'eusse pu me faire présenter étaient dans le
jardin où, tout en feignant une admiration exaltée,
elles ne savaient pas trop que faire. Les fêtes de ce
genre sont en général anticipées. Elles n'ont guère
de réalité que le lendemain où elles occupent l'attention des personnes qui n'ont pas été invitées. Un
véritable écrivain, dépourvu du sot amour-propre
de tant de gens de lettres, si, lisant l'article d'un
critique qui lui a toujours témoigné la plus grande
admiration, il voit cités les noms d'auteurs médiocres mais pas le sien, n'a pas le loisir de s'arrêter
à ce qui pourrait être pour lui un sujet d'étonnement :
ses livres le réclament. Mais une femme du monde
n'a rien à faire et en voyant dans le *Figaro* : « Hier
le prince et la princesse de Guermantes ont donné
une grande soirée, etc. », elle s'exclame : « Comment ! j'ai, il y a trois jours, causé une heure avec
Marie Gilbert sans qu'elle m'en dise rien ! » et elle
se casse la tête pour savoir ce qu'elle a pu faire aux
Guermantes. Il faut dire qu'en ce qui concernait
les fêtes de la princesse, l'étonnement était quelquefois aussi grand chez les invités que chez ceux qui
ne l'étaient pas. Car elles explosaient au moment où
on les attendait le moins, et faisaient appel à des
gens que Mme de Guermantes avait oubliés pendant
des années. Et presque tous les gens du monde sont
si insignifiants que chacun de leurs pareils ne prend,
pour les juger, que la mesure de leur amabilité,
invités les chérit, exclus les déteste. Pour ces derniers
si, en effet, souvent la princesse, même s'ils étaient
de ses amis, ne les conviait pas, cela tenait souvent
à sa crainte de mécontenter « Palamède » qui les
avait excommuniés. Aussi pouvais-je être certain
qu'elle n'avait pas parlé de moi à M. de Charlus,

sans quoi je ne me fusse pas trouvé là. Il s'était maintenant accoudé devant le jardin, à côté de l'ambassadeur d'Allemagne, à la rampe du grand escalier qui ramenait dans l'hôtel, de sorte que les invités, malgré les trois ou quatre admiratrices qui s'étaient groupées autour du baron et le masquaient presque, étaient forcés de venir lui dire bonsoir. Il y répondait en nommant les gens par leur nôm. Et on entendait successivement : « Bonsoir, monsieur du Hazay, bonsoir madame de la Tour du Pin-Verclause, bonsoir madame de la Tour du Pin-Gouvernet, bonsoir, Philibert, bonsoir, ma chère Ambassadrice, etc. ». Cela faisait un glapissement continu qu'interrompaient des recommandations bénévoles ou des questions (desquelles il n'écoutait pas la réponse), et que M. de Charlus adressait d'un ton radouci, factice afin de témoigner l'indifférence, et bénin : « Prenez garde que la petite n'ait pas froid, les jardins c'est toujours un peu humide. Bonsoir madame de Brantes. Bonsoir madame de Mecklembourg. Est-ce que la jeune fille est venue ? A-t-elle mis la ravissante robe rose ? Bonsoir, Saint-Géran ». Certes il y avait de l'orgueil dans cette attitude, M. de Charlus savait qu'il était un Guermantes occupant une place prépondérante dans cette fête. Mais il n'y avait pas que de l'orgueil, et ce mot même de fête évoquait pour l'homme aux dons esthétiques, le sens luxueux, curieux, qu'il peut avoir si cette fête est donnée non chez des gens du monde, mais dans un tableau de Carpaccio ou de Véronèse. Il est même plus probable que le prince allemand qu'était M. de Charlus devait plutôt se représenter la fête qui se déroule dans *Tannhäuser*, et lui-même comme le Margrave, ayant à l'entrée de

28

la Warburg une bonne parole condescendante pour
chacun des invités, tandis que leur écoulement
dans le château ou le parc est salué par la longue
phrase, cent fois reprise, de la fameuse « Marche ».

Il fallait pourtant me décider. Je reconnaissais
bien sous les arbres des femmes avec qui j'étais
plus ou moins lié, mais elles semblaient transfor-
mées parce qu'elles étaient chez la princesse et non
chez sa cousine, et que je les voyais assises non
devant une assiette de Saxe, mais sous les branches
d'un marronnier. L'élégance du milieu n'y faisait
rien. Eût-elle été infiniment moindre que chez
« Oriane » le même trouble eût existé en moi. Que
l'électricité vienne à s'éteindre dans notre salon
et qu'on doive la remplacer par des lampes à huile,
tout nous paraît changé. Je fus tiré de mon incertitude par Mme de Souvré. « — Bonsoir, me dit-elle
en venant à moi. Y a-t-il longtemps que vous n'avez
vu la duchesse de Guermantes ? » Elle excellait
à donner à ce genre de phrases une intonation qui
prouvait qu'elle ne les débitait pas par bêtise pure
comme les gens qui, ne sachant pas de quoi parler,
vous abordent mille fois en citant une relation
commune, souvent très vague. Elle eut au contraire
un fin fil conducteur du regard qui signifiait : « Ne
croyez pas que je ne vous aie pas reconnue. Vous
êtes le jeune homme que j'ai vu chez la duchesse de
Guermantes. Je me rappelle très bien. » Malheureusement cette protection qu'étendait sur moi cette
phrase d'apparence stupide et d'intention délicate
était extrêmement fragile et s'évanouit aussitôt
que je voulus en user. Madame de Souvré avait
l'art, s'il s'agissait d'appuyer une sollicitation auprès
de quelqu'un de puissant, de paraître à la fois aux

yeux du solliciteur le recommander, et aux yeux du haut personnage ne pas recommander ce solliciteur, de manière que ce geste à double sens lui ouvrait un crédit de reconnaissance envers ce dernier sans lui créer aucun débit vis-à-vis de l'autre. Encouragé par la bonne grâce de cette dame à lui demander de me présenter à M. de Guermantes, elle profita d'un moment où les regards du maître de maison n'étaient pas tournés vers nous, me prit maternellement par les épaules et, souriant à la figure détournée du prince qui ne pouvait pas la voir, elle me poussa vers lui d'un mouvement prétendu protecteur et volontairement inefficace qui me laissa en panne presque à mon point de départ. Telle est la lâcheté des gens du monde.

Celle d'une dame qui vint me dire bonjour en m'appelant par mon nom, fut plus grande encore. Je cherchais à retrouver le sien tout en lui parlant ; je me rappelais très bien avoir dîné avec elle, je me rappelais des mots qu'elle avait dits. Mais mon attention tendue vers la région intérieure où il y avait ces souvenirs d'elle ne pouvait y découvrir ce nom. Il était là pourtant. Ma pensée avait engagé comme une espèce de jeu avec lui pour saisir ses contours, la lettre par laquelle il commençait, et l'éclairer enfin tout entier. C'était peine perdue, je sentais à peu près sa masse, son poids, mais pour ses formes, les confrontant au ténébreux captif blotti dans la nuit intérieure, je me disais : Ce n'est pas cela. Certes mon esprit aurait pu créer les noms les plus difficiles. Par malheur il n'avait pas à créer mais à reproduire. Toute action de l'esprit est aisée, si elle n'est pas soumise au réel. Là, j'étais forcé de m'y soumettre. Enfin d'un coup le nom vint tout

entier : « Madame d'Arpajon ». J'ai tort de dire qu'il
vint, car il ne m'apparut pas je crois dans une pro-
pulsion de lui-même. Je ne pense pas non plus que
les légers et nombreux souvenirs qui se rapportaient
à cette dame, et auxquels je ne cessais de demander
de m'aider (par des exhortations comme celle-ci :
« Voyons c'est cette dame qui est amie de Mme de
Souvré, qui éprouve à l'endroit de Victor Hugo
une admiration si naïve, mêlée de tant d'effroi et
d'horreur »), je ne crois pas que tous ces souvenirs
voletant entre moi et son nom, aient servi en quoi
que ce soit à le renflouer. Dans ce grand « cache-
cache » qui se joue dans la mémoire quand on veut
retrouver un nom, il n'y a pas une série d'appro-
ximations graduées. On ne voit rien puis tout d'un
coup apparaît le nom exact et fort différent de ce
qu'on croyait deviner. Ce n'est pas lui qui est venu
à nous. Non, je crois plutôt qu'au fur et à mesure
que nous vivons, nous passons notre temps à nous
éloigner de la zone où un nom est distinct, et c'est
par un exercice de ma volonté et de mon attention
qui augmentait l'acuité de mon regard intérieur que
tout d'un coup j'avais percé la demi-obscurité et
vu clair. En tout cas s'il y a des transitions entre
l'oubli et le souvenir, alors, ces transitions sont
inconscientes. Car les noms d'étape par lesquels
nous passons, avant de trouver le nom vrai, sont eux,
faux, et ne nous rapprochent en rien de lui. Ce ne
sont même pas à proprement parler des noms,
mais souvent de simples consonnes et qui ne se
retrouvent pas dans le nom retrouvé. D'ailleurs
ce travail de l'esprit passant du néant à la réalité
est si mystérieux, qu'il est possible après tout que
ces consonnes fausses soient des perches préalables,

maladroitement tendues pour nous aider à nous accrocher au nom exact. « Tout ceci, dira le lecteur, ne nous apprend rien sur le manque de complaisance de cette dame ; mais puisque vous vous êtes si longtemps arrêté, laissez-moi, monsieur l'auteur, vous faire perdre une minute de plus pour vous dire qu'il est fâcheux que jeune comme vous l'étiez (ou comme était votre héros s'il n'est pas vous) vous eussiez déjà si peu de mémoire, que de ne pouvoir vous rappeler le nom d'une dame que vous connaissiez fort bien. » C'est très fâcheux en effet, monsieur le lecteur. Et plus triste que vous croyez quand on y sent l'annonce du temps où les noms et les mots disparaîtront de la zone claire de la pensée, et où il faudra, pour jamais, renoncer à se nommer à soi-même ceux qu'on a le mieux connus. C'est fâcheux en effet qu'il faille ce labeur dès la jeunesse pour retrouver des noms qu'on connaît bien. Mais si cette infirmité ne se produisait que pour des noms à peine connus, très naturellement oubliés et dont on ne voulut pas prendre la fatigue de se souvenir, cette infirmité-là ne serait pas sans avantages. « Et lesquels, je vous prie ? » Hé, monsieur, c'est que le mal seul fait remarquer et apprendre et permet de décomposer les mécanismes que sans cela on ne connaîtrait pas. Un homme qui chaque soir tombe comme une masse dans son lit et ne vit plus jusqu'au moment de s'éveiller et de se lever, cet homme-là songera-t-il jamais à faire, sinon de grandes découvertes, au moins de petites remarques sur le sommeil. A peine sait-il s'il dort. Un peu d'insomnie n'est pas inutile pour apprécier le sommeil, projeter quelque lumière dans cette nuit. Une mémoire sans défaillance n'est pas un très puissant

SODOME ET GOMORRHE

excitateur à étudier les phénomènes de mémoire. « Enfin, Mme d'Arpajon vous présenta-t-elle au Prince ? » Non, mais taisez-vous et laissez-moi reprendre mon récit.

Mme d'Arpajon fut plus lâche encore que Mme de Souvré, mais sa lâcheté avait plus d'excuses. Elle savait qu'elle avait toujours eu peu de pouvoir dans la société. Ce pouvoir avait été encore affaibli par la liaison qu'elle avait eue avec le duc de Guermantes ; l'abandon de celui-ci y porta le dernier coup. La mauvaise humeur que lui causa ma demande de me présenter au Prince détermina chez elle un silence, qu'elle eut la naïveté de croire un semblant de n'avoir pas entendu ce que j'avais dit. Elle ne s'aperçut même pas que la colère lui faisait froncer les sourcils. Peut-être au contraire s'en aperçut-elle, ne se soucia pas de la contradiction, et s'en servit pour la leçon de discrétion qu'elle pouvait me donner sans trop de grossièreté, je veux dire une leçon muette et qui n'était pas pour cela moins éloquente.

D'ailleurs, Mme d'Arpajon était fort contrariée ; beaucoup de regards s'étant levés vers un balcon Renaissance à l'angle duquel, au lieu des statues monumentales qu'on y avait appliquées si souvent à cette époque, se penchait, non moins sculpturale qu'elles, la magnifique duchesse de Surgis-le-Duc, celle qui venait de succéder à Mme d'Arpajon dans le cœur de Basin de Guermantes. Sous le léger tulle blanc qui la protégeait de la fraîcheur nocturne on voyait, souple, son corps envolé de Victoire. Je n'avais plus recours qu'auprès de M. de Charlus, rentré dans une pièce du bas, laquelle accédait au jardin. J'eus tout le loisir (comme il feignait d'être

33

absorbé dans une partie de whist simulée qui lui
permettait de ne pas avoir l'air de voir les gens),
d'admirer la volontaire et artiste simplicité de son
frac qui, par des riens qu'un couturier seul eût dis-
cernés, avait l'air d'une « Harmonie » noir et blanc
de Whistler ; noir, blanc et rouge, plutôt, car M. de
Charlus portait, suspendue à un large cordon au
jabot de l'habit, la croix en émail blanc, noir et
rouge, de Chevalier de l'Ordre religieux de Malte.
A ce moment la partie du baron fut interrompue
par Mme de Gallardon, conduisant son neveu, le
vicomte de Courvoisier, jeune homme d'une jolie
figure et d'un air impertinent : « — Mon cousin,
dit Mme de Gallardon, permettez-moi de vous présenter mon neveu Adalbert. Adalbert, tu sais le
fameux oncle Palamède dont tu entends toujours
parler. » « — Bonsoir, madame de Gallardon, »
répondit M. de Charlus. Et il ajouta sans même
regarder le jeune homme : « — Bonsoir, monsieur »,
d'un air bourru et d'une voix si violemment impolie,
que tout le monde en fut stupéfait. Peut-être M. de
Charlus, sachant que Mme de Gallardon avait des
doutes sur ses mœurs et n'avait pu résister une fois
au plaisir d'y faire une allusion, tenait-il à couper
court à tout ce qu'elle aurait pu broder sur un
accueil aimable fait à son neveu, en même temps
qu'à faire une retentissante profession d'indifférence à l'égard des jeunes gens ; peut-être n'avait-il
pas trouvé que le dit Adalbert eut répondu aux paroles de sa tante par un air suffisamment respectueux ; peut-être désireux de pousser plus tard sa
pointe avec un aussi agréable cousin, voulait-il
se donner les avantages d'une agression préalable,
comme les souverains qui, avant d'engager une

action diplomatique l'appuient d'une action militaire.

Il n'était pas aussi difficile que je le croyais que M. de Charlus accédât à ma demande de me présenter. D'une part, au cours de ces vingt dernières années, ce Don Quichotte s'était battu contre tant de moulins à vent (souvent des parents qu'il prétendait s'être mal conduits à son égard), il avait avec tant de fréquence interdit « comme une personne impossible à recevoir » d'être invité chez tels ou telles Germantes, que ceux-ci commençaient à avoir peur de se brouiller avec tous les gens qu'ils aimaient, de se priver, jusqu'à leur mort, de la fréquentation de certains nouveaux venus dont ils étaient curieux, pour épouser les rancunes tonnantes mais inexpliquées d'un beau-frère ou cousin qui aurait voulu qu'on abandonnât pour lui, femme, frère, enfants. Plus intelligent que les autres Guermantes, M. de Charlus s'apercevait qu'on ne tenait plus compte de ses exclusives qu'une fois sur deux et, anticipant l'avenir, craignant qu'un jour ce fût de lui qu'on se privât, il avait commencé à faire la part du feu, à baisser ,comme on dit, ses prix. De plus, s'il avait la faculté de donner pour des mois, des années, une vie identique à un être détesté — à celui-là il n'eût pas toléré qu'on adressât une invitation, et se serait plutôt battu comme un portefaix avec une reine, la qualité de ce qui lui faisait obstacle ne comptant plus pour lui ; en revanche il avait de trop fréquentes explosions de colère pour qu'elles ne fussent pas assez fragmentaires. « L'imbécile, le méchant drôle ! on va vous remettre cela à sa place, le balayer dans l'égout où malheureusement il ne sera pas inoffensif pour la salubrité

de la ville », hurlait-il même seul chez lui, à la lecture
d'une lettre qu'il jugeait irrévérente, ou en se rappelant un propos qu'on lui avait redit. Mais une
nouvelle colère contre un second imbécile dissipait
l'autre, et pour peu que le premier se montrât
déférent, la crise occasionnée pour lui était oubliée,
n'ayant pas assez duré pour faire un fond de haine
où construire. Aussi, peut-être eussé-je — malgré
sa mauvaise humeur contre moi — réussi auprès de
lui quand je lui demandai de me présenter au
Prince, si je n'avais pas eu la malheureuse idée
d'ajouter par scrupule, et pour qu'il ne pût pas me
supposer l'indélicatesse d'être entré à tout hasard
en comptant sur lui pour me faire rester : « — Vous
savez que je les connais très bien, la Princesse
a été très gentille pour moi. » « — Hé bien, si vous
les connaissez, en quoi avez-vous besoin de moi pour
vous présenter », me répondit-il d'un ton claquant,
et me tournant le dos, il reprit sa partie feinte avec
le Nonce, l'ambassadeur d'Allemagne et un personnage que je ne connaissais pas.

Alors, du fond de ces jardins où jadis le duc
d'Aiguillon faisait élever les animaux rares, vint
jusqu'à moi, par les portes grandes ouvertes, le
bruit d'un reniflement qui humait tant d'élégances
et n'en voulait rien laisser perdre. Le bruit se rapprocha, je me dirigeai à tout hasard dans sa direction,
si bien que le mot bonsoir fut susurré à mon oreille
par M. de Bréauté, non comme le son ferrailleux et
ébréché d'un couteau qu'on repasse pour l'aiguiser,
encore moins comme le cri du marcassin, dévasta-
teur des terres cultivées, mais comme la voix d'un
sauveur possible. Moins puissant que Mme de Souvré,
mais moins foncièrement atteint qu'elle d'inser-

viabilité, beaucoup plus à l'aise avec le Prince que
ne l'était Mme d'Arpajon, se faisant peut-être des
illusions sur ma situation dans le milieu des Guermantes, ou peut-être la connaissant mieux que moi,
j'eus pourtant les premières secondes quelque peine
à capter son attention, car les papilles du nez fré-
tillantes, les narines dilatées, il faisait face de tous
côtés, écarquillant curieusement son monocle comme
s'il s'était trouvé devant cinq cents chefs-d'œuvre.
Mais ayant entendu ma demande, il l'accueillit
avec satisfaction, me conduisit vers le Prince et me
présenta à lui d'un air friand, cérémonieux et vulgaire, comme s'il lui avait passé en les recommandant,
une assiette de petits fours. Autant l'accueil du duc
de Guermantes était, quand il le voulait, aimable,
empreint de camaraderie, cordial et familier, autant
je trouvai celui du Prince, compassé, solennel,
hautain. Il me sourit à peine, m'appela gravement :
« Monsieur ». J'avais souvent entendu le Duc se
moquer de la morgue de son cousin. Mais aux premiers mots qu'il me dit et qui, par leur froideur et
leur sérieux faisaient le plus entier contraste avec
le langage de Basin, je compris tout de suite que
l'homme foncièrement dédaigneux était le Duc
qui vous parlait dès la première visite de « pair à
compagnon », et que des deux cousins celui qui était
vraiment simple c'était le Prince. Je trouvai dans
sa réserve un sentiment plus grand, je ne dirai
pas d'égalité, car ce n'eût pas été concevable, pour
lui, au moins de la considération qu'on peut accorder
à un inférieur, comme il arrive dans tous les milieux
fortement hiérarchisés, au Palais, par exemple ;
dans une Faculté, où un procureur général ou un
« doyen » conscients de leur haute charge cachent

peut-être plus de simplicité réelle, et quand on les
connaît davantage, plus de bonté, de simplicité
vraie, de cordialité, dans leur hauteur traditionnelle
que de plus modernes dans l'affectation badine
de la camaraderie badine. « — Est-ce que vous
comptez suivre la carrière de monsieur votre père »,
me dit-il d'un air distant, mais d'intérêt. Je répondis sommairement à sa question, comprenant
qu'il ne l'avait posée que par bonne grâce et je
m'éloignai pour le laisser accueillir les nouveaux
arrivants.

J'aperçus Swann, voulus lui parler, mais à ce
moment je vis que le prince de Guermantes au
lieu de recevoir sur place le bonsoir du mari d'Odette
l'avait aussitôt, avec la puissance d'une pompe
aspirante, entraîné avec lui au fond du jardin,
même, dirent certaines personnes « afin de le mettre
à la porte ».

Tellement distrait dans le monde que je n'appris que le surlendemain, par les journaux, qu'un
orchestre tchèque avait joué toute la soirée et que,
de minute en minute, s'étaient succédé les feux
de bengale, je retrouvai quelque faculté d'attention
à la pensée d'aller voir le célèbre jet d'eau d'Hubert
Robert.

Dans une clairière réservée par de beaux arbres
dont plusieurs étaient aussi anciens que lui, planté
à l'écart, on le voyait de loin, svelte, immobile,
durci, ne laissant agiter par la brise que la retombée
plus légère de son panache pâle et frémissant.
Le XVIIIe siècle avait épuré l'élégance de ses lignes,
mais, fixant le style du jet semblait en avoir arrêté
la vie ; à cette distance on avait l'impression de
l'art plutôt que la sensation de l'eau. Le nuage

humide lui-même qui s'amoncelait perpétuellement
à son faîte gardait le caractère de l'époque comme
ceux qui dans le ciel s'assemblent autour des palais
de Versailles. Mais de près on se rendait compte
que tout en respectant, comme les pierres d'un
palais antique, le dessin préalablement tracé, c'était
des eaux toujours nouvelles, qui, s'élançant et voulant obéir aux ordres anciens de l'architecte, ne les
accomplissaient exactement qu'en paraissant les
violer, leurs mille bonds épars pouvant seuls donner
à distance l'impression d'un unique élan. Celui-ci
était en réalité aussi souvent interrompu que l'épar-
pillement de la chute, alors que de loin, il m'avait
paru infléchissable, dense, d'une continuité sans
lacune. D'un peu près, on voyait que cette continuité, en apparence toute linéaire était assurée,
à tous les points de l'ascension du jet, partout où
il aurait dû se briser, par l'entrée en ligne, par la
reprise latérale d'un jet parallèle qui montait plus
haut que le premier, et était lui-même, à une plus
grande hauteur, mais déjà fatigante pour lui, relevé
par un troisième. De près, des gouttes sans force
retombaient de la colonne d'eau en croisant au passage leurs sœurs montantes et, parfois, déchirées,
saisies dans un remous de l'air troublé par ce jaillisse-
ment sans trêve, flottaient avant d'être chavirées
dans le bassin. Elles contrariaient de leurs hésita-
tions, de leur trajet en sens inverse et estompaient
de leur molle vapeur la rectitude et la tension de
cette tige, portant au-dessus de soi un nuage oblong
fait de mille gouttelettes, mais en apparence peint
en brun doré et immuable qui montait, infrangible,
immobile, élancé et rapide, s'ajouter aux nuages
du ciel. Malheureusement un coup de vent suffisait

à l'envoyer obliquement sur la terre ; parfois même
un simple jet désobéissant divergeait et, si elle ne
s'était pas tenue à une distance respectueuse, aurait mouillé jusqu'aux moelles la foule imprudente
et contemplative.

Un de ces petits accidents, qui ne se produisaient
guère qu'au moment où la brise s'élevait, fut assez
désagréable. On avait fait croire à Mme d'Arpajon
que le duc de Guermantes — en réalité non encore
arrivé — était avec Mme de Surgis dans les galeries
de marbre rose où on accédait par la double colon-
nade, creusée à l'intérieur, qui s'élevait de la margelle
du bassin. Or, au moment où Mme d'Arpajon allait
s'engager dans l'une des colonnes, un fort coup de
chaude brise tordit le jet d'eau et inonda si complètement la belle dame que l'eau dégoulinant de son
décolletage dans l'intérieur de sa robe, elle fut
aussi trempée que si on l'avait plongée dans un
bain. Alors non loin d'elle, un grognement scandé
retentit assez fort pour pouvoir se faire entendre
à toute une armée et pourtant prolongé par période
comme s'il s'adressait non pas à l'ensemble, mais
successivement à chaque partie des troupes ; c'était
le Grand-Duc Wladimir qui riait de tout son cœur
en voyant l'immersion de Mme d'Arpajon, une des
choses les plus gaies, aimait-il à dire ensuite, à
laquelle il eut assisté de toute sa vie. Comme quelques
personnes charitables faisaient remarquer au Mos-
covite qu'un mot de condoléances de lui serait
peut-être mérité et ferait plaisir à cette femme qui,
malgré sa quarantaine bien sonnée, et tout en
s'épongeant avec son écharpe, sans demander le
secours de personne, se dégageait malgré l'eau qui
souillait malicieusement la margelle de la vasque,

le Grand-Duc, qui avait bon cœur, crut devoir s'exécuter et les derniers roulements militaires du rire à peine apaisés, on entendit un nouveau grondement plus violent encore que l'autre. « — Bravo, la vieille ! » s'écriait-il en battant des mains comme au théâtre. Mme d'Arpajon ne fut pas sensible à ce qu'on vantât sa dextérité aux dépens de sa jeunesse. Et comme quelqu'un lui disait, assourdi par le bruit de l'eau, que dominait pourtant le tonnerre de Monseigneur : « — Je crois que Son Altesse Impériale vous a dit quelque chose ». « — Non ! c'était à Mme de Souvré », répondit-elle.

Je traversai les jardins et remontai l'escalier où l'absence du Prince, disparu à l'écart avec Swann, grossissait autour de M. de Charlus la foule des invités, de même que quand Louis XIV n'était pas à Versailles, il y avait plus de monde chez Monsieur, son frère. Je fus arrêté au passage par le baron, tandis que derrière moi deux dames et un jeune homme s'approchaient pour lui dire bonjour.

« C'est gentil de vous voir ici », me dit-il, en me tendant la main. « Bonsoir, madame de la Trémoille, bonsoir, ma chère Herminie ». Mais sans doute le souvenir de ce qu'il m'avait dit sur son rôle de chef dans l'hôtel Guermantes lui donnait le désir de paraître éprouver à l'endroit de ce qui le mécontentait mais qu'il n'avait pu empêcher, une satisfaction à laquelle son impertinence de grand seigneur et son égaillement d'hystérique donnèrent immédiatement une forme d'ironie excessive : « — C'est gentil, reprit-il, mais c'est surtout bien drôle. » Et il se mit à pousser des éclats de rire qui semblèrent à la fois témoigner de sa joie et de l'impuissance où la parole humaine était de l'exprimer.

Cependant que certaines personnes, sachant combien il était à la fois difficile d'accès et propre aux « sorties » insolentes, s'approchaient avec curiosité et, avec un empressement presque indécent, prenaient leurs jambes à leur cou. « — Allons, ne vous fâchez pas, me dit-il, en me touchant doucement l'épaule, vous savez que je vous aime bien. Bonsoir, Antioche, bonsoir, Louis-René. Avez-vous été voir le jet d'eau ? me demanda-t-il sur un ton plus affirmatif que questionneur. C'est bien joli, n'est-ce pas ? C'est merveilleux. Cela pourrait être encore mieux, naturellement, en supprimant certaines choses et alors, il n'y aurait rien de pareil en France. Mais tel que c'est, c'est déjà parmi les choses les mieux. Bréauté vous dira qu'on a eu tort de mettre des lampions, pour tâcher de faire oublier que c'est lui qui a eu cette idée absurde. Mais, en somme, il n'a réussi que très peu à enlaidir. C'est beaucoup plus difficile de défigurer un chef-d'œuvre que de le créer. Nous nous doutions du reste déjà vaguement que Bréauté était moins puissant qu'Hubert Robert. »

— Je repris la file des visiteurs qui entraient dans l'hôtel. « — Est-ce qu'il y a longtemps que vous avez vu ma délicieuse cousine Oriane ? » me demanda la Princesse qui avait depuis peu déserté son fauteuil à l'entrée, et avec qui je retournais dans les salons. « — Elle doit venir ce soir, je l'ai vue dès l'après-midi, ajouta la maîtresse de maison. Elle me l'a promis. Je crois du reste que vous dînez avec nous deux chez la reine d'Italie, à l'ambassade, jeudi. Il y aura toutes les Altesses possibles, ce sera très intimidant. » Elles ne pouvaient nullement intimider la princesse de Guermantes, de laquelle

SODOME ET GOMORRHE

les salons en foisonnaient et qui disait : « Mes petits Cobourg » comme elle eût dit « Mes petits chiens ». Aussi, Mme de Guermantes dit-elle : « Ce sera très intimidant », par simple bêtise, qui, chez les gens du monde l'emporte encore sur la vanité. A l'égard de sa propre généalogie, elle en savait moins qu'un agrégé d'histoire. Pour ce qui concernait ses relations elle tenait à montrer qu'elle connaissait les surnoms qu'on leur avait donnés. M'ayant demandé si je dînais la semaine suivante chez la marquise de la Pommelière, qu'on appelait souvent « la Pomme », la princesse, ayant obtenu de moi une réponse négative, se tut pendant quelques instants. Puis, sans aucune autre raison qu'un étalage voulu d'érudition involontaire, de banalité et de conformité à l'esprit général, elle ajouta : « — C'est une assez agréable femme, la Pomme ! »

Tandis que la Princesse causait avec moi, faisaient précisément leur entrée, le duc et la duchesse de Guermantes ! Mais je ne pus d'abord aller au-devant d'eux, car je fus happé au passage par l'ambassadrice de Turquie, laquelle me désignant la maîtresse de maison que je venais de quitter, s'écria en m'empoignant par le bras : « — Ah ! quelle femme délicieuse que la Princesse ! Quel être supérieur à tous ! Il me semble que si j'étais un homme, ajouta-t-elle, avec un peu de bassesse et de sensualité orientales, je vouerais ma vie à cette céleste créature ». Je répondis qu'elle me semblait charmante en effet, mais que je connaissais plus sa cousine la Duchesse. — Mais il n'y a aucun rapport, me dit l'ambassadrice. Oriane est une charmante femme du monde qui tire son esprit de Mémé et de Babal, tandis que Marie-Gilbert, c'est *quelqu'un*. »

43

A LA RECHERCHE DU TEMPS PERDU

Je n'aime jamais beaucoup qu'on me dise ainsi sans réplique ce que je dois penser des gens que je connais. Et il n'y avait aucune raison pour que l'ambassadrice de Turquie eût sur la valeur de la duchesse de Guermantes un jugement plus sûr que le mien.

D'autre part, ce qui expliquait aussi mon agacement contre l'ambassadrice, c'est que les défauts d'une simple connaissance, et même d'un ami, sont pour nous de vrais poisons, contre lesquels nous sommes heureusement « mithridatés ».

Mais, sans apporter le moindre appareil de comparaison scientifique, et parler d'anaphylaxie, disons qu'au sein de nos relations amicales ou purement mondaines, il y a une hostilité momentanément guérie, mais récurrente, par accès. Habituellement on souffre peu de ces poisons tant que les gens sont « naturels ». En disant « Babal », « Mémé », pour désigner des gens qu'elle ne connaissait pas, l'ambassadrice de Turquie suspendait les effets du « mithridatisme » qui d'ordinaire me la rendait tolérable. Elle m'agaçait, ce qui était d'autant plus injuste qu'elle ne parlait pas ainsi pour faire mieux croire qu'elle était intime de « Mémé », mais à cause d'une instruction trop rapide qui lui faisait nommer ces nobles seigneurs, selon ce qu'elle croyait la coutume du pays. Elle avait fait ses classes en quelques mois et n'avait pas suivi la filière. Mais en y réfléchissant je trouvais à mon déplaisir de rester auprès de l'ambassadrice une autre raison. Il n'y avait pas si longtemps que chez « Oriane » cette même personnalité diplomatique m'avait dit, d'un air motivé et sérieux, que la princesse de Guermantes lui était franchement antipathique. Je crus bon de

ne pas m'arrêter à ce revirement : l'invitation à la
fête de ce soir l'avait amené. L'ambassadrice était
parfaitement sincère en me disant que la princesse
de Guermantes était une créature sublime. Elle
l'avait toujours pensé. Mais n'ayant jamais été
jusqu'ici invitée chez la princesse, elle avait cru
devoir donner à ce genre de non-invitation la forme
d'une abstention volontaire par principes. Maintenant qu'elle avait été conviée et vraisemblablement
le serait désormais, sa sympathie pouvait librement
s'exprimer. Il n'y a pas besoin, pour expliquer les
trois quarts des opinions qu'on porte sur les gens,
d'aller jusqu'au dépit amoureux, jusqu'à l'exclu-
sion du pouvoir politique. Le jugement reste incertain : une invitation refusée ou reçue le détermine.
Au reste l'ambassadrice de Turquie, comme disait
la baronne de Guermantes qui passa avec moi
l'inspection des salons « faisait bien ». Elle était
surtout fort utile. Les étoiles véritables du monde
sont fatiguées d'y paraître. Celui qui est curieux de
les apercevoir doit souvent émigrer dans une autre
hémisphère, où elles sont à peu près seules. Mais
les femmes pareilles à l'ambassadrice ottomane,
toutes récentes dans le monde, ne laissent pas d'y
briller, pour ainsi dire partout à la fois. Elles sont
utiles à ces sortes de représentations qui s'ap-
pellent une soirée, un raout, et où elles se feraient
traîner, moribondes, plutôt que d'y manquer. Elles
sont les figurantes sur qui on peut toujours compter,
ardentes à ne jamais manquer une fête. Aussi, les
sots jeunes gens, ignorant que ce sont de fausses
étoiles, voient-ils en elles les reines du chic, tandis
qu'il faudrait une leçon pour leur expliquer en vertu
de quelles raisons Mme Standish, ignorée d'eux et

peignant des coussins, loin du monde, est au moins
une aussi grande dame que la duchesse de Doudeauville.

Dans l'ordinaire de la vie, les yeux de la duchesse
de Guermantes étaient distraits et un peu mélan-
coliques, elle les faisait briller seulement d'une
flamme spirituelle chaque fois qu'elle avait à dire
bonjour à quelque ami ; absolument comme si
celui-ci avait été quelque mot d'esprit, quelque trait
charmant, quelque régal pour délicats dont la dégus-
tation a mis une expression de finesse et de joie
sur le visage du connaisseur. Mais pour les grandes
soirées, comme elle avait trop de bonjours à dire,
elle trouvait qu'il eût été fatigant, après chacun
d'eux, d'éteindre à chaque fois la lumière. Tel un
gourmet de littérature, allant au théâtre voir une
nouveauté d'un des maîtres de la scène, témoigne
sa certitude de ne pas passer une mauvaise soirée,
en ayant déjà, tandis qu'il remet ses affaires à l'ou-
vreuse, sa lèvre ajustée pour un sourire sagace,
son regard avivé pour une approbation malicieuse ;
ainsi c'était dès son arrivée que la duchesse allu-
mait pour toute la soirée. Et tandis qu'elle donnait
son manteau du soir, d'un magnifique rouge Tié-
polo, lequel laissa voir un véritable carcan de rubis
qui enfermait son cou, après avoir jeté sur sa robe
ce dernier regard rapide, minutieux et complet de
couturière qui est celui d'une femme du monde,
Oriane s'assura du scintillement de ses yeux non
moins que de ses autres bijoux. Quelques « bonnes
langues » comme M. de Janville eurent beau se précipiter sur le duc pour l'empêcher d'entrer : « — Mais
vous ignorez donc que le pauvre Mama est à l'article de la mort ? On vient de l'administrer. » « — Je

SODOME ET GOMORRHE

le sais, je le sais, répondit M. de Guermantes en
refoulant le fâcheux pour entrer. Le viatique a
produit le meilleur effet », ajouta-t-il en souriant
de plaisir à la pensée de la redoute à laquelle il
était décidé de ne pas manquer après la soirée du
prince. « — Nous ne voulions pas qu'on sût que nous
étions rentrés », me dit la duchesse. Elle ne se doutait
pas que la princesse avait d'avance infirmé cette
parole en me racontant qu'elle avait vu un instant
sa cousine qui lui avait promis de venir. Le duc,
après un long regard dont pendant cinq minutes
il accabla sa femme : « — J'ai raconté à Oriane les
doutes que vous aviez. » Maintenant qu'elle voyait
qu'ils n'étaient pas fondés et qu'elle n'avait aucune
démarche à faire pour essayer de les dissiper, elle
les déclara absurdes, me plaisanta longuement.
« — Cette idée de croire que vous n'étiez pas invité !
Et puis, il y avait moi. Croyez-vous que je n'aurais
pas pu vous faire inviter chez ma cousine ». Je dois
dire qu'elle fit souvent dans la suite, des choses
bien plus difficiles pour moi ; néanmoins je me gardai
de prendre ses paroles dans ce sens que j'avais été
trop réservé. Je commençais à connaître l'exacte
valeur du langage parlé ou muet de l'amabilité
aristocratique, amabilité heureuse de verser un
baume sur le sentiment d'infériorité de ceux à
l'égard desquels elle s'exerce mais pas pourtant
jusqu'au point de la dissiper, car dans ce cas elle
n'aurait plus de raison d'être. « Mais vous êtes notre
égal, sinon mieux », semblait, par toutes leurs
actions, dire les Guermantes ; et ils le disaient de la
façon la plus gentille que l'on puisse imaginer,
pour être aimés, admirés, mais non pour être crus ;
qu'on démêlât le caractère fictif de cette amabilité,

47

c'est ce qu'ils appelaient être bien élevés ; croire l'amabilité réelle, c'était la mauvaise éducation. Je reçus du reste à peu de temps de là une leçon qui acheva de m'enseigner, avec la plus parfaite exactitude, l'extension et les limites de certaines formes de l'amabilité aristocratique. C'était à une matinée donnée par la duchesse de Montmorency pour la reine d'Angleterre ; il y eut une espèce de petit cortège pour aller au buffet et en tête marchait la souveraine ayant à son bras le duc de Guermantes. J'arrivai à ce moment-là. De sa main libre, le duc me fit au moins à quarante mètres de distance mille signes d'appel et d'amitié et qui avaient l'air de vouloir dire que je pouvais m'approcher sans crainte, que je ne serais pas mangé tout cru à la place des sandwichs. Mais moi qui commençais à me perfectionner dans le langage des cours, au lieu de me rapprocher même d'un seul pas, à mes quarante mètres de distance je m'inclinai profondément, mais sans sourire, comme j'aurais fait devant quelqu'un que j'aurais à peine connu, puis continuai mon chemin en sens opposé. J'aurais pu écrire un chef-d'œuvre, les Guermantes m'en eussent moins fait d'honneur que de ce salut. Non seulement il ne passa pas inaperçu aux yeux du duc, qui ce jour-là pourtant eut à répondre à plus de cinq cents personnes, mais à ceux de la duchesse laquelle ayant rencontré ma mère le lui raconta et se gardant bien de lui dire que j'avais eu tort, que j'aurais dû m'approcher. Elle lui dit que son mari avait été émerveillé de mon salut, qu'il était impossible d'y faire tenir plus de choses. On ne cessa de trouver à ce salut toutes les qualités, sans mentionner toutefois celle qui avait paru la plus pré-

cieuse, à savoir qu'il avait été discret, et on ne cessa
pas non plus de me faire des compliments dont je
compris qu'ils étaient encore moins une récompense
pour le passé qu'une indication pour l'avenir,
à la façon de celle délicatement fournie à ses élèves
par le directeur d'un établissement d'éducation :
« N'oubliez pas, mes chers enfants, que ces prix sont
moins pour vous que pour vos parents, afin qu'ils
vous renvoient l'année prochaine. » C'est ainsi
que Mme de Marsantes, quand quelqu'un d'un monde
différent entrait dans son milieu vantait devant lui
les gens discrets « qu'on trouve quand on va les
chercher et qui se font oublier le reste du temps »,
comme on prévient sous une forme indirecte un
domestique qui sent mauvais, que l'usage des bains
est parfait pour la santé.

Pendant que, avant même qu'elle eut quitté le
vestibule, je causais avec Mme de Guermantes,
j'entendis une voix d'une sorte qu'à l'avenir je
devais, sans erreur possible, discerner. C'était, dans
le cas particulier, celle de M. de Vaugoubert causant
avec M. de Charlus. Un clinicien n'a même pas
besoin que le malade en observation soulève sa
chemise ni d'écouter la respiration, la voix suffit.
Combien de fois plus tard fus-je frappé dans un
salon par l'intonation ou le rire de tel homme, qui
pourtant copiait exactement le langage de sa profession ou les manières de son milieu, affectant une
distinction sévère ou une familière grossièreté, mais
dont la voix fausse me suffisait pour apprendre :
« C'est un Charlus », à mon oreille exercée, comme
le diapason d'un accordeur. A ce moment tout le
personnel d'une ambassade passa, lequel salua M. de
Charlus. Bien que ma découverte du genre de mala-

die en question datât seulement du jour même
(quand j'avais aperçu M. de Charlus et Jupien)
je n'aurais pas eu besoin pour donner un diagnostic,
de poser des questions, d'ausculter. Mais M. de
Vaugoubert causant avec M. de Charlus parut incertain. Pourtant il aurait dû savoir à quoi s'en tenir
après les doutes de l'adolescence. L'inverti se croit
seul de sa sorte dans l'univers ; plus tard seulement,
il se figure — autre exagération — que l'exception
unique, c'est l'homme normal. Mais ambitieux
et timoré, M. de Vaugoubert ne s'était pas livré
depuis bien longtemps à ce qui eût été pour lui le
plaisir. La carrière diplomatique avait eu sur sa vie
l'effet d'une entrée dans les ordres. Combinée
avec l'assiduité à l'École des Sciences Politiques, elle
l'avait voué depuis ses vingt ans à la chasteté du
chrétien. Aussi comme chaque sens perd de sa force
et de sa vivacité, s'atrophie quand il n'est plus mis
en usage, M. de Vaugoubert, de même que l'homme
civilisé qui ne serait plus capable des exercices de
force, de la finesse d'ouïe de l'homme des cavernes,
avait perdu la perspicacité spéciale qui se trouvait
rarement en défaut chez M. de Charlus ; et aux
tables officielles, soit à Paris, soit à l'étranger, le
ministre plénipotentiaire n'arrivait même plus à
reconnaître ceux qui, sous le déguisement de l'uniforme, étaient au fond ses pareils. Quelques noms
que prononça M. de Charlus, indigné si on le citait
pour ses goûts, mais toujours amusé de faire connaître ceux des autres, causèrent à M. de Vaugoubert
un étonnement délicieux. Non qu'après tant d'années, il songeât à profiter d'aucune aubaine. Mais
ces révélations rapides, pareilles à celles qui dans
les tragédies de Racine apprennent à Athalie et à

SODOME ET GOMORRHE

Abner que Joas est de la race de David, qu'Esther assise dans la pourpre a des parents youpins, changeant l'aspect de la légation de X... ou tel Service du Ministère des Affaires Étrangères, rendaient rétrospectivement ces palais aussi mystérieux que le temple de Jérusalem ou la salle du trône de Suse. Pour cette ambassade dont le jeune personnel vint tout entier serrer la main de M. de Charlus, M. de Vaugoubert prit l'air émerveillé d'Élise s'écriant dans *Esther* :

> Ciel ! quel nombreux essaim d'innocentes beautés
> S'offre à mes yeux en foule et sort de tous côtés.
> Quelle aimable pudeur sur leur visage est peinte !

Puis désireux d'être plus « renseigné », il jeta en souriant à M. de Charlus un regard niaisement interrogateur et concupiscent : « — Mais voyons, bien entendu », dit M. de Charlus, de l'air docte d'un érudit parlant à un ignare. Aussitôt M. de Vaugoubert (ce qui agaça beaucoup M. de Charlus) ne détacha plus ses yeux de ces jeunes secrétaires, que l'ambassadeur de X... en France, vieux cheval de retour, n'avait pas choisis au hasard. M. de Vaugoubert se taisait, je voyais seulement ses regards. Mais habitué dès mon enfance à prêter, même à ce qui est muet, le langage des classiques, je faisais dire aux yeux de M. de Vaugoubert les vers par lesquels Esther explique à Élise que Mardochée a tenu, par zèle pour sa religion, à ne placer auprès de la Reine que des filles qui y appartinssent.

> Cependant son amour pour notre nation
> A peuplé ce palais de filles de Sion,
> Jeunes et tendres fleurs par le sort agitées,
> Sous un ciel étranger comme moi transplantées,

A LA RECHERCHE DU TEMPS PERDU

Dans un lieu séparé de profanes témoins,   [soins,
Il (l'excellent ambassadeur) met à les former son étude et ses

Enfin M. de Vaugoubert parla, autrement que par ses regards. « — Qui sait, dit-il avec mélancolie, si dans le pays où je réside, la même chose n'existe pas. » « — C'est probable, répondit M. de Charlus, à commencer par le roi Théodose, bien que je ne sache rien de positif sur lui ». « — Oh ! pas du tout ! » « — Alors il n'est pas permis d'en avoir l'air à ce point-là. Et il fait des petites manières. Il a le genre « ma chère », le genre que je déteste le plus. Je n'oserais pas me montrer avec lui dans la rue. Du reste, vous devez bien le connaître pour ce qu'il est, il est connu comme le loup blanc. » « — Vous vous trompez tout à fait sur lui. Il est du reste charmant. Le jour où l'accord avec la France a été signé, le Roi m'a embrassé. Je n'ai jamais été si ému. » « — C'était le moment de lui dire ce que vous désiriez. » « — Oh ! mon Dieu, quelle horreur, s'il avait seulement un soupçon ! Mais je n'ai pas de crainte à cet égard. » Paroles que j'entendis car j'étais peu éloigné et qui firent que je me récitai mentalement :

Le Roi jusqu'à ce jour ignore qui je suis,
Et ce secret toujours tient ma langue enchaînée.

Ce dialogue moitié muet, moitié parlé, n'avait duré que peu d'instants, et je n'avais encore fait que quelques pas dans les salons avec la duchesse de Guermantes quand une petite dame brune, extrêmement jolie, l'arrêta :

« — Je voudrais bien vous voir. D'Annunzio vous a aperçu d'une loge, il a écrit à la princesse

de T... une lettre où il dit qu'il n'a jamais rien vu
de si beau. Il donnerait toute sa vie pour dix minutes d'entretien avec vous. En tout cas, même si
vous ne pouvez pas ou ne voulez pas, la lettre est
en ma possession. Il faudrait que vous me fixiez
un rendez-vous. Il y a certaines choses secrètes que
je ne puis dire ici. Je vois que vous ne me reconnais-
sez pas, ajouta-t-elle en s'adressant à moi ; je vous ai
connu chez la princesse de Parme (chez qui je n'étais
jamais allé). L'empereur de Russie voudrait que
votre père fût envoyé à Pétersbourg. Si vous pouviez
venir mardi, justement Isvolski sera là, il en parle-
rait avec vous. J'ai un cadeau à vous faire, chérie,
ajouta-t-elle en se tournant vers la duchesse, et que
je ne ferais à personne qu'à vous. Les manuscrits
de trois pièces d'Ibsen, qu'il m'a fait porter par son
vieux garde-malade. J'en garderai une et vous don-
nerai les deux autres. »

Le duc de Guermantes n'était pas enchanté de
ces offres. Incertain si Ibsen ou d'Annunzio étaient
morts ou vivants, il voyait déjà des écrivains, des
dramaturges allant faire visite à sa femme et la
mettant dans leurs ouvrages. Les gens du monde
se représentent volontiers les livres comme une
espèce de cube, dont une face est enlevée, si bien
que l'auteur se dépêche de « faire entrer » dedans les
personnes qu'il rencontre. C'est déloyal évidemment,
et ce ne sont que des gens de peu. Certes, ce ne serait
pas ennuyeux de les voir « en passant », car grâce
à eux, si on lit un livre ou un article, on connaît
« le dessous des cartes », on peut « lever les masques ».
Malgré tout le plus sage est de s'en tenir aux auteurs
morts. M. de Guermantes trouvait seulement « parfaitement convenable » le monsieur qui faisait la

nécrologie dans le *Gaulois*. Celui-là, du moins, se
contentait de citer le nom de M. de Guermantes en
des personnes remarquées « notamment » dans les
enterrements où le duc s'était inscrit. Quand ce
dernier préférait que son nom ne figurât pas, au lieu
de s'inscrire, il envoyait une lettre de condoléances
à la famille du défunt en les assurant de ses sentiments bien tristes. Que si cette famille faisait mettre
dans le journal « parmi les lettres reçues, citons celle
du duc de Guermantes, etc. », ce n'était pas la faute
de l'échotier, mais du fils, frère, père de la défunte
que le duc qualifiait d'arrivistes, et avec qui il
était désormais décidé à ne plus avoir de relations
(ce qu'il appelait, ne sachant pas bien le sens des
locutions, « avoir maille à partir »). Toujours est-il
que les noms d'Ibsen et d'Annunzio, et leur survivance incertaine, firent se froncer les sourcils du duc,
qui n'était pas encore assez loin de nous pour ne
pas avoir entendu les amabilités diverses de Mme Ti-
moléon d'Amoncourt. C'était une femme charmante,
d'un esprit, comme sa beauté, si ravissant, qu'un
seul des deux eut réussi à plaire. Mais, née hors du
milieu où elle vivait maintenant, n'ayant aspiré
d'abord qu'à un salon littéraire, amie successivement — nullement amante, elle était de mœurs
fort pures — et exclusivement de chaque grand écrivain qui lui donnait tous ses manuscrits, écrivait
des livres pour elle, le hasard l'ayant introduit dans
le faubourg Saint-Germain, ces privilèges littéraires
l'y servirent. Elle avait maintenant une situation
à n'avoir pas à dispenser d'autres grâces que celles
que sa présence répandait. Mais habituée jadis à
l'entregent, aux manèges, aux services à rendre,
elle y persévérait bien qu'ils ne fussent plus néces-

saires. Elle avait toujours un secret d'état à vous révéler, un potentat à vous faire connaître, une aquarelle de maître à vous offrir. Il y avait bien dans tous ces attraits inutiles un peu de mensonge, mais ils faisaient de sa vie une comédie d'une complication scintillante et il était exact qu'elle faisait nommer des préfets et des généraux.

Tout en marchant à côté de moi, la duchesse de Guermantes laissait la lumière azurée de ses yeux flotter devant elle, mais dans le vague, afin d'éviter les gens avec qui elle ne tenait pas à entrer en relations et dont elle devinait parfois, de loin, l'écueil menaçant. Nous avancions entre une double haie d'invités, lesquels sachant qu'ils ne connaîtraient jamais « Oriane » voulaient au moins, comme une curiosité, la montrer à leur femme : « Ursule, vite, vite, venez voir Madame de Guermantes qui cause avec ce jeune homme. » Et on sentait qu'il ne s'en fallait pas de beaucoup pour qu'ils fussent montés sur des chaises, pour mieux voir, comme à la revue du 14 juillet ou au Grand Prix. Ce n'est pas que la duchesse de Guermantes eût un salon plus aristocratique que sa cousine. Chez la première fréquentaient des gens que la seconde n'eût jamais voulu inviter, surtout à cause de son mari. Jamais elle n'eût reçu Mme Alphonse de Rothschild, qui, intime amie de Mme de la Trémoïlle et de Mme de Sagan, comme Oriane elle-même, fréquentait beaucoup chez cette dernière. Il en était encore de même du baron Hirsch que le prince de Galles avait amené chez elle, mais non chez la princesse à qui il aurait déplu et aussi de quelques grandes notoriétés bonapartistes ou même républicaines, qui intéressaient la duchesse mais que le prince, royaliste

55

convaincu, n'eût pas voulu recevoir. Son antisé-
mitisme étant aussi de principe ne fléchissait devant
aucune élégance, si accréditée fut-elle, et s'il recevait Swann dont il était l'ami de tout temps, étant
d'ailleurs le seul des Guermantes qui l'appelât
Swann et non Charles, c'est que, sachant que la
grand'mère de Swann, protestante mariée à un juif,
avait été la maîtresse du duc de Berri, il essayait,
de temps en temps, de croire à la légende qui faisait
du père de Swann un fils naturel du prince. Dans
cette hypothèse, laquelle était d'ailleurs fausse,
Swann, fils d'un catholique, fils lui-même d'un Bourbon et d'une catholique, n'avait rien que de chrétien.

« — Comment, vous ne connaissez pas ces splendeurs, » me dit la duchesse, en me parlant de l'hôtel
où nous étions. Mais après avoir célébré le « palais »
de sa cousine, elle s'empressa d'ajouter qu'elle préférait mille fois « son humble trou ». « — Ici, c'est
admirable pour *visiter*. Mais je mourrais de chagrin
s'il me fallait rester à coucher dans des chambres
où ont eu lieu tant d'événements historiques. Ça
me ferait l'effet d'être restée après la fermeture,
d'avoir été oubliée, au château de Blois, de Fontai-
nebleau ou même au Louvre, et d'avoir comme seule
ressource contre la tristesse de me dire que je suis
dans la chambre où a été assassiné Monaldeschi.
Comme camomille, c'est insuffisant. Tiens voilà
Mme de Saint-Euverte. Nous avons dîné tout à
l'heure chez elle. Comme elle donne demain sa grande
machine annuelle, je pensais qu'elle serait allée se
coucher. Mais elle ne peut pas rater une fête. Si
celle-ci avait eu lieu à la campagne elle serait montée
sur une tapissière, plutôt que de ne pas y être allée. »

SODOME ET GOMORRHE

En réalité, Mme de Saint-Euverte était venue ce soir, moins pour le plaisir de ne pas manquer une fête chez les autres, que pour assurer le succès de la sienne, recruter les derniers adhérents, et en quelque sorte passer *in extremis* la revue des troupes qui devaient le lendemain évoluer brillamment à sa garden party. Car depuis pas mal d'années, les invités des fêtes Saint-Euverte n'étaient plus du tout les mêmes qu'autrefois. Les notabilités féminines du milieu Guermantes, si clairsemées alors, avaient — comblées de politesses par la maîtresse de la maison — amené peu à peu leurs amies. En même temps, par un travail parallèlement progressif, mais en sens inverse, Mme de Saint-Euverte avait d'année en année réduit le nombre des personnes inconnues au monde élégant. On avait cessé de voir l'une, puis l'autre. Pendant quelque temps fonctionna le système des « fournées » qui permettait, grâce à des fêtes sur lesquelles on faisait le silence, de convier les réprouvés à venir se divertir entre eux, ce qui dispensait de les inviter avec les gens de bien. De quoi pouvaient-ils se plaindre? N'avaient-ils pas (panem et circenses) des petits fours et un beau programme musical ? Aussi, en symétrie en quelque sorte avec les deux duchesses en exil, qu'autrefois quand avait débuté le salon Saint-Euverte, on avait vu en soutenir, comme deux cariatides, le faîte chancelant, dans les dernières années, on ne distingua plus, mêlées au beau monde que deux personnes hétérogènes, la vieille Mme de Cambremer et la femme à belle voix d'un architecte à laquelle on était souvent obligé de demander de chanter. Mais ne connaissant plus personne chez Mme de Saint-Euverte, pleurant

57

leurs compagnes perdues, sentant qu'elles gênaient, elles avaient l'air prêtes à mourir de froid comme deux hirondelles qui n'ont pas émigré à temps. Aussi l'année suivante ne furent-elles pas invitées ; Mᵐᵉ de Franquetot tenta une démarche en faveur de sa cousine qui aimait tant la musique. Mais comme elle ne put pas obtenir pour elle une réponse plus explicite que ces mots : « Mais on peut toujours entrer écouter de la musique si ça vous amuse, ça n'a rien de criminel ! », Mᵐᵉ de Cambremer ne trouva pas l'invitation assez pressante et s'abstint.

Une telle transmutation opérée par Mᵐᵉ de Saint-Euverte, d'un salon de lépreux en un salon de grandes dames (la dernière forme, en apparence ultra-chic, qu'il avait prise), on pouvait s'étonner que la personne qui donnait le lendemain la fête la plus brillante de la saison, eût eu besoin de venir la veille adresser un suprême appel à ses troupes. Mais c'est que la prééminence du salon Saint-Euverte n'existait que pour ceux dont la vie mondaine consiste seulement à lire le compte rendu des matinées et soirées, dans le *Gaulois* ou le *Figaro* sans être jamais allé à aucune. A ces mondains qui ne voient le monde que par le journal, l'énumération des ambassadrices d'Angleterre, d'Autriche, etc. ; des duchesses d'Uzès, de La Trémoïlle, etc., etc., suffisait pour qu'ils s'imaginassent volontiers le salon Saint-Euverte comme le premier de Paris, alors qu'il était un des derniers. Non que les comptes-rendus fussent mensongers. La plupart des personnes citées avaient bien été présentes. Mais chacune était venue à la suite d'implorations, de politesses, de services, et en ayant le sentiment d'honorer infiniment Mᵐᵉ de Saint-Euverte. De tels

salons, moins recherchés que fuis, et où on va
pour ainsi dire en service commandé, ne font illusion qu'aux lectrices de « Mondanités ». Elles glissent
sur une fête vraiment élégante, celle-là où la maîtresse de la maison pouvait avoir toutes les duchesses,
lesquelles brûlent d'être « parmi les élus », ne demandant qu'à deux ou trois, et ne font pas mettre
le nom de leurs invités dans le journal. Aussi ces
femmes, méconnaissant ou dédaignant le pouvoir
qu'a pris aujourd'hui la publicité, sont-elles élégantes pour la reine d'Espagne, mais méconnues
de la foule, parce que la première sait et que la seconde ignore qui elles sont.

Mme de Saint-Euverte n'était pas de ces femmes,
et en bonne butineuse elle venait cueillir pour le
lendemain tout ce qui était invité. M. de Charlus
ne l'était pas, il avait toujours refusé d'aller chez
elle. Mais il était brouillé avec tant de gens, que
Mme de Saint-Euverte pouvait mettre cela sur le
compte du caractère.

Certes, s'il n'y avait eu là qu'Oriane, Mme de
Saint-Euverte eût pu ne pas se déranger, puisque
l'invitation avait été faite de vive voix, et d'ailleurs acceptée avec cette charmante bonne grâce
trompeuse dans l'exercice de laquelle triomphent
ces académiciens de chez lesquels, le candidat sort
attendri et ne doutant pas qu'il peut compter sur
leur voix. Mais il n'y avait pas qu'elle. Le prince
d'Agrigente viendrait-il ? Et Mme de Durfort ? Aussi
pour veiller au grain, Mme de Saint-Euverte avait-
elle cru plus expédient de se transporter elle-même
insinuante avec les uns, impérative avec les autres,
pour tous elle annonçait à mots couverts d'inimagi-
nables divertissements qu'on ne pourrait revoir

59

une seconde fois, et à chacun promettait qu'il trouverait chez elle la personne qu'il avait le désir,
ou le personnage qu'il avait le besoin de rencontrer.
Et cette sorte de fonction dont elle était investie
pour une fois dans l'année — telles certaines ma-
gistratures du monde antique — de personne qui
donnera le lendemain la plus considérable garden-
party de la saison lui conférait une autorité momen-
tanée. Ses listes étaient faites et closes, de sorte
que tout en parcourant les salons de la princesse
avec lenteur pour verser successivement dans chaque
oreille : « Vous ne m'oublierez pas demain », elle
avait la gloire éphémère de détourner les yeux en
continuant à sourire, si elle apercevait un laideron
à éviter ou quelque hobereau qu'une camaraderie
de collège avait fait admettre chez « Gilbert », et
duquel la présence à sa garden-party n'ajouterait
rien. Elle préférait ne pas lui parler pour pouvoir
dire ensuite : « J'ai fait mes invitations verbalement,
et malheureusement je ne vous ai pas rencontré ».
Ainsi elle, simple Saint-Euverte, faisait-elle de ses
yeux fureteurs un « tri » dans la composition de la
soirée de la princesse. Et elle se croyait, en agissant
ainsi, une vraie duchesse de Guermantes.

Il faut dire que celle-ci n'avait pas non plus tant
qu'on pourrait croire la liberté de ses bonjours
et de ses sourires. Pour une part, sans doute, quand
elle les refusait, c'était volontairement : « — Mais
elle m'embête, disait-elle, est-ce que je vais être
obligée de lui parler de sa soirée pendant une heure ? »

On vit passer une duchesse fort noire, que sa
laideur et sa bêtise, et certains écarts de conduite
avaient exilée non de la société, mais de certaines
intimités élégantes. « — Ah ! susurra Mᵐᵉ de Guer

mantes, avec le coup d'œil exact et désabusé du connaisseur à qui on montre un bijou faux, on reçoit ça ici ! » Sur la seule vue de la dame à demi tarée, et dont la figure était encombrée de trop de grains de poils noirs, Mme de Guermantes cotait la médiocre valeur de cette soirée. Elle avait été élevée, mais avait cessé toutes relations avec cette dame ; elle ne répondit à son salut que par un signe de tête des plus secs. « — Je ne comprends pas, me dit-elle, comme pour s'excuser, que Marie Gilbert nous invite avec toute cette lie. On peut dire qu'il y en a ici de toutes les paroisses. C'était beaucoup mieux arrangé chez Mélanie Pourtalès. Elle pouvait avoir le Saint-Synode et le Temple de l'Oratoire si ça lui plaisait, mais au moins, on ne nous faisait pas venir ces jours-là. » Mais pour beaucoup, c'était par timidité, peur d'avoir une scène de son mari, qui ne voulait pas qu'elle reçût des artistes, etc. (« Marie-Gilbert » en protégeait beaucoup, il fallait prendre garde de ne pas être abordée par quelque illustre chanteuse allemande), par quelque crainte aussi à l'égard du nationalisme qu'en tant que, détenant comme M. de Charlus l'esprit des Guermantes, elle méprisait au point de vue mondain (on faisait passer maintenant, pour glorifier l'état-major, un général plébéien avant certains ducs) mais auquel pourtant, comme elle se savait cotée mal pensante, elle faisait de larges concessions, jusqu'à redouter d'avoir à tendre la main à Swann dans ce milieu antisémite. A cet égard elle fut vite rassurée, ayant appris que le prince n'avait pas laissé entrer Swann et avait eu avec lui « une espèce d'altercation ». Elle ne risquait pas d'avoir à faire publiquement la conversation avec « pauvre

Charles » qu'elle préférait chérir dans le privé.
« — Et qu'est-ce encore que celle-là ? » s'écria
Mme de Guermantes en voyant une petite dame
l'air un peu étrange, dans une robe noire tellement
simple, qu'on aurait dit une malheureuse, lui faire
ainsi que son mari, un grand salut. Elle ne la reconnut pas et, ayant de ces insolences, se redressa
comme offensée, et regarda sans répondre, d'un
air étonné : « — Qu'est-ce que c'est que cette personne, Basin ? » demanda-t-elle d'un air étonné,
pendant que M. de Guermantes, pour réparer
l'impolitesse d'Oriane, saluait la dame et serrait la
main du mari. « — Mais, c'est Mme de Chaussepierre,
vous avez été très impolie. » « — Je ne sais pas ce
que c'est Chaussepierre. » « — Le neveu de la vieille
mère Chanlivault. » « — Je ne connais rien de tout
ça. Qui est la femme, pourquoi me salue-t-elle ? »
« — Mais, vous ne connaissez que ça, c'est la fille
de Mme de Charleval, Henriette Montmorency. »
« — Ah ! mais j'ai très bien connu sa mère, elle était
charmante, très spirituelle. Pourquoi a-t-elle épousé
tous ces gens que je ne connais pas ? Vous dites
qu'elle s'appelle Mme de Chaussepierre ? » dit-elle
en épelant ce dernier mot d'un air interrogateur
et comme si elle avait peur de se tromper. Le duc
lui jeta un regard dur. « Cela n'est pas si ridicule
que vous avez l'air de croire de s'appeler Chaussepierre ! Le vieux Chaussepierre était le frère de la
Charleval déjà nommée, de Mme de Sennecour et
de la vicomtesse du Merlerault. Ce sont des gens
bien. » « — Ah ! assez, s'écria la duchesse qui,
comme une dompteuse, ne voulait jamais avoir
l'air de se laisser intimider par les regards dévorants
du fauve. Basin, vous faites ma joie. Je ne sais pas

où vous avez été dénicher ces noms, mais je vous
fais tous mes compliments. Si j'ignorais Chaussepierre, j'ai lu Balzac, vous n'êtes pas le seul, et j'ai
même lu Labiche. J'apprécie Chanlivault, je ne hais
pas Charleval, mais j'avoue que du Merlerault est
le chef-d'œuvre. Du reste, avouons que Chaussepierre n'est pas mal non plus. Vous avez collectionné
tout ça, ce n'est pas possible. Vous qui voulez
faire un livre, me dit-elle, vous devriez retenir
Charleval et du Merlerault. Vous ne trouverez pas
mieux. » « — Il se fera faire tout simplement procès,
et il ira en prison ; vous lui donnez de très mauvais
conseils, Oriane. » « — J'espère pour lui qu'il a à
sa disposition des personnes plus jeunes s'il a envie
de demander des mauvais conseils, et surtout de les
suivre. Mais s'il ne veut rien faire de plus mal
qu'un livre ! » Assez loin de nous, une merveilleuse
et fière jeune femme se détachait doucement dans
une robe blanche, toute en diamants et en tulle.
Madame de Guermantes la regarda qui parlait
devant tout un groupe aimanté par sa grâce.
« — Votre sœur est partout la plus belle ; elle est
charmante ce soir », dit-elle, tout en prenant une
chaise, au prince de Chimay qui passait. Le colonel
de Froberville (il avait pour oncle le général du
même nom) vint s'asseoir à côté de nous, ainsi que
M. de Bréauté, tandis que M. de Vaugoubert se
dandinant (par un excès de politesse qu'il gardait
même quand il jouait au tennis où à force de demander des permissions aux personnages de marque
avant d'attraper la balle, il faisait inévitablement
perdre la partie à son camp) retournait auprès de
M. de Charlus (jusque là quasi enveloppé par l'immense jupe de la comtesse Molé, qu'il faisait pro-

fession d'admirer entre toutes les femmes), et par
hasard au moment où plusieurs membres d'une
nouvelle mission diplomatique à Paris, saluaient le
baron. A la vue d'un jeune secrétaire à l'air particulièrement intelligent, M. de Vaugoubert fixa sur
M. de Charlus un sourire où s'épanouissait visible-
ment une seule question. M. de Charlus eût peut-
être volontiers compromis quelqu'un, mais se sentir,
lui, compromis par ce sourire partant d'un autre
et qui ne pouvait avoir qu'une signification, l'exas-
péra. « — Je n'en sais absolument rien, je vous prie
de garder vos curiosités pour vous-même. Elles me
laissent plus que froid. Du reste, dans le cas particulier, vous faites un impair de tout premier ordre.
Je crois ce jeune homme absolument le contraire. »
Ici, M. de Charlus, irrité d'avoir été dénoncé par
un sot, ne disait pas la vérité. Le secrétaire eût, si
le baron avait dit vrai, fait exception dans cette
ambassade. Elle était, en effet, composée de personnalités fort différentes, plusieurs extrêmement
médiocres, en sorte que si l'on cherchait quel avait
pu être le motif du choix qui s'était porté sur elles,
on ne pouvait découvrir que l'inversion. En mettant
à la tête de ce petit Sodome diplomatique un ambassadeur aimant au contraire les femmes avec une
exagération comique de compère de revue, qui
faisait manœuvrer en règle son bataillon de tra-
vestis, on semblait avoir obéi à la loi des contrastes.
Malgré ce qu'il avait sous les yeux, il ne croyait
pas à l'inversion. Il en donna immédiatement la
preuve en mariant sa sœur à un chargé d'affaires
qu'il croyait bien faussement un coureur de poules.
Dès lors il devint un peu gênant et fut bientôt
remplacé par une Excellence nouvelle qui assura

l'homogénéité de l'ensemble. D'autres ambassades cherchèrent à rivaliser avec celle-là, mais elles ne purent lui disputer le prix (comme au concours général, où un certain lycée l'a toujours) et il fallut que plus de dix ans se passassent avant que des attachés hétérogènes s'étant introduits dans ce tout si parfait, une autre pût enfin lui arracher la funeste palme et marcher en tête.

Rassurée sur la crainte d'avoir à causer avec Swann, Mme de Guermantes n'éprouvait plus que de la curiosité au sujet de la conversation qu'il avait eue avec le maître de maison. « — Savez-vous à quel sujet ? » demanda le duc à M. de Bréauté. « — J'ai entendu dire, répondit celui-ci, que c'était à propos d'un petit acte que l'écrivain Bergotte avait fait représenter chez eux. C'était ravissant, d'ailleurs. Mais il paraît que l'acteur s'était fait la tête de Gilbert, que d'ailleurs, le sieur Bergotte aurait voulu en effet dépeindre. » « — Tiens, cela m'aurait amusée de voir contrefaire Gilbert », dit la duchesse en souriant rêveusement. « — C'est sur cette petite représentation, reprit M. de Bréauté en avançant sa mâchoire de rongeur, que Gilbert a demandé des explications à Swann, qui s'est contenté de répondre ce que tout le monde trouva très spirituel : « Mais, pas du tout, cela ne vous ressemble en rien, vous êtes bien plus ridicule que ça ! » « — Il paraît, du reste, reprit M. de Bréauté, que cette petite pièce était ravissante. Mme Molé y était, elle s'est énormément amusée. » « — Comment, Mme Molé va là ? dit la duchesse étonnée. Ah ! c'est Mémé qui aura arrangé cela. C'est toujours ce qui finit par arriver avec ces endroits-là. Tout le monde, un beau jour, se met à y aller,

et moi qui me suis volontairement exclue par principe, je me trouve seule à m'ennuyer dans mon
coin. » Déjà, depuis le récit que venait de leur faire
M. de Bréauté, la duchesse de Guermantes (sinon
sur le salon Swann, du moins sur l'hypothèse de
rencontrer Swann dans un instant) avait comme on
voit adopté un nouveau point de vue. « — L'explication que vous nous donnez, dit à M. de Bréauté
le colonel de Froberville, est de tout point controuvée.
J'ai mes raisons pour le savoir. Le prince a purement et simplement fait une algarade à Swann et lui a
fait assavoir, comme disaient nos pères, de ne plus
avoir à se montrer chez lui, étant donné les opinions
qu'il affiche. Et selon moi, mon oncle Gilbert a eu
mille fois raison, non seulement de faire cette algarade, mais aurait dû en finir il y a plus de six mois
avec un dreyfusard avéré. »

Le pauvre M. de Vaugoubert, devenu cette fois-ci
de trop lambin joueur de tennis une inerte balle de
tennis elle-même qu'on lance sans ménagements,
se trouva projeté vers la duchesse de Guermantes
à laquelle il présenta ses hommages. Il fut assez mal
reçu, Oriane vivant dans la persuasion que tous les
diplomates — ou hommes politiques — de son monde
étaient des nigauds.

M. de Froberville avait forcément bénéficié de
la situation de faveur qui depuis peu était faite
aux militaires, dans la société. Malheureusement,
si la femme qu'il avait épousée était parente très
véritable des Guermantes, c'en était une aussi
extrêmement pauvre, et comme lui-même avait
perdu sa fortune, ils n'avaient guère de relations
et c'étaient de ces gens qu'on laissait de côté hors
des grandes occasions, quand ils avaient la chance

de perdre ou de marier un parent. Alors, ils faisaient vraiment partie de la communion du grand monde, comme les catholiques de nom qui ne s'approchent de la sainte table qu'une fois l'an. Leur situation matérielle eût même été malheureuse si Mme de Saint-Euverte fidèle à l'affection qu'elle avait eue pour feu le général de Froberville, n'avait pas aidé de toutes façons le ménage, donnant des toilettes et des distractions aux deux petites filles. Mais le colonel qui passait pour un bon garçon n'avait pas l'âme reconnaissante. Il était envieux des splendeurs d'une bienfaitrice qui les célébrait elle-même sans trêve et sans mesure. La garden-party annuelle était pour lui, sa femme et ses enfants, un plaisir merveilleux qu'ils n'eussent pas voulu manquer pour tout l'or du monde, mais un plaisir empoisonné par l'idée des joies d'orgueil qu'en tirait Mme de Saint-Euverte. L'annonce de cette garden-party dans les journaux qui, ensuite, après un récit détaillé, ajoutaient machiavéliquement : « Nous reviendrons sur cette belle fête », les détails complémentaires sur les toilettes, donnés pendant plusieurs jours de suite, tout cela faisait tellement mal aux Froberville, qu'eux, assez sevrés de plaisirs et qui savaient pouvoir compter sur celui de cette matinée, en arrivaient chaque année à souhaiter que le mauvais temps en gênât la réussite, à consulter le baromètre et à anticiper avec délices les prémices d'un orage qui pût faire rater la fête.

— Je ne discuterai pas politique avec vous, Froberville, dit M. de Guermantes, mais pour ce qui concerne Swann, je peux dire franchement que sa conduite à notre égard a été inqualifiable. Patronné jadis dans le monde par nous, par le duc de

Chartres, on me dit qu'il est ouvertement dreyfusard. Jamais je n'aurais cru cela de lui, de lui un
fin gourmet, un esprit positif, un collectionneur,
un amateur de vieux livres, membre du Jockey,
un homme entouré de la considération générale,
un connaisseur de bonnes adresses qui nous envoyait le meilleur porto qu'on puisse boire, un
dilettante, un père de famille. Ah ! j'ai été bien
trompé. Je ne parle pas de moi, il est convenu que
je suis une vieille bête, dont l'opinion ne compte
pas, une espèce de va-nu-pieds, mais rien que pour
Oriane, il n'aurait pas dû faire cela, il aurait dû
désavouer ouvertement les Juifs et les sectateurs du
condamné.

« Oui, après l'amitié que lui a toujours témoigné
ma femme, reprit le duc, qui considérait évidemment que condamner Dreyfus pour haute trahison,
quelque opinion qu'on eût dans son for intérieur
sur sa culpabilité, constituait une espèce de remer-
ciement pour la façon dont on avait été reçu
dans le faubourg Saint-Germain, il aurait dû se
désolidariser. Car, demandez à Oriane, elle avait
vraiment de l'amitié pour lui. » La duchesse pensant
qu'un ton ingénu et calme donnerait une valeur
plus dramatique et sincère à ses paroles, dit d'une
voix d'écolière, comme laissant sortir simplement la
vérité de sa bouche et en donnant seulement à ses
yeux une expression un peu mélancolique : « — Mais
c'est vrai, je n'ai aucune raison de cacher que
j'avais une sincère affection pour Charles ! » « — Là,
vous voyez, je ne lui fais pas dire. Et après cela,
il pousse l'ingratitude jusqu'à être dreyfusard ! »

« — A propos de dreyfusards, dis-je, il paraît
que le prince Von l'est. » « — Ah ! vous faites bien

de me parler de lui, s'écria M. de Guermantes,
j'allais oublier qu'il m'a demandé de venir dîner
lundi. Mais qu'il soit dreyfusard ou non, cela m'est
parfaitement égal puisqu'il est étranger. Je m'en
fiche comme de colin-tampon. Pour un Français
c'est autre chose. Il est vrai que Swann est juif.
Mais jusqu'à ce jour — excusez-moi, Froberville —
j'avais eu la faiblesse de croire qu'un juif peut être
Français, j'entends un juif honorable, homme du
monde. Or, Swann était cela dans toute la force du
terme. Hé bien ! il me force à reconnaître que je me
suis trompé, puisqu'il prend parti pour ce Dreyfus
(qui, coupable ou non, ne fait nullement partie
de son milieu, qu'il n'aurait jamais rencontré)
contre une société qui l'avait adopté, qui l'avait
traité comme un des siens. Il n'y a pas à dire, nous
nous étions tous portés garants de Swann, j'aurais
répondu de son patriotisme comme du mien. Ah !
il nous récompense bien mal. J'avoue que de sa
part je ne me serais jamais attendu à cela. Je le
jugeais mieux. Il avait de l'esprit (dans son genre
bien entendu). Je sais bien qu'il avait déjà fait l'in-
sanité de son honteux mariage. Tenez, savez-vous
quelqu'un à qui le mariage de Swann a fait beaucoup
de peine ? C'est à ma femme. Oriane a souvent ce
que j'appellerai une affectation d'insensibilité. Mais
au fond, elle ressent avec une force extraordinaire. »
Mme de Guermantes, ravie de cette analyse de son
caractère, l'écoutait d'un air modeste mais ne disait
pas un mot, par scrupule d'acquiescer à l'éloge,
surtout par peur de l'interrompre. M. de Guermantes aurait pu parler une heure sur ce sujet
qu'elle eût encore moins bougé que si on lui avait
fait de la musique. « — Hé bien ! je me rappelle

quand elle a appris le mariage de Swann, elle s'est sentie froissée ; elle a trouvé que c'était mal de quelqu'un à qui nous avions témoigné tant d'amitié. Elle aimait beaucoup Swann ; elle a eu beaucoup de chagrin. N'est ce pas, Oriane ? » Mᵐᵉ de Guermantes crut devoir répondre à une interpellation aussi directe, sur un point de fait qui lui permettrait, sans en avoir l'air, de confirmer des louanges qu'elle sentait terminées. D'un ton timide et simple, et un air d'autant plus appris qu'il voulait paraître « senti », elle dit avec une douceur réservée. « — C'est vrai, Basin ne se trompe pas ». « — Et pourtant ce n'était pas encore la même chose. Que voulez-vous, l'amour est l'amour quoique à mon avis il doive rester dans certaines bornes. J'excuserais encore un jeune homme, un petit morveux, se laissant emballer par les utopies. Mais Swann, un homme intelligent, d'une délicatesse éprouvée, un fin connaisseur en tableaux, un familier du duc de Chartres, de Gilbert lui-même ! » Le ton dont M. de Guermantes disait cela était d'ailleurs parfaitement sympathique, sans ombre de la vulgarité qu'il montrait trop souvent. Il parlait avec une tristesse légèrement indignée, mais tout en lui respirait cette gravité douce qui fait le charme onctueux et large de certains personnages de Rembrandt, le bourgmestre Six par exemple. On sentait que la question de l'immoralité de la conduite de Swann dans l'Affaire ne se posait même pas pour le duc tant elle faisait peu de doute, il en ressentait l'affliction d'un père voyant un de ses enfants pour l'éducation duquel il a fait les plus grands sacrifices, ruiner volontairement la magnifique situation qu'il lui a faite et déshonorer par des frasques que les principes ou les

préjugés de la famille ne peuvent admettre, un nom
respecté. Il est vrai que M. de Guermantes n'avait
pas manifesté autrefois un étonnement aussi profond et aussi douloureux quand il avait appris que
Saint-Loup était dreyfusard. Mais d'abord il considérait son neveu comme un jeune homme dans une
mauvaise voie et de qui, rien jusqu'à ce qu'il se soit
amendé ne saurait étonner, tandis que Swann était
ce que M. de Guermantes appelait « un homme pon-
déré, un homme ayant une position de premier
ordre ». Ensuite et surtout, un assez long temps
avait passé pendant lequel, si, au point de vue historique, les événements avaient en partie semblé
justifier la thèse dreyfusiste, l'opposition anti-
dreyfusarde avait redoublé de violence, et de,
purement politique d'abord, était devenue sociale.
C'était maintenant une question de militarisme, de
patriotisme, et les vagues de colère soulevées dans
la société avaient eu le temps de prendre cette force
qu'elles n'ont jamais au début d'une tempête.
« — Voyez-vous, reprit M. de Guermantes, même au
point de vue de ses chers juifs, puisqu'il tient absolument à les soutenir, Swann a fait une boulette d'une
portée incalculable. Il prouve qu'ils sont en quelque
sorte forcés de prêter appui à quelqu'un de leur race,
même s'ils ne le connaissent pas. C'est un danger
public. Nous avons évidemment été trop coulants,
et la gaffe que commet Swann aura d'autant plus
de retentissement qu'il était estimé, même reçu, et
qu'il était à peu près le seul juif qu'on connaissait.
On se dira : *Ab uno disce omnes*. (La satisfaction
d'avoir trouvé à point nommé, dans sa mémoire,
une citation si opportune, éclaira seule d'un orgueilleux sourire la mélancolie du grand seigneur trahi.)

J'avais grande envie de savoir ce qui s'était exactement passé entre le prince et Swann et de voir ce dernier, s'il n'avait pas encore quitté la soirée. « — Je vous dirai, me répondit la duchesse à qui je parlais de ce désir, que moi je ne tiens pas excessivement à le voir parce qu'il paraît, d'après ce qu'on m'a dit tout à l'heure chez Mme de Saint-Euverte, qu'il voudrait avant de mourir que je fasse la connaissance de sa femme et de sa fille. Mon Dieu, ce me fait une peine infini- qu'il soit malade, mais d'abord j'espère que ce n'est pas aussi grave que ça. Et puis enfin ce n'est tout de même pas une raison, parce que ce serait vraiment trop facile. Un écrivain sans talent n'aurait qu'à dire : « Votez pour moi à l'Académie parce que ma femme va mourir et que je veux lui donner cette dernière joie. » Il n'y aurait plus de salons si on était obligé de faire la connaissance de tous les mourants. Mon cocher pourrait me faire valoir : « Ma fille est très mal, faites-moi recevoir chez la princesse de Parme ». J'adore Charles, et cela me ferait beaucoup de chagrin de lui refuser, aussi est-ce pour cela que j'aime mieux éviter qu'il me le demande. J'espère de tout mon cœur qu'il n'est pas mourant, comme il le dit, mais vraiment si cela devait arriver, ce ne serait pas le moment pour moi de faire la connaissance de ces deux créatures qui m'ont privée du plus agréable de mes amis pendant quinze ans, et qu'il me laisserait pour compte une fois que je ne pourrais même pas en profiter pour le voir lui, puisqu'il serait mort ! »

Mais M. de Bréauté n'avait cessé de ruminer le démenti que lui avait infligé le colonel de Froberville. « — Je ne doute pas de l'exactitude de votre récit, mon cher ami, dit-il, mais je tenais le mien de bonne source. C'est le prince de la Tour d'Auvergne qui me l'avait narré. »

« — Je m'étonne qu'un savant comme vous dise encore le prince de la Tour d'Auvergne, interrompit le duc de Guermantes, vous savez qu'il ne l'est pas le moins du monde. Il n'y a plus qu'un seul membre de cette famille. C'est l'oncle d'Oriane, le duc de Bouillon. »

« — Le frère de Mme de Villeparisis ? demandai-je me rappelant que celle-ci était une demoiselle de Bouillon. — Parfaitement. Oriane, Mme de Lambresac vous dit bonjour. » En effet, on voyait par moments se former et passer comme une étoile filante un faible sourire destiné par la duchesse de Lambresac à quelque personne qu'elle avait reconnue. Mais ce sourire, au lieu de se préciser en une affirmation active, en un langage muet mais clair, se noyait presque aussitôt en une sorte d'extase idéale qui ne distinguait rien, tandis que la tête s'inclinait en un geste de bénédiction béate rappelant celui qu'incline vers la foule des communiantes, un prélat un peu ramolli. Mme de Lambresac ne l'était en aucune façon. Mais je connaissais déjà ce genre particulier de distinction désuète. A Combray et à Paris toutes les amies de ma grand'mère avaient l'habitude de saluer dans une réunion mondaine, d'un air aussi séraphique que si elles avaient aperçu quelqu'un de connaissance à l'église, au moment de l'Élévation ou pendant un enterrement, et lui jetaient mollement un bonjour qui s'achevait en prière. Or, une phrase de M. de Guermantes allait compléter le rapprochement que je faisais. « — Mais vous avez vu le duc de Bouillon, me dit M. de Guermantes. Il sortait tantôt de ma bibliothèque comme vous y entriez, un monsieur court de taille et tout blanc ». C'était celui que j'avais pris pour un petit bourgeois de Combray, et dont maintenant, à la réflexion, je dégageais la ressemblance avec Mme de Villeparisis. La similitude des saluts évanescents de la duchesse de Lambresac avec ceux des amis de ma grand'mère avait commencé de m'intéresser, en me montrant que dans les milieux étroits et fermés, qu'ils soient de petite bourgeoisie ou de grande noblesse, les anciennes manières persistent, nous permettant comme à un archéologue de retrouver ce que pouvait être l'éducation et la part d'âme qu'elle reflète, au temps du vicomte d'Arlincourt et de Loïsa Puget. Mieux maintenant la parfaite conformité d'apparence entre un petit bourgeois de Combray de son âge et le duc de Bouillon me rappelait (ce qui m'avait déjà tant frappé quand j'avais vu le grand-père maternel de Saint-Loup, le duc de la Rochefoucault, sur un daguerréotype où il était exactement pareil comme vêtements, comme air et comme façons à mon grand-oncle), que les différences sociales, voire individuelles, se fondent à distance dans l'uniformité d'une époque. La vérité est que la ressemblance des vêtements et aussi la réverbération par le visage de l'esprit de l'époque tiennent dans une personne, une place tellement plus importante que sa caste, en occupe une grande seulement dans l'amour-propre de l'intéressé et l'imagination des autres, que pour se rendre compte qu'un grand seigneur du temps de Louis-Philippe est moins différent d'un bourgeois du temps de Louis-Philippe que d'un grand seigneur du temps de Louis XV, il n'est pas nécessaire de parcourir les galeries du Louvre.

À ce moment, un musicien bavarois à grands cheveux que protégeait la princesse de Guermantes salua Oriane. Celle-ci répondit par une inclinaison de tête, mais le duc furieux de voir sa femme dire bonsoir à quelqu'un qu'il ne connaissait pas, qui avait une touche singulière, et qui, autant que M. de Guermantes croyait le savoir, avait fort mauvaise réputation, se retourna vers sa femme d'un air interrogateur et terrible, comme s'il disait : « Qu'est-ce que c'est que cet ostrogoth-là ? » La situation de la pauvre Mme de Guermantes était déjà assez compliquée, et si le musicien eût eu un peu pitié de cette épouse martyre, il se serait au plus vite éloigné. Mais, soit désir de ne pas rester sur l'humiliation qui venait de lui être infligée en public, au milieu des plus vieux amis du cercle du Duc, desquels la présence avait peut-être bien motivé un peu sa silencieuse inclinaison et pour montrer que c'était à bon droit, et non sans la connaître, qu'il avait salué Mme de Guermantes, soit obéissant à l'inspiration obscure et irrésistible de la gaffe qui le poussa — dans un moment où il eût dû se fier plutôt à l'esprit — à appliquer la lettre même du protocole, le musicien s'approcha davantage de Mme de Guermantes et lui dit : « — Madame la duchesse, je voudrais solliciter l'honneur d'être présenté au duc ». Mme de Guermantes était bien malheureuse. Mais enfin, elle avait beau être une épouse trompée, elle était tout de même la duchesse de Guermantes et ne pouvait avoir l'air d'être dépouillée de son droit de présenter à son mari les gens qu'elle connaissait. « — Basin, dit-elle, permettez-moi de vous présenter M. d'Herweck. »

« — Je ne vous demande pas si vous irez demain
chez Mme de Saint-Euverte », dit le colonel de Froberville à Mme de Guermantes pour dissiper l'impression pénible produite par la requête intempes-
tive de M. d'Herweck. Tout Paris y sera. » Cependant,
se tournant d'un seul mouvement et comme d'une
seule pièce vers le musicien indiscret, le duc de
Guermantes faisant front, monumental, muet, cour-
roucé, pareil à Jupiter tonnant, resta immobile ainsi
quelques secondes, les yeux flambant de colère et
d'étonnement, ses cheveux crespelés semblant sortir
d'un cratère. Puis, comme dans l'emportement d'une
impulsion qui seule lui permettait d'accomplir la politesse qui lui était demandée, et après avoir semblé
par son attitude de défi attester toute l'assistance
qu'il ne connaissait pas, le musicien bavarois, croisant derrière le dos ses deux mains gantées de blanc,
il se renversa en avant et asséna au musicien un
salut si profond, empreint de tant de stupéfaction
et de rage, si brusque, si violent, que l'artiste trem-
blant recula tout en s'inclinant pour ne pas recevoir
un formidable coup de tête dans le ventre. « — Mais
c'est que justement je ne serai pas à Paris », répondit
la duchesse au colonel de Froberville. « Je vous dirai
(ce que je ne devrais pas avouer) que je suis arrivée
à mon âge sans connaître les vitraux de Montfort-
l'Amaury. C'est honteux mais c'est ainsi. Alors pour
réparer cette coupable ignorance, je me suis promis d'aller demain les voir. » M. de Bréauté sourit
finement. Il comprit en effet que si la duchesse
avait pu rester jusqu'à son âge, sans connaître
les vitraux de Montfort-l'Amaury, cette visite artis-
tique ne prenait pas subitement le caractère urgent
d'une intervention « à chaud » et eût pu sans péril,

après avoir été différée pendant plus de vingt-cinq ans, être reculée de vingt-quatre heures. Le projet qu'avait formé la duchesse était simplement le décret rendu, dans la manière des Guermantes, que le salon Saint-Euverte n'était décidément pas une maison vraiment bien, mais une maison où on vous invitait pour se parer de vous dans le compte rendu du *Gaulois*, une maison qui décernerait un cachet de suprême élégance à celles, ou en tous cas, à celle, si elle n'était qu'une, qu'on n'y verrait pas. Le délicat amusement de M. de Bréauté, doublé de ce plaisir poétique qu'avaient les gens du monde à voir Mme de Guermantes faire des choses que leur situation moindre ne leur permettait pas d'imiter, mais dont la vision seule leur causait le sourire du paysan attaché à sa glèbe qui voit des hommes plus libres et plus fortunés passer au-dessus de sa tête, ce plaisir délicat n'avait aucun rapport avec le ravissement dissimulé mais éperdu, qu'éprouva aussitôt M. de Froberville.

Les efforts que faisait M. de Froberville pour qu'on n'entendît pas son rire l'avaient fait devenir rouge comme un coq, et malgré cela c'est en entre-coupant ses mots de hoquets de joie qu'il s'écria d'un ton miséricordieux : « — Oh ! pauvre tante Saint-Euverte, elle va en faire une maladie ! Non ! la malheureuse femme ne va pas avoir sa duchesse, quel coup, mais il y a de quoi la faire crever ! » ajouta-t-il, en se tordant de rire. Et dans son ivresse il ne pouvait s'empêcher de faire des appels de pieds et de se frotter les mains. Souriant d'un œil et d'un seul coin de la bouche à M. de Froberville dont elle appréciait l'intention aimable, mais moins intolérable le mortel ennui,

Mme de Guermantes finit par se décider à le quitter.

« — Écoutez, je vais être *obligée* de vous dire bonsoir », lui dit-elle en se levant d'un air de résignation mélancolique, et comme si c'avait été pour elle un malheur. Sous l'incantation de ses yeux bleus, sa voix doucement musicale faisait penser à la plainte poétique d'une fée. « — Basin veut que j'aille voir un peu Marie ». En réalité, elle en avait assez d'entendre Froberville, lequel ne cessait plus de l'envier d'aller à Montfort-l'Amaury quand elle savait fort bien qu'il entendait parler de ces vitraux pour la première fois, et que d'autre part, il n'eût pour rien au monde lâché la matinée Saint-Euverte. « — Adieu, je vous ai à peine parlé, c'est comme ça dans le monde, on ne se voit pas, on ne dit pas les choses qu'on voudrait se dire, du reste, partout, c'est la même chose dans la vie. Espérons qu'après la mort ce sera mieux arrangé. Au moins on n'aura toujours pas besoin de se décolleter. Et encore qui sait. On exhibera peut-être ses os et ses vers pour les grandes fêtes. Pourquoi pas ? Tenez, regardez la mère Rampillon, trouvez vous une très grande différence entre ça et un squelette en robe ouverte. Il est vrai qu'elle a tous les droits, car elle a au moins cent ans. Elle était déjà un des monstres sacrés devant lesquels je refusais de m'incliner quand j'ai fait mes débuts dans le monde. Je la croyais morte depuis très longtemps ; ce qui serait d'ailleurs la seule explication du spectacle qu'elle nous offre. C'est impressionnant et liturgique. C'est du « Campo-Santo ! » La duchesse avait quitté Froberville ; il se rapprocha : « — Je voudrais vous dire un dernier mot ». Un peu agacée : « — Qu'est-ce qu'il y a encore ? » lui dit-elle avec hauteur. Et lui, ayant

craint qu'au dernier moment elle ne se ravisât
pour Montfort-l'Amaury : « — Je n'avais pas osé
vous en parler à cause de Mme de Saint-Euverte,
pour ne pas lui faire de peine, mais puisque vous ne
comptez pas y aller, je puis vous dire que je suis
heureux pour vous, car il y a de la rougeole chez
elle ! » « — Oh ! mon Dieu ! » dit Oriane qui avait
peur des maladies. « Mais pour moi ça ne fait rien,
je l'ai déjà eue. On ne peut pas l'avoir deux fois. »
« — Ce sont les médecins qui disent ça ; je connais
des gens qui l'ont eue jusqu'à quatre. Enfin, vous
êtes avertie ». Quant à lui, cette rougeole fictive,
il eût fallu qu'il l'eût réellement et qu'elle l'eût
cloué au lit pour qu'il se résignât à manquer la
fête Saint-Euverte attendue depuis tant de mois.
Il aurait le plaisir d'y voir tant d'élégances ! le
plaisir plus grand d'y constater certaines choses
ratées et surtout celui de pouvoir longtemps se
vanter d'avoir frayé avec les premières et, en les
exagérant ou en les inventant, de déplorer les secondes.

Je profitai de ce que la duchesse changeait de
place, pour me lever aussi, afin d'aller vers le fumoir, m'informer de Swann. « Ne croyez pas un
mot de ce qu'a raconté Babal, me dit-elle. Jamais
la petite Molé ne serait allée se fourrer là-dedans.
On nous dit ça pour nous attirer. Ils ne reçoivent
personne et ne sont invités nulle part. Lui-même
l'avoue : « Nous restons tous les deux seuls au coin
de notre feu. » Comme il dit toujours *nous*, non
pas comme le roi, mais pour sa femme, je n'in-
siste pas. » Mais je suis très renseignée ajoute la
Duchesse. Elle et moi nous croisâmes deux jeunes
gens dont la grande et dissemblable beauté tirait

d'une même femme son origine. C'étaient les deux
fils de Mme de Surgis, la nouvelle maîtresse du
duc de Guermantes. Ils resplendissaient des per-
fections de leur mère, mais chacun d'une autre.
En l'un avait passé, ondoyante en un corps viril,
la royale prestance de Mme de Surgis et la même
pâleur ardente, roussâtre et sacrée affluait aux
joues marmoréennes de la mère et de ce fils ; mais
son frère avait reçu le front grec, le nez parfait,
le cou de statue, les yeux infinis ; ainsi faite de
présents divers que la déesse avait partagés, leur
double beauté offrait le plaisir abstrait de penser
que la cause de cette beauté était en dehors d'eux ;
on eût dit que les principaux attributs de leur
mère s'étaient incarnés en deux corps différents ;
que l'un des jeunes gens était la stature de sa mère
et son teint, l'autre son regard comme les êtres
divins qui n'étaient que la force et la beauté de
Jupiter ou de Minerve. Pleins de respect pour M. de
Guermantes dont ils disaient : « C'est un grand ami
de nos parents », l'aîné cependant crut qu'il était
prudent de ne pas venir saluer la duchesse dont il
savait, sans en comprendre peut-être la raison,
l'inimitié pour sa mère, et à notre vue il détourna
légèrement la tête. Le cadet, qui imitait toujours
son frère, parce qu'étant stupide et de plus myope,
il n'osait pas avoir d'avis personnel, pencha la tête
selon le même angle, et ils se glissèrent tous deux
vers la salle de jeux, l'un derrière l'autre, pareils à
deux figures allégoriques.

Au moment d'arriver à cette salle, je fus arrêté
par la marquise de Citri, encore belle mais presque
l'écume aux dents. D'une naissance assez noble,
elle avait cherché et fait un brillant mariage en

épousant M. de Citri dont l'arrière-grand'mère était Aumale-Lorraine. Mais aussitôt cette satisfaction éprouvée, son caractère négateur lui avait fait prendre les gens du grand monde en une horreur qui n'excluait pas absolument la vie mondaine. Non seulement dans une soirée elle se moquait de tout le monde, mais cette moquerie avait quelque chose de si violent que le rire même n'était pas assez âpre et se changeait en guttural sifflement : « — Ah ! me dit-elle, en me montrant la duchesse de Guermantes qui venait de me quitter et qui était déjà un peu loin, ce qui me renverse c'est qu'elle puisse mener cette vie-là. » Cette parole était-elle d'une sainte furibonde, et qui s'étonne que les gentils ne viennent pas d'eux-mêmes à la vérité, ou bien d'un anarchiste en appétit de carnage ? En tout cas cette apostrophe était aussi peu justifiée que possible. D'abord, la « vie que menait » Mme de Guermantes différait très peu (à l'indignation près) de celle de Mme de Citri. Mme de Citri était stupéfaite de voir la duchesse capable de ce sacrifice mortel : assister à une soirée de Marie-Gilbert. Il faut dire dans le cas particulier que Mme de Citri aimait beaucoup la princesse, qui était en effet très bonne, et qu'elle savait en se rendant à sa soirée lui faire grand plaisir. Aussi avait-elle décommandé, pour venir à cette fête, une danseuse à qui elle croyait du génie et qui devait l'initier aux mystères de la chorégraphie russe. Une autre raison qui ôtait quelque valeur à la rage concentrée qu'éprouvait Mme de Citri en voyant Oriane dire bonjour à tel ou telle invité, est que Mme de Guermantes, bien qu'à un état beaucoup moins avancé, présentait les symptômes du mal qui ravageait Mme de Citri.

On a du reste vu qu'elle en portait les germes de naissance. Enfin plus intelligente que Mme de Citri, Mme de Guermantes aurait eu plus de droits qu'elle à ce nihilisme (qui n'était pas que mondain), mais il est vrai que certaines qualités aident plutôt à supporter les défauts du prochain qu'ils ne contribuent à en faire souffrir ; et un homme de grand talent prêtera d'habitude moins d'attention à la sottise d'autrui que ne ferait un sot. Nous avons assez longuement décrit le genre d'esprit de la duchesse pour convaincre que s'il n'avait rien de commun avec une haute intelligence, il était du moins de l'esprit, de l'esprit adroit à utiliser (comme un traducteur) différentes formes de syntaxe. Or, rien de tel ne semblait qualifier Mme de Citri à mépriser des qualités tellement semblables aux siennes. Elle trouvait tout le monde idiot, mais dans sa conversation, dans ses lettres, se montrait plutôt inférieure aux gens qu'elle traitait avec tant de dédain. Elle avait du reste un tel besoin de destruction que lorsqu'elle eût à peu près renoncé au monde, les plaisirs qu'elle rechercha alors subirent l'un après l'autre, son terrible pouvoir dissolvant. Après avoir quitté les soirées pour des séances de musique elle se mit à dire : « — Vous aimez entendre cela, de la musique ? Ah ! Mon Dieu, cela dépend des moments. Mais ce que cela peut être ennuyeux ! Ah ! Beethoven, la barbe ! » Pour Wagner, puis pour Franck, pour Debussy, elle ne se donnait même pas la peine de dire « la barbe » mais se contentait de faire passer la main comme un barbier sur son visage.

Bientôt, ce qui fut ennuyeux, ce fut tout. « C'est si ennuyeux les belles choses. Ah ! les tableaux, c'est à vous rendre fou. » « Comme vous avez raison, c'est si ennuyeux d'écrire des lettres. » Finalement ce fut la vie elle-même qu'elle nous déclara une chose rasante sans qu'on sût bien où elle prenait son terme de comparaison.

Je ne sais si c'est à cause de ce que la duchesse de Guermantes, le premier soir que j'avais dîné chez elle, avait dit de cette pièce, mais la salle de jeux ou fumoir, avec son pavage illustré, ses trépieds, ses figures de dieux et d'animaux qui vous regardaient, les sphinx allongés aux bras des sièges, et surtout l'immense table en marbre ou en mosaïque émaillée, couverte de signes symboliques plus ou moins imités de l'art étrusque et égyptien, cette salle de jeux me fit l'effet d'une véritable chambre magique. Or, sur un siège approché de la table étincelante et augurale, M. de Charlus, lui, ne touchant à aucune carte, insensible à ce qui se passait autour de lui, incapable de s'apercevoir que je venais d'entrer, semblait précisément un magicien appliquant toute la puissance de sa volonté et de son raisonnement à tirer un horoscope. Non seulement comme à une Pythie sur son trépied les yeux lui sortaient de la tête, et pour que rien ne vînt le distraire des travaux qui exigeaient la cessation des mouvements les plus simples, il avait, pareil à un calculateur qui ne veut rien faire d'autre tant qu'il n'a pas résolu son problème), posé auprès de lui le cigare qu'il avait un peu auparavant dans la bouche et qu'il n'avait plus la liberté d'esprit nécessaire pour fumer. En apercevant les deux divinités accroupies que portaient à leurs bras le fauteuil placé en face de lui, on eût pu croire que le baron cherchait à découvrir l'énigme du sphinx,

si ce n'avait pas été plutôt celle d'un jeune et vivant
Œdipe, assis précisément dans ce fauteuil où il
s'était installé pour jouer. Or, la figure à laquelle
M. de Charlus appliquait et avec une telle conten-
tion toutes ses facultés spirituelles et qui n'était
pas à vrai dire de celles qu'on étudie d'habitude
more geometrico, c'était celle que lui proposaient les
lignes de la figure du jeune marquis de Surgis ;
elle semblait, tant M. de Charlus était profondément absorbé devant elle, être quelque mot en
losange, quelque devinette, quelque problème d'al-
gèbre dont il eût cherché à percer l'énigme ou à
dégager la formule. Devant lui les signes sibyllins
et les figures inscrites sur cette table de la Loi
semblaient le grimoire qui allait permettre au vieux
sorcier de savoir dans quel sens s'orientaient les
destins du jeune homme. Soudain, il s'aperçut
que je le regardais, leva la tête comme s'il sortait
d'un rêve et me sourit en rougissant. A ce moment
l'autre fils de Mme de Surgis vint auprès de celui
qui jouait, regarder ses cartes. Quand M. de Charlus
eut appris de moi qu'ils étaient frères, son visage
ne put dissimuler l'admiration que lui inspirait
une famille créatrice de chefs-d'œuvre aussi splen-
dides et aussi différents. Et ce qui eut ajouté à
l'enthousiasme du baron, c'est d'apprendre que les
deux fils de Mme de Surgis le-Duc n'étaient pas seulement de la même mère mais du même père. Les
enfants de Jupiter sont dissemblables, mais cela
vient de ce qu'il épousa d'abord Metis, dans le des-
tin de qui il était de donner le jour à de sages enfants, puis Thémis, et ensuite Eurynonie, et Mnémo-
syne, et Leto, et en dernier lieu seulement Junon.
Mais d'un seul père Mme de Surgis avait fait naître

SODOME ET GOMORRHE

deux fils qui avaient reçu des beautés d'elle, mais des beautés différentes.

J'eus enfin le plaisir que Swann entrât dans cette pièce qui était fort grande, si bien qu'il ne m'aperçut pas d'abord. Plaisir mêlé de tristesse, d'une tristesse que n'éprouvaient peut-être pas les autres invités, mais qui chez eux consistait dans cette espèce de fascination qu'exercent les formes inattendues et singulières d'une mort prochaine, d'une mort qu'on a déjà, comme dit le peuple, sur le visage. Et c'est avec une stupéfaction presque désobligeante, où il entrait de la curiosité indiscrète, de la cruauté, un retour à la fois quiet et soucieux (mélange à la fois de *suave mari magno* et de *memento quia pulvis*, eût dit Robert), que tous les regards s'attachèrent à ce visage duquel la maladie avait si bien rongé les joues, comme une lune décroissante, que sauf sous un certain angle, celui sans doute sous lequel Swann se regardait, elles tournaient court comme un décor inconsistant auquel une illusion d'optique peut seule ajouter l'apparence de l'épaisseur. Soit à cause de l'absence de ces joues qui n'étaient plus là pour le diminuer, soit que l'artério-sclérose, qui est une intoxication aussi, le rougît, comme eût fait l'ivrognerie ou le déformât comme eût fait la morphine, le nez de polichinelle de Swann, longtemps résorbé dans un visage agréable semblait maintenant énorme, tuméfié, cramoisi, plutôt celui d'un vieil hébreu que d'un curieux Valois. D'ailleurs peut-être chez lui, en ces derniers jours la race faisait-elle apparaître plus accusé le type physique qui la caractérise en même temps que le sentiment d'une solidarité morale avec les autres Juifs, solidarité que Swann

85

semblait avoir oubliée toute sa vie, et que greffées les unes sur les autres, la maladie mortelle, l'affaire Dreyfus, la propagande antisémite, avaient réveillée. Il y a certains Israélites, très fins pourtant et mondains délicats, chez lesquels restent en réserve et dans la coulisse, afin de faire leur entrée à une heure donnée de leur vie, comme dans une pièce, un mufle et un prophète. Swann était arrivé à l'âge du prophète. Certes avec sa figure d'où, sous l'action de la maladie, des segments entiers avaient disparu comme dans un bloc de glace qui fond et dont des pans entiers sont tombés, il avait bien changé. Mais je ne pouvais m'empêcher d'être frappé combien davantage il avait changé par rapport à moi. Cet homme, excellent, cultivé, que j'étais bien loin d'être ennuyé de rencontrer, je ne pouvais arriver à comprendre comment j'avais pu l'ensemencer autrefois d'un mystère tel que son apparition dans les Champs-Élysées me faisait battre le cœur au point que j'avais honte de m'approcher de sa pèlerine doublée de soie, qu'à la porte de l'appartement où vivait un tel être, je ne pouvais sonner sans être saisi d'un trouble et d'un effroi infinis ; tout cela avait disparu non seulement de sa demeure, mais de sa personne, et l'idée de causer avec lui pouvait m'être agréable ou non, mais n'affectait en quoi que ce fût mon système nerveux.

Et de plus combien il était changé depuis cet après-midi même où je l'avais rencontré — en somme quelques heures auparavant — dans le cabinet du duc de Guermantes. Avait-il vraiment eu une scène avec le prince et qui l'avait bouleversé. La supposition n'était pas nécessaire. Les moindres efforts qu'on demande à quelqu'un qui est très malade

deviennent vite pour lui un surmenage excessif.
Pour peu qu'on l'expose, déjà fatigué, à la chaleur
d'une soirée, sa mine se décompose et bleuit comme
fait en moins d'un jour une poire trop mûre, ou du
lait près de tourner. De plus, la chevelure de Swann
était éclaircie par places, et comme disait Mme de
Guermantes, avait besoin du fourreur, avait l'air
camphrée et mal camphrée. J'allais traverser le
fumoir et parler à Swann quand malheureusement
une main s'abattit sur mon épaule :

« — Bonjour, mon petit, je suis à Paris pour
quarante-huit heures. J'ai passé chez toi, on m'a
dit que tu étais ici, de sorte que c'est à toi que
vaut à ma tante l'honneur de ma présence à sa
fête. » C'était Saint-Loup. Je lui dis combien je
trouvais la demeure belle. « — Oui, ça fait assez
monument historique. Moi je trouve ça assommant.
Ne nous mettons pas près de mon oncle Palamède,
sans cela nous allons être happés. Comme Mme Molé
(car c'est elle qui tient la corde en ce moment)
vient de partir, il est tout désemparé. Il paraît
que c'était un vrai spectacle, il ne l'a pas quittée
d'un pas, il ne l'a laissée que quand il l'a eu mise en
voiture. Je n'en veux pas à mon oncle, seulement
je trouve drôle que mon conseil de famille, qui s'est
toujours montré si sévère pour moi, soit composé
précisément des parents qui ont le plus fait la bombe,
à commencer par le plus noceur de tous, mon oncle
Charlus, qui est mon subrogé tuteur, qui a eu autant
de femmes que don Juan et qui à son âge ne détèle
pas. Il a été question à un moment qu'on me nomme
un conseil judiciaire. Je pense que quand tous ces
vieux marcheurs se réunissaient pour examiner la
question et me faisaient venir pour me faire de la

morale, et me dire que je faisais de la peine à ma
mère, ils ne devaient pas pouvoir se regarder sans
rire. Tu examineras la composition du Conseil,
on a l'air d'avoir choisi exprès ceux qui ont le plus
retroussé de jupons. » En mettant à part M. de
Charlus au sujet duquel, l'étonnement de mon
ami ne me paraissait pas plus justifié, mais pour
d'autres raisons et qui devaient d'ailleurs se mo-
difier plus tard dans mon esprit, Robert avait
bien tort de trouver extraordinaire que des leçons
de sagesse fussent données à un jeune homme par
des parents qui ont fait les fous, ou le font encore.
Quand l'atavisme, les ressemblances familiales
seraient seules en cause, il est inévitable que l'oncle
qui fait la semonce ait à peu près les mêmes défauts
que le neveu qu'on l'a chargé de gronder. L'oncle
n'y met d'ailleurs aucune hypocrisie, trompé qu'il
est par la faculté qu'ont les hommes de croire à
chaque nouvelle circonstance qu'il s'agit « d'autre
chose », faculté qui leur permet d'adopter des erreurs
artistiques, politiques, etc., sans s'apercevoir que
ce sont les mêmes qu'ils ont prises pour des vérités,
il y a dix ans, à propos d'une autre école de peinture qu'ils condamnaient, d'une autre affaire politique qu'ils croyaient mériter leur haine, dont ils
sont revenus, et, qu'ils épousent sans les reconnaître sous un nouveau déguisement. D'ailleurs
même si les fautes de l'oncle sont différentes de
celles du neveu, l'hérédité peut n'en être pas moins
dans une certaine mesure la loi causable, car l'effet
ne ressemble pas toujours à la cause, comme la
copie à l'original, et même si les fautes de l'oncle
sont pires, il peut parfaitement les croire moins
graves.

SODOME ET GOMORRHE

Quand M. de Charlus venait de faire des remontrances indignées à Robert, qui d'ailleurs ne connaissait pas les goûts véritables de son oncle, à cette époque-là, et même si c'eût encore été celle où le baron flétrissait ses propres goûts, il eût parfaitement pu être sincère, en trouvant du point de vue de l'homme du monde, que Robert était infiniment plus coupable que lui. Robert n'avait-il pas failli, au moment où son oncle avait été chargé de lui faire entendre raison, se faire mettre au ban de son monde ; ne s'en était-il pas fallu de peu qu'il ne fût blackboulé au Jockey, n'était-il pas un objet de risée par les folles dépenses qu'il faisait pour une femme de la dernière catégorie, par ses amitiés avec des gens, auteurs, acteurs, juifs, dont pas un n'était du monde, par ses opinions qui ne se différenciaient pas de celles des traîtres, par la douleur qu'il causait à tous les siens. En quoi cela pouvait-il se comparer, cette vie scandaleuse, à celle de M. de Charlus qui avait su, jusqu'ici, non seulement garder, mais grandir encore sa situation de Guermantes, étant dans la société un être absolument privilégié, recherché, adulé par la société la plus choisie, et qui, marié à une princesse de Bourbon, femme éminente, avait su la rendre heureuse, avait voué à sa mémoire un culte plus fervent, plus exact, qu'on n'a l'habitude dans le monde, et avait ainsi été aussi bon mari que bon fils !

« — Mais es-tu sûr que M. de Charlus ait eu tant de maîtresses ? » demandai-je, non certes dans l'intention diabolique de révéler à Robert le secret que j'avais surpris, mais agacé cependant de l'entendre soutenir une erreur avec tant de certitude et de suffisance. Il se contenta de hausser les épaules

en réponse à ce qu'il croyait de ma part de la naïveté. « Mais d'ailleurs, je ne l'en blâme pas, je trouve
qu'il a parfaitement raison ». Et il commença à
m'esquisser une théorie qui lui eût fait horreur à
Balbec (où il ne se contentait pas de flétrir les séduc-
teurs, la mort lui paraissant le seul châtiment
proportionné au crime). C'est qu'alors il était encore
amoureux et jaloux. Il alla jusqu'à me faire l'éloge
des maisons de passe. « Il n'y a que là qu'on trouve
chaussure à son pied, ce que nous appelons au régi-
ment son gabarit ». Il n'avait plus pour ce genre
d'endroits le dégoût qui l'avait soulevé à Balbec
quand j'avais fait allusion à eux, et en l'entendant
maintenant, je lui dis que Bloch m'en avait fait
connaître, mais Robert me répondit que celle où
allait Bloch devait être « extrêmement purée, le
paradis du pauvre ». « Ça dépend, après tout : où
était-ce ? » Je restai dans le vague, car je me
rappelai que c'était là, en effet, que se donnait
pour un louis cette Rachel que Robert avait tant
aimée. « En tout cas, je t'en ferai connaître de bien
mieux, où il va des femmes épatantes. » En m'entendant exprimer le désir qu'il me conduisit le plus tôt
possible dans celles qu'il connaissait et qui devaient
en effet, être bien supérieure à la maison que m'avait
indiquée Bloch, il témoigna d'un regret sincère
de ne le pouvoir pas cette fois puisqu'il repartait
le lendemain. « — Ce sera pour mon prochain séjour,
dit-il. Tu verras, il y a même des jeunes filles,
ajouta-t-il d'un air mystérieux. Il y a une petite
demoiselle de... je crois d'Orgeville, je te dirai
exactement, qui est la fille de gens tout ce qu'il
y a de mieux ; la mère est plus ou moins née La Croix-
l'Évêque, ce sont des gens du gratin, même un peu

parents, sauf erreur, à ma tante Oriane. Du reste,
rien qu'à voir la petite, on sent que c'est la fille
de gens bien (je sentis s'étendre un instant sur la voix
de Robert l'ombre du génie des Guermantes qui
passa comme un nuage, mais à une grande hauteur
et ne s'arrêta pas). Ca m'a tout l'air d'une affaire
merveilleuse. Les parents sont toujours malades
et ne peuvent s'occuper d'elle. Dame, la petite se
désennuie et je compte sur toi pour lui trouver
des distractions, à cette enfant ! » « — Oh ! quand
reviendras-tu ? » « — Je ne sais pas, si tu ne tiens
pas absolument à des duchesses (le titre de duchesse étant pour l'aristocratie le seul qui désigne
un rang particulièrement brillant, comme on dirait
dans le peuple, des princesses), dans un autre genre,
il y a la première femme de chambre de Mme Putbus ».

A ce moment, Mme de Surgis entra dans le salon
de jeu pour chercher ses fils. En l'apercevant M. de
Charlus alla à elle avec une amabilité dont la marquise fut d'autant plus agréablement surprise,
que c'est une grande froideur qu'elle attendait du
baron, lequel s'était posé de tout temps comme le
protecteur d'Oriane et seul de la famille — trop
souvent complaisante aux exigences du duc à
cause de son héritage et par jalousie à l'égard de la
duchesse — tenait impitoyablement à distance
les maîtresses de son frère. Aussi Mme de Surgis
eut-elle fort bien compris les motifs de l'attitude
qu'elle redoutait chez le baron, mais ne soupçonna
nullement ceux de l'accueil tout opposé qu'elle
reçut de lui. Il lui parla avec admiration du portrait
que Jacquet avait fait d'elle autrefois. Cette admiration s'exalta même jusqu'à un enthousiasme

qui, s'il était en partie intéressé pour empêcher la
marquise de s'éloigner de lui, pour « l'accrocher »
comme Robert disait des armées ennemies dont on
veut forcer les effectifs à rester engagés sur un certain point, était peut-être aussi sincère. Car si chacun se plaisait à admirer dans les fils le port de
reine et les yeux de Mme de Surgis, le baron pouvait
éprouver un plaisir inverse mais aussi vif à retrouver ces charmes réunis en faisceau chez leur mère,
comme en un portrait qui n'inspire pas lui-même
de désirs, mais nourrit de l'admiration esthétique
qu'il inspire, ceux qu'il réveille. Ceux-ci venaient
rétrospectivement donner un charme voluptueux
au portrait de Jacquet lui-même et en ce moment
le baron l'eut volontiers acquis pour étudier en
lui la généalogie physiologique des deux jeunes
Surgis.

« — Tu vois que je n'exagérais pas, me dit Robert.
Regarde un peu l'empressement de mon oncle
auprès de Mme de Surgis. Et même là, cela m'étonne.
Si Oriane le savait elle serait furieuse. Franchement
il y a assez de femmes sans aller juste se précipiter
sur celle-là », ajouta-t-il ; comme tous les gens qui
ne sont pas amoureux il s'imaginait qu'on choisit
la personne qu'on aime, après mille délibérations
et d'après des qualités et convenances diverses.
Du reste, tout en se trompant sur son oncle qu'il
croyait adonné aux femmes, Robert, dans sa rancune, parlait de M. de Charlus avec trop de légèreté.
On n'est pas toujours impunément le neveu de quelqu'un. C'est très souvent par son intermédiaire
qu'une habitude héréditaire est transmise tôt ou
tard. On pourrait faire ainsi toute une galerie de por-
traits, ayant le titre de la comédie allemande,

« oncle et neveu », où l'on verrait l'oncle veillant jalousement, bien qu'involontairement, à ce que son neveu finisse par lui ressembler.

J'ajouterai même que cette galerie serait incomplète si l'on n'y faisait pas figurer les oncles qui n'ont aucune parenté réelle n'étant que les oncles de la femme du neveu. Les Messieurs de Charlus sont en effet tellement persuadés d'être les seuls bons maris, en plus les seuls dont une femme ne soit pas jalouse, que généralement par affection pour leur nièce, ils lui font épouser aussi un Charlus. Ce qui embrouille l'écheveau des ressemblances. Et à l'affection pour la nièce se joint parfois de l'affection aussi pour son fiancé. De tels mariages ne sont pas rares, et sont souvent ce qu'on appelle heureux.

« — De quoi parlions-nous ? Ah ! de cette grande blonde, la femme de chambre de Mme Putbus. Elle aime aussi les femmes, mais je pense que cela t'est égal, je peux te dire franchement, je n'ai jamais vu créature aussi belle. » « — Je me l'imagine assez Giorgione ? » « — Follement Giorgione ! Ah ! si j'avais du temps à passer à Paris, ce qu'il y a de choses magnifiques à faire ! Et puis, on passe à une autre. Car pour l'amour, vois-tu, c'est une bonne blague, j'en suis bien revenu. » Je m'aperçus bientôt, avec surprise, qu'il n'était pas moins revenu de la littérature, alors que c'était seulement des littérateurs qu'il m'avait paru désabusé à notre dernière rencontre (c'est presque tous fripouille et Cie, m'avait-il dit, ce qui se pouvait expliquer par sa rancune justifiée à l'endroit de certains amis de Rachel. Ils lui avaient en effet persuadé qu'elle n'aurait jamais de talent si elle laissait « Robert

homme d'une autre race » prendre de l'influence sur
elle, et avec elle se moquaient de lui, devant lui,
dans les dîners qu'il leur donnait). Mais en réalité
l'amour de Robert pour les Lettres n'avait rien de
profond, n'émanait pas de sa vraie nature, il n'était
qu'un dérivé de son amour pour Rachel, et il s'était
effacé de celui-ci, en même temps que son horreur
des gens de plaisir, et que son respect religieux pour
la vertu des femmes.

« — Comme ces deux jeunes gens ont un air étrange.
Regardez cette curieuse passion du jeu, marquise,
dit M. de Charlus, en désignant à Mme de Surgis
ses deux fils, comme s'il ignorait absolument qui
ils étaient. Ce doivent être deux orientaux, ils ont
certains traits caractéristiques, ce sont peut-être
des Turcs, ajouta-t-il à la fois pour confirmer encore sa feinte innocence, témoigner d'une vague
antipathie, qui quand elle ferait place ensuite à
l'amabilité, prouverait que celle-ci s'adresserait seulement à la qualité de fils de Mme de Surgis, n'ayant
commencé que quand le baron avait appris qui ils
étaient. Peut-être aussi M. de Charlus, de qui l'insolence était un don de nature qu'il avait joie à
exercer, profitait-il de la minute pendant laquelle
il était censé ignorer qui était le nom de ces deux
jeunes gens pour se divertir aux dépens de Mme de
Surgis, et se livrer à ses railleries coutumières,
comme Scapin met à profit le déguisement de son
maître pour lui administrer des volées de coups de
bâton.

« — Ce sont mes fils, dit Mme de Surgis », avec
une rougeur qu'elle n'aurait pas eue si elle avait
été plus fine, sans être plus vertueuse. Elle eut
compris alors que l'air d'indifférence absolue ou

de raillerie que M. de Charlus manifestait à l'égard
d'un jeune homme n'était pas plus sincère que l'admiration toute superficielle qu'il témoignait à une
femme, n'exprimait le vrai fond de sa nature. Celle
à qui il pouvait tenir indéfiniment les propos les
plus complimenteurs, aurait pu être jalouse du regard que tout en causant avec elle il lançait à un
homme qu'il feignait ensuite de n'avoir pas remarqué. Car ce regard-là était un regard autre que
ceux que M. de Charlus avait pour les femmes ;
un regard particulier, venu des profondeurs, et qui
même dans une soirée ne pouvait s'empêcher d'aller
naïvement aux jeunes gens, comme les regards
d'un couturier qui décèlent sa profession par la
façon immédiate qu'ils ont de s'attacher aux
habits.

« — Oh ! comme c'est curieux, répondit non sans
insolence M. de Charlus, en ayant l'air de faire
faire à sa pensée un long trajet pour l'amener à
une réalité si différente de celle qu'il feignait d'avoir
supposée. Mais je ne les connais pas », ajouta-t-il,
craignant d'être allé un peu loin dans l'expression
de l'antipathie et d'avoir paralysé ainsi chez la
marquise l'intention de lui faire faire leur connaissance. « — Est-ce que vous voudriez me permettre
de vous les présenter », demanda timidement Mme de
Surgis. « — Mais mon Dieu ! comme vous penserez,
moi, je veux bien, je ne suis pas peut-être un personnage bien divertissant pour d'aussi jeunes gens »,
psalmodia M. de Charlus avec l'air d'hésitation et de
froideur de quelqu'un qui se laisse arracher une politesse.

« — Arnulphe, Victurnien, venez vite », dit Mme de
Surgis. Victurnien se leva avec décision. Arnulphe,

sans voir plus loin que son frère, le suivit docile-
ment.

« — Voilà le tour des fils, maintenant, me dit
Robert. C'est à mourir de rire. Jusqu'au chien du
logis, il s'efforce de complaire. C'est d'autant plus
drôle que mon oncle déteste les gigolos. Et regarde
comme il les écoute avec sérieux. Si c'était moi
qui avais voulu les lui présenter, ce qu'il m'aurait
envoyé dinguer. Écoute, il va falloir que j'aille
dire bonjour à Oriane. J'ai si peu de temps à passer
à Paris que je veux tâcher de voir ici tous les gens
à qui j'aurais été sans cela mettre des cartes.

« Comme ils ont l'air bien élevés, comme ils
ont de jolies manières », était en train de dire M. de
Charlus. « Vous trouvez ? » répondait Mᵐᵉ de Surgis,
ravie.

Swann m'ayant aperçu s'approcha de Saint-Loup
et de moi. La gaieté juive était chez Swann moins
fine que les plaisanteries de l'homme du monde.
« — Bonsoir, nous dit-il. Mon Dieu ! tous trois ensemble, on va croire à une réunion de syndicat.
Pour un peu on va chercher où est la caisse ! »
Il ne s'était pas aperçu que M. de Beaucerfeuil était
dans son dos et l'entendait. Le général fronça involontairement les sourcils. Nous entendions la voix
de M. de Charlus tout près de nous : « Comment,
vous vous appelez Victurnien, comme dans le
cabinet des Antiques », disait le baron pour prolonger la conversation avec les deux jeunes gens.
« De Balzac, oui », répondit l'aîné des Surgis qui
n'avait jamais lu une ligne de ce romancier, mais
à qui son professeur avait signalé, il y avait quelques
jours, la similitude de son prénom avec celui de
d'Esgrignon ». Mᵐᵉ de Surgis était ravie de voir son

fils briller et de M. de Charlus extasié devant tant de science.

« — Il paraît que Loubet est en plein pour nous, de source tout à fait sûre, dit à Saint-Loup, mais cette fois à voix plus basse pour ne pas être entendu du général, Swann pour qui les relations républicaines de sa femme devenaient plus intéressantes depuis que l'affaire Dreyfus était le centre de ses préoccupations. Je vous dis cela parce que je sais que vous marchez à fond avec nous ».

« — Mais, pas tant que ça ; vous vous trompez complètement, répondit Robert. C'est une affaire mal engagée dans laquelle je regrette bien de m'être fourré. Je n'avais rien à voir là-dedans. Si c'était à recommencer, je m'en tiendrais bien à l'écart. Je suis soldat et avant tout pour l'armée. Si tu restes un moment avec M. Swann, je te retrouverai tout à l'heure, je vais près de ma tante ». Mais je vis que c'était avec Mlle d'Aubressac qu'il allait causer et j'éprouvai du chagrin à la pensée qu'il m'avait menti sur leurs fiançailles possibles. Je fus rasséréné quand j'appris qu'il lui avait été présenté une demi-heure avant par Mme de Marsantes qui désirait ce mariage, les Aubressac étant très riches.

« — Enfin, dit M. de Charlus à Mme de Surgis, je trouve un jeune homme instruit, qui a lu, qui sait ce que c'est que Balzac. Et cela me fait d'autant plus de plaisir de le rencontrer là où c'est devenu le plus rare, chez un de mes pairs, chez un des nôtres », ajouta-t-il en insistant sur ces mots. Les Guermantes avaient beau faire semblant de trouver tous les hommes pareils, dans les grandes occasions où ils se trouvaient avec des gens « nés » et surtout moins bien « nés » qu'ils désiraient et pouvaient

7

flatter, ils n'hésitaient pas à sortir les vieux souvenirs de famille. « — Autrefois, reprit le baron, aristocrates voulait dire les meilleurs, par l'intelligence, par le cœur. Or, voilà le premier d'entre nous que je vois sachant ce que c'est que Victurnien d'Esgrignon. J'ai tort de dire le premier. Il y a aussi un Polignac et un Montesquiou, ajouta M. de Charlus qui savait que cette double assimilation ne pouvait qu'enivrer la marquise. D'ailleurs vos fils ont de qui tenir, leur grand-père maternel avait une collection célèbre du XVIIIe siècle. Je vous montrerai la mienne si vous voulez me faire le plaisir de venir déjeuner un jour, dit-il au jeune Victurnien. Je vous montrerai une curieuse édition du Cabinet des Antiques avec des corrections de la main de Balzac. Je serai charmé de confronter ensemble les deux Victurnien ».

Je ne pouvais me décider à quitter Swann. Il était arrivé à ce degré de fatigue où le corps d'un malade n'est plus qu'une cornue où s'observent des réactions chimiques. Sa figure se marquait de petits points bleu de Prusse, qui avaient l'air de ne pas appartenir au monde vivant, et dégageait ce genre d'odeur qui, au lycée, après les « expériences », rend si désagréable de rester dans une classe de « Sciences ». Je lui demandai s'il n'avait pas eu une longue conversation avec le prince de Guermantes et s'il ne voulait pas me raconter ce qu'elle avait été. « — Si, me dit-il, mais allez d'abord un moment avec M. de Charlus et Mme de Surgis, je vous attendrai ici. »

En effet, M. de Charlus ayant proposé à Mme de Surgis de quitter cette pièce trop chaude et d'aller s'asseoir un moment avec elle, dans une autre,

SODOME ET GOMORRHE

n'avait pas demandé aux deux fils de venir avec
leur mère, mais à moi. De cette façon, il se donnait
l'air, après les avoir amorcés, de ne pas tenir aux
deux jeunes gens. Il me faisait de plus une politesse facile, Mme de Surgis-le-Duc étant assez mal
vue.

Malheureusement, à peine étions-nous assis dans
une baie sans dégagements, que Mme de Saint-
Euverte, but des quolibets du baron, vint à passer.
Elle, peut-être pour dissimuler, ou dédaigner ouvertement les mauvais sentiments qu'elle inspirait
à M. de Charlus et surtout montrer qu'elle était
intime avec une dame qui causait si familièrement
avec lui, dit un bonjour dédaigneusement amical
à la célèbre beauté, laquelle lui répondit tout en
regardant du coin de l'œil M. de Charlus avec un
sourire moqueur. Mais la baie était si étroite que
Mme de Saint-Euverte quand elle voulut, derrière
nous, continuer de quêter ses invités du lendemain,
se trouva prise et ne put facilement se dégager,
moment précieux dont M. de Charlus, désireux
de faire briller sa verve insolente aux yeux de la
mère des deux jeunes gens se garda bien de ne pas
profiter. Une niaise question que je lui posai sans
malice lui fournit l'occasion d'un triomphal couplet
dont la pauvre de Saint-Euverte, quasi immobilisée
derrière nous, ne pouvait guère perdre un mot.
« — Croyez-vous que cet impertinent jeune homme,
dit-il en me désignant à Mme de Surgis, vient de me
demander, sans le moindre souci qu'on doit avoir de
cacher ces sortes de besoins, si j'allais chez Mme de
Saint-Euverte, c'est-à-dire, je pense, si j'avais la
colique. Je tâcherais en tout cas de m'en soulager
dans un endroit plus confortable que chez une per-

99

sonne qui, si j'ai bonne mémoire, célébrait son cente-
naire quand je commençai à aller dans le monde,
c'est-à-dire pas chez elle. Et pourtant qui plus
qu'elle serait intéressante à entendre. Que de souvenirs historiques, vus et vécus du temps du Premier
Empire et de la Restauration, que d'histoires
intimes aussi qui n'avaient certainement rien de
« Saint », mais devaient être très « Vertes », si l'on
en croit la cuisse restée légère de la vénérable gam-
badeuse. Ce qui m'empêcherait de l'interroger sur
ces époques passionnantes, c'est la sensibilité de
mon appareil olfactif. La proximité de la dame
suffit. Je me dis tout d'un coup, oh ! mon Dieu,
on a crevé ma fosse d'aisances, c'est simplement la
marquise qui dans quelque but d'invitation vient
d'ouvrir la bouche. Et vous comprenez que si
j'avais le malheur d'aller chez elle, la fosse d'aisance
se multiplierait en un formidable tonneau de vi-
dange. Elle porte pourtant un nom mystique qui
me fait toujours penser avec jubilation quoiqu'elle
ait passé depuis longtemps la date de son jubilé,
à ce stupide vers dit « déliquescent ». « Ah ! verte,
combien verte était mon âme ce jour-là... Mais il
me faut une plus propre verdure. On me dit que l'in-
fatigable marcheuse donne des « garden-parties »,
moi j'appellerai ça « des invites à se promener dans
les égouts. » Est-ce que vous allez vous crotter là ? »
demanda-t-il à Mme de Surgis, qui cette fois se trouva
ennuyée. Car voulant feindre de n'y pas aller vis-à-
vis du baron, et sachant qu'elle donnerait des jours
de sa propre vie plutôt que de manquer la matinée
Saint-Euverte, elle s'en tira par une moyenne,
c'est à-dire l'incertitude. Cette incertitude prit une
forme si bêtement dilettante, et si mesquinement

couturière, que M. de Charlus, ne craignant pas d'offenser Mme de Surgis à laquelle pourtant il désirait plaire, se mit à rire pour lui montrer que « ça ne prenait pas ».

« — J'admire toujours les gens qui font des projets, dit-elle ; je me décommande souvent au dernier moment. Il y a une question de robe d'été qui peut changer les choses. J'agirai sous l'inspiration du moment ».

Pour ma part j'étais indigné de l'abominable petit discours que venait de tenir M. de Charlus. J'aurais voulu combler de biens la donneuse de garden-parties. Malheureusement dans le monde, comme dans le monde politique, les victimes sont si lâches qu'on ne peut pas en vouloir bien longtemps aux bourreaux. Mme de Saint-Euverte qui avait réussi à se dégager de la baie dont nous barrions l'entrée, frôla involontairement le baron en passant, et, par un réflexe de snobisme qui annihilait chez elle toute colère, peut-être même dans l'espoir d'une entrée en matière d'un genre dont ce ne devait pas être le premier essai : « — Oh ! pardon, monsieur de Charlus, j'espère que je ne vous ai pas fait mal », s'écria-t-elle comme si elle s'agenouillait devant son maître. Celui-ci ne daigna répondre autrement que par un large rire ironique et concéda seulement un « bonsoir », qui, comme s'il s'apercevait seulement de la présence de la marquise une fois qu'elle l'avait salué la première, était une insulte de plus. Enfin, avec une platitude suprême dont je souffris pour elle, Mme de Saint-Euverte s'approcha de moi et, m'ayant pris à l'écart, me dit à l'oreille : « — Mais, qu'ai-je fait à M. de Charlus ? On prétend qu'il ne me trouve pas assez chic pour lui », dit-elle, en riant à gorge déployée. Je restai sérieux. D'une part, je trouvais stupide qu'elle eût l'air de se croire ou de vouloir faire croire que personne n'était, en effet, aussi chic qu'elle. D'autre part, les gens qui rient si fort de ce qu'ils disent, et qui n'est pas drôle, nous dispensent par là, en prenant à leur charge l'hilarité, d'y participer.

« — D'autres assurent qu'il est froissé que je ne l'invite pas. Mais il ne m'encourage pas beaucoup. Il a l'air de me bouder (l'expression me parut faible). Tachez de le savoir et venez me le dire demain. Et s'il a des remords et veut vous accompagner, amenez-le. A tout péché miséricorde. Cela me ferait même assez plaisir, à cause de Mme de Surgis que cela ennuierait. Je vous laisse carte blanche. Vous avez le flair le plus fin de toutes ces choses-là et je ne veux pas avoir l'air de quémander des invités. En tout cas, sur vous, je compte absolument. »

Je songeai que Swann devait se fatiguer à m'attendre. Je ne voulais pas, du reste, rentrer trop tard à cause d'Albertine, et, prenant congé de Mme de Surgis et de M. de Charlus, j'allai retrouver mon malade dans la salle de jeux. Je lui demandai si ce qu'il avait dit au prince dans leur entretien au jardin était bien ce que M. de Bréauté (que je ne lui nommai pas) nous avait rendu et qui était relatif à un petit acte de Bergotte. Il éclata de rire : « — Il n'y a pas un mot de vrai, pas un seul, c'est entièrement inventé et aurait été absolument stupide. Vraiment c'est inouï cette génération spontanée de l'erreur. Je ne vous demande pas qui vous a dit cela, mais ce serait vraiment curieux dans un cadre aussi délimité que celui-ci de remonter de proche en proche pour savoir comment cela s'est formé. Du reste, comment cela peut-il intéresser les gens, ce que le prince m'a dit ? Les gens sont bien curieux. Moi, je n'ai jamais été curieux, sauf quand j'ai été amoureux et quand j'ai été jaloux. Et pour ce que cela m'a appris ! Etes-vous jaloux ? » Je dis à Swann que je n'avais jamais éprouvé de jalousie, que je ne savais même pas ce que c'était. « — Hé bien ! je vous en félicite. Quand on l'est peu, cela n'est pas tout à fait désagréable à deux points de vue. D'une part, parce que cela permet aux gens qui ne sont pas curieux de s'intéresser à la vie des autres personnes, ou au moins d'une autre. Et puis, parce que cela fait assez bien sentir la douceur de posséder, de monter en voiture avec une femme, de ne pas la laisser aller seule. Mais cela, ce n'est que dans les tout premiers débuts du mal ou quand la guérison est presque complète. Dans l'intervalle, c'est le plus affreux des supplices. Du reste, même les deux douceurs dont je vous parle, je dois vous dire que je les ai peu connues : la première, par la faute de ma nature qui n'est pas capable de réflexions très prolongées ; la seconde, à cause des circonstances, par la faute de la femme, je veux dire des femmes, dont j'ai été jaloux. Mais cela ne fait rien. Même quand on ne tient plus aux choses, il n'est pas absolument indifférent d'y avoir tenu ; parce que c'était toujours pour des raisons qui échappaient aux autres. Le souvenir de ces sentiments-là, nous sentons qu'il n'est qu'en nous ; c'est en nous qu'il faut rentrer pour le regarder. Ne vous moquez pas trop de ce jargon idéaliste, mais ce que je veux dire, c'est que j'ai beaucoup aimé la vie et que j'ai beaucoup aimé les arts. Hé bien ! maintenant que je suis un peu trop fatigué pour vivre avec les autres, ces anciens sentiments si personnels à moi que j'ai eus, me semblent, ce qui est la manie de tous les collectionneurs, très précieux. Je m'ouvre à moi-même mon cœur comme une espèce de vitrine, je regarde un à un tant d'amours que les autres n'auront pas connus. Et de cette collection à laquelle je suis maintenant plus attaché encore qu'aux autres, je me dis, un peu comme Mazarin pour ses livres, mais, du reste, sans angoisse aucune, que ce sera bien embêtant de quitter tout cela. Mais, venons à l'entretien avec le prince, je ne le raconterai qu'à une seule personne, et cette personne, cela va être vous. » J'étais gêné pour l'entendre par la conversation que, tout près de nous, M. de Charlus, revenu dans la salle de jeux, prolongeait indéfiniment. « — Et vous lisez aussi ? Qu'est-ce que vous faites ? » demanda-t-il au comte Arnulphe qui ne connaissait même pas le nom de Balzac. Mais sa myopie, comme il voyait tout très petit, lui donnait l'air de voir très loin, de sorte que, rare poésie en un sculptural dieu grec, dans ses prunelles s'inscrivaient comme de distantes et mystérieuses étoiles.

« — Si nous allions faire quelques pas dans le jardin, monsieur », dis-je à Swann, tandis que le comte Arnulphe, avec une voix zézeyante qui semblait indiquer que son développement au moins mental, n'était pas complet, répondait à M. de Charlus avec une précision complaisante et naïve : « — Oh ! moi, c'est plutôt le golf, le tennis, le ballon, la course à pied, surtout le polo ». Telle Minerve, s'étant subdivisée, avait cessé dans certaine cité, d'être la déesse de la Sagesse, et avait incarné une part d'elle-même en une divinité purement

sportive, hippique « Athéné Hippia ». Et il allait
aussi à Saint-Moritz faire du ski car Pallas Trilo-
geneïa, fréquente les hauts sommets et rattrape les
cavaliers. « — Ah ! répondit M. de Charlus avec le
sourire transcendant de l'intellectuel qui ne prend
même pas la peine de dissimuler qu'il se moque,
mais qui, d'ailleurs, se sent si supérieur aux autres
et méprise tellement l'intelligence de ceux qui sont
le moins bêtes, qu'il les différencie à peine de ceux
qui le sont le plus, du moment qu'ils peuvent lui
être agréables d'une autre façon. En parlant à
Arnulphe, M. de Charlus trouvait qu'il lui conférait
par là même une supériorité que tout le monde
devait envier et reconnaître. « — Non, me répondit
Swann, je suis trop fatigué pour marcher, asseyons-
nous plutôt dans un coin, je ne tiens plus debout. »
C'était vrai, et pourtant, commencer à causer
lui avait déjà rendu une certaine vivacité. C'est
que dans la fatigue la plus réelle, il y a, surtout chez
les gens nerveux, une part qui dépend de l'attention
et qui ne se conserve que par la mémoire. On est
subitement las dès qu'on craint de l'être, et pour se
remettre de sa fatigue, il suffit de l'oublier. Certes,
Swann n'était pas tout à fait de ces infatigables
épuisés qui, arrivés, défaits, flétris, ne se tenant
plus, se raniment dans la conversation comme une
fleur dans l'eau et peuvent pendant des heures
puiser dans leurs propres paroles des forces qu'ils
ne transmettent malheureusement pas à ceux qui
les écoutent et qui paraissent plus de en plus abattus
au fur et à mesure que le parleur se sent plus réveillé. Mais Swann appartenait à cette forte race
juive, à l'énergie vitale, à la résistance à la mort
de qui les individus eux-mêmes semblent participer.

Frappés chacun de maladies particulières, comme elle l'est, elle-même, par la persécution, ils se débattent indéfiniment dans des agonies terribles qui peuvent se prolonger au delà de tout terme vraisemblable, quand déjà on ne voit plus qu'une barbe de prophète surmontée d'un nez immense qui se dilate pour aspirer les derniers souffles, avant l'heure des prières rituelles et que commence le défilé ponctuel des parents éloignés s'avançant avec des mouvements mécaniques, comme sur une frise assyrienne.

Nous allâmes nous asseoir, mais avant de s'éloigner du groupe que M. de Charlus formait avec les deux jeunes Surgis et leur mère, Swann ne put s'empêcher d'attacher sur le corsage de celle-ci de longs regards de connaisseur dilatés et concupiscents. Il mit son monocle pour mieux apercevoir, et tout en me parlant de temps à autre, il jetait un regard vers la direction de cette dame. « — Voici mot pour mot, me dit-il, quand nous fûmes assis, ma conversation avec le Prince, et si vous vous rappelez ce que je vous ai dit tantôt, vous verrez pourquoi je vous choisis pour confident. Et puis aussi, pour une autre raison que vous saurez un jour. » « Mon cher Swann, m'a dit le prince de Guermantes, vous m'excuserez si j'ai paru vous éviter depuis quelque temps. (Je ne m'en étais nullement aperçu, étant malade et fuyant moi-même tout le monde). D'abord, j'avais entendu dire, et je prévoyais bien que vous aviez dans la malheureuse affaire qui divise le pays, des opinions entièrement opposées aux miennes. Or, il m'eût été excessivement pénible que vous les professiez devant moi. Ma nervosité était si grande que la princesse ayant entendu, il y a deux ans, son beau-frère, le grand-duc de Hesse, dire que Dreyfus était innocent, elle ne s'était pas contentée de relever le propos avec vivacité, mais ne me l'avait pas répété pour ne pas me contrarier. Presque à la même époque, le prince royal de Suède était venu à Paris, et ayant probablement entendu dire que l'impératrice Eugénie était dreyfusiste, avait confondu avec la princesse (étrange confusion, vous l'avouerez, entre une femme du rang de ma femme et une Espagnole, beaucoup moins bien née qu'on ne dit, et mariée à un simple Bonaparte), et lui avait dit : « Princesse, je suis doublement heureux de vous voir, car je sais que vous avez les mêmes idées que moi sur l'affaire Dreyfus, ce qui ne m'étonne pas puisque Votre Altesse est bavaroise. » Ce qui avait attiré au Prince cette réponse : « Monseigneur, je ne suis plus qu'une Princesse française, et je pense comme tous mes compatriotes. » Or, mon cher Swann, il y a environ un an et demi, une conversation que j'eus avec le général de Beaucerfeuil me donna le soupçon que, non pas une erreur, mais de graves illégalités, avaient été commises dans la conduite du procès. »

Nous fûmes interrompus (Swann ne tenait pas à ce qu'on entendît son récit) par la voix de M. de Charlus (qui sans se soucier de nous, d'ailleurs), passait en reconduisant Mme de Surgis et s'arrêta pour tâcher de la retenir encore, soit à cause de ses fils, ou de ce désir qu'avaient les Guermantes de ne pas voir finir la minute actuelle, lequel les plongeaient dans une sorte d'anxieuse inertie. Swann m'apprit à ce propos, un peu plus tard, quelque chose qui ôta, pour moi, au nom de Surgis-le-Duc, toute la poésie que je lui avais trouvée. La marquise de Surgis-le-Duc avait une beaucoup plus grande situation mondaine, de beaucoup plus belles alliances que son cousin, le comte de Surgis qui, pauvre, vivait dans ses terres. Mais, le mot qui terminait le titre, « le Duc », n'avait nullement l'origine que je lui prêtais et qui m'avait fait le rapprocher, dans mon imagination, de Bourg-l'Abbé, Bois-le-Roi, etc. Tout simplement, un comte de Surgis avait épousé, pendant la Restauration, la fille d'un richissime industriel, M. Leduc, ou Le Duc, fils lui-même d'un fabricant de produits chimiques, l'homme le plus riche de son temps, et qui était pair de France. Le roi Charles X avait créé pour l'enfant issu de ce mariage, le marquisat de Surgis-le-Duc, le marquisat de Surgis existant déjà dans la famille. L'adjonction du nom bourgeois n'avait pas empêché cette branche de s'allier, à cause de l'énorme fortune, aux premières familles du royaume. Et la marquise actuelle de Surgis-le-Duc, d'une grande naissance, aurait pu avoir une situation de premier ordre. Un démon de perversité l'avait poussée, dédaignant la situation toute faite, à s'enfuir de la maison conjugale, à vivre de la façon la plus scandaleuse. Puis, le monde dédaigné par elle à vingt ans, quand il était à ses pieds, lui avait cruellement manqué à trente, quand, depuis dix ans, personne, sauf de rares amies fidèles, ne la saluait plus, et elle avait entrepris de reconquérir laborieusement pièce par pièce ce qu'elle possédait en naissant (aller et retour qui ne sont pas rares).

Quant aux grands seigneurs, ses parents, reniés jadis par elle, et qui l'avaient reniée à leur tour, elle s'excusait de la joie qu'elle aurait à les ramener

à elle sur des souvenirs d'enfance qu'elle pourrait
évoquer avec eux. Et en disant cela, pour dissimuler
son snobisme, elle mentait peut-être moins qu'elle
ne croyait. « Basin, c'est toute ma jeunesse ! » disait-
elle le jour où il lui était revenu. Et, en effet, c'était
un peu vrai. Mais elle avait mal calculé en le choi-
sissant comme amant. Car toutes les amies de la
duchesse de Guermantes allaient prendre parti
pour elle et ainsi Mme de Surgis redescendrait
pour la deuxième fois cette pente qu'elle avait eu
tant de peine à remonter. « — Hé bien ! était en
train de lui dire M. de Charlus, qui tenait à prolonger l'entretien. Vous mettrez mes hommages au
pied du beau portrait. Comment va-t-il ? Que
devient-il ? » « — Mais, répondit Mme de Surgis,
vous savez que je ne l'ai plus : mon mari n'en a pas
été content. » « — Pas content ! d'un des chefs-
d'œuvre de notre époque, égal à la duchesse de
Châteauroux de Nattier et qui du reste ne prétendait pas à fixer une moins majestueuse et meur-
trière déesse. Oh ! le petit col bleu ! C'est-à-dire
que jamais Ver Meer n'a peint une étoffe avec plus
de maîtrise, ne le disons pas trop haut pour que
Swann ne s'attaque pas à nous dans l'intention
de venger son peintre favori, le maître de Delft. »
La marquise se retournant adressa un sourire et
tendit la main à Swann qui s'était soulevé pour la
saluer. Mais presque sans dissimulation soit qu'une
vie déjà avancée lui en eût ôté soit la volonté morale, par l'indifférence à l'opinion, soit le pouvoir
physique, par l'exaltation du désir et l'affaiblissement des ressorts qui aident à le cacher, dès que
Swann eut, en serrant la main de la marquise,
vu sa gorge de tout près et de haut, il plongea un

regard attentif, sérieux, absorbé, presque soucieux,
dans les profondeurs du corsage, et ses narines
que le parfum de la femme grisait, palpitèrent comme
un papillon prêt à aller se poser sur la fleur entre-
vue. Brusquement il s'arracha au vertige qui l'avait
saisi, et Mme de Surgis elle-même, quoique gênée,
étouffa une respiration profonde, tant le désir est
parfois contagieux. « — Le peintre s'est froissé,
dit-elle à M. de Charlus, et l'a repris. On avait dit
qu'il était maintenant chez Diane de Saint-Euverte. » « — Je ne croirai jamais, répliqua le baron,
qu'un chef-d'œuvre ait si mauvais goût. »

« — Il lui parle de son portrait. Moi, je lui en par-
lerais aussi bien que Charlus de ce portrait, me dit
Swann, affectant un ton traînard et voyou et suivant
des yeux le couple qui s'éloignait. Et cela me ferait
sûrement plus de plaisir qu'à Charlus », ajouta-t-il.
Je lui demandai si ce qu'on disait de M. de Charlus
était vrai, en quoi je mentais doublement, car si
je ne savais pas qu'on eût jamais rien dit, en revanche je savais fort bien depuis tantôt que ce que
je voulais dire était vrai. Swann haussa les épaules,
comme si j'avais proféré une absurdité. « — C'est-
à-dire que c'est un ami délicieux. Mais, ai-je besoin
d'ajouter que c'est purement platonique. Il est
plus sentimental que d'autres, voilà tout ; d'autre
part, comme il ne va jamais très loin avec les femmes,
cela a donné une espèce de crédit aux bruits insen-
sés dont vous voulez parler. Charlus aime peut-être
beaucoup ses amis, mais tenez pour assuré que cela
ne s'est jamais passé ailleurs que dans sa tête et
dans son cœur. Enfin, nous allons peut-être avoir
deux secondes de tranquillité. Donc, le prince de
Guermantes continua : « Je vous avouerai que cette

idée d'une illégalité possible dans la conduite du procès, m'était extrêmement pénible à cause du culte que vous savez que j'ai pour l'armée ; j'en reparlai avec le général, et je n'eus plus, hélas ! aucun doute à cet égard. Je vous dirai franchement que dans tout cela, l'idée qu'un innocent pourrait subir la plus infamante des peines ne m'avait même pas effleuré. Mais par cette idée d'illégalité, je me mis à étudier ce que je n'avais pas voulu lire, et voici que des doutes, cette fois non plus sur l'illégalité, mais sur l'innocence, vinrent me hanter. Je ne crus pas en devoir parler à la Princesse. Dieu sait qu'elle est devenue aussi Française que moi. Malgré tout, du jour où je l'ai épousée, j'eus tant de coquetterie à lui montrer dans toute sa beauté notre France, et ce que pour moi elle a de plus splendide, son armée, qu'il m'était trop cruel de lui faire part de mes soupçons qui n'atteignaient, il est vrai, que quelques officiers. Mais je suis d'une famille de militaires, je ne voulais pas croire que des officiers pussent se tromper. J'en reparlai encore à Beaucerfeuil, il m'avoua que des machinations coupables avaient été ourdies, que le bordereau n'était peut être pas de Dreyfus, mais que la preuve éclatante de sa culpabilité existait. C'était la pièce Henry. Et quelques jours après, on apprenait que c'était un faux. Dès lors, en cachette de la Princesse, je me mis à lire tous les jours le *Siècle*, l'*Aurore* ; bientôt, je n'eus plus aucun doute, je ne pouvais plus dormir. Je m'ouvris de mes souffrances morales à notre ami, l'abbé Poiré, chez qui je rencontrai avec étonnement la même conviction, et je fis dire par lui des messes à l'intention de Dreyfus, de sa malheureuse femme et de ses enfants. Sur

111

ces entrefaites, un matin que j'allais chez la Princesse, je vis sa femme de chambre qui cachait
quelque chose qu'elle avait dans la main. Je lui
demandai en riant ce que c'était, elle rougit et ne
voulut pas me le dire. J'avais la plus grande con-
fiance dans ma femme, mais cet incident me troubla
fort (et sans doute aussi la Princesse à qui sa camé-
riste avait dû le raconter), car ma chère Marie me
parla à peine pendant le déjeuner qui suivit. Je
demandai ce jour-là à l'abbé Poiré s'il pourrait dire
le lendemain ma messe pour Dreyfus. » « Allons,
bon ! » s'écria Swann à mi-voix en s'interrompant.
Je levai la tête et vis le duc de Guermantes qui
venait à nous. « — Pardon de vous déranger mes
enfants. Mon petit, dit-il en s'adressant à moi,
je suis délégué auprès de vous par Oriane. Marie
et Gilbert lui ont demandé de rester à souper à
leur table avec cinq ou six personnes seulement :
la princesse de Hesse, Mme de Ligné, Mme de Ta-
rante, Mme de Chevreuse, la duchesse d'Arenberg.
Malheureusement, nous ne pouvons pas rester,
parce que nous allons à une espèce de petite redoute. »
J'écoutais, mais chaque fois que nous avons quelque
chose à faire à un moment déterminé, nous char-
geons nous-mêmes un certain personnage habitué
à ce genre de besogne de surveiller l'heure et de nous
avertir à temps. Ce serviteur interne me rappela,
comme je l'en avais prié, il y a quelques heures,
qu'Albertine, en ce moment bien loin de ma pensée,
devait venir chez moi aussitôt après le théâtre.
Aussi, je refusai le souper. Ce n'est pas que je ne
me plusse chez la princesse de Guermantes. Ainsi les
hommes peuvent avoir plusieurs sortes de plaisirs.
Le véritable est celui pour lequel ils quittent l'autre.

SODOME ET GOMORRHE

Mais ce dernier, s'il est apparent, ou même seul apparent, peut donner le change sur le premier, rassure ou dépiste les jaloux, égare le jugement du monde. Et pourtant, il suffirait pour que nous le sacrifiions à l'autre d'un peu de bonheur ou d'un peu de souffrance. Parfois un troisième ordre de plaisirs plus graves, mais plus essentiels n'existe pas encore pour nous chez qui sa virtualité ne se traduit qu'en éveillant des regrets, des découragements. Et c'est à ces plaisirs-là pourtant que nous nous donnerons plus tard. Pour en donner un exemple tout à fait secondaire, un militaire en temps de paix sacrifiera la vie mondaine à l'amour, mais la guerre déclarée (et sans qu'il soit même besoin de faire intervenir l'idée d'un devoir patriotique), l'amour à la passion, plus forte que l'amour, de se battre. Swann avait beau dire qu'il était heureux de me raconter son histoire, je sentais bien que sa conversation avec moi, à cause de l'heure tardive, et parce qu'il était trop souffrant, était une de ces fatigues dont ceux qui savent qu'ils se tuent par les veilles, par les excès, ont en rentrant un regret exaspéré, pareil à celui qu'ont de la folle dépense qu'ils viennent encore de faire, les prodigues qui ne pourront pourtant pas s'empêcher le lendemain de jeter l'argent par les fenêtres. A partir d'un certain degré d'affaiblissement, qu'il soit causé par l'âge ou par la maladie, tout plaisir pris aux dépens du sommeil, en dehors des habitudes, tout dérèglement, devient un ennui. Le causeur continue à parler par politesse, par excitation, mais il sait que l'heure où il aurait pu encore s'endormir est déjà passée, et il sait aussi les reproches qu'il s'adressera au cours de l'insomnie

113   s

A LA RECHERCHE DU TEMPS PERDU

et de la fatigue qui vont suivre. Déjà d'ailleurs,
même le plaisir momentané a pris fin, le corps et
l'esprit sont trop démeublés de leurs forces pour
accueillir agréablement ce qui paraît un divertisse-
ment à votre interlocuteur. Ils ressemblent à un
appartement un jour de départ ou de déménage-
ment, où ce sont des corvées que les visites que l'on
reçoit assis sur des malles, les yeux fixés sur la pendule. « — Enfin seuls, me dit-il ; je ne sais plus où
j'en suis. N'est-ce pas, je vous ai dit que le Prince
avait demandé à l'abbé Poiré s'il pourrait faire
dire sa messe pour Dreyfus. « Non, me répondit
l'abbé (je vous dis « me », me dit Swann, parce que
c'est le Prince qui me parla, vous comprenez ?)
car j'ai une autre messe qu'on m'a chargé de dire
également ce matin pour lui. » « — Comment, lui
dis-je, il y a un autre catholique que moi qui est
convaincu de son innocence ? » « — Il faut le croire. »
« — Mais la conviction de cet autre partisan dut
être moins ancienne que la mienne. » « — Pourtant, ce partisan me faisait déjà dire des messes
quand vous croyiez encore Dreyfus coupable. »
« — Ah ! je vois bien que ce n'est pas quelqu'un de
notre milieu. » « — Au contraire ! » « — Vraiment,
il y a parmi nous des dreyfusistes ? Vous m'intri-
guez ; j'aimerais m'épancher avec lui, si je le connais,
cet oiseau rare ». « — Vous le connaissez ». « — Il
s'appelle ? » « — La princesse de Guermantes. »
Pendant que je craignais de froisser les opinions
nationalistes, la foi française de ma chère femme,
elle, avait eu peur d'alarmer mes opinions religieuses,
mes sentiments patriotiques. Mais de son côté,
elle pensait comme moi, quoique depuis plus longtemps que moi. Et ce que sa femme de chambre

114

SODOME ET GOMORRHE

cachait en entrant dans sa chambre, ce qu'elle allait lui acheter tous les jours, c'était l'*Aurore*. Mon cher Swann, dès ce moment, je pensai au plaisir que je vous ferais en vous disant combien mes idées étaient sur ce point parentes des vôtres ; pardonnez-moi de ne l'avoir pas fait plus tôt. Si vous vous reportez au silence que j'avais gardé vis-à-vis de la Princesse, vous ne serez pas étonné que penser comme vous m'eût alors encore plus écarté de vous que penser autrement que vous. Car ce sujet m'était infiniment pénible à aborder. Plus je crois qu'une erreur, que même des crimes ont été commis, plus je saigne dans mon amour de l'armée. J'aurais pensé que des opinions semblables aux miennes étaient loin de vous inspirer la même douleur, quand on m'a dit l'autre jour que vous réprouviez avec force les injures à l'armée et que les dreyfusistes acceptassent de s'allier à ses insulteurs. Cela m'a décidé, j'avoue qu'il m'a été cruel de vous confesser ce que je pense de certains officiers, peu nombreux heureusement, mais c'est un soulagement pour moi de ne plus avoir à me tenir loin de vous et surtout que vous sentiez bien que si j'avais pu être dans d'autres sentiments, c'est que je n'avais pas un doute sur le bien fondé du jugement rendu. Dès que j'en eus un, je ne pouvais plus désirer qu'une chose, la réparation de l'erreur. » Je vous avoue que ces paroles du prince de Guermantes m'ont profondément ému. Si vous le connaissiez comme moi, si vous saviez d'où il a fallu qu'il revienne pour en arriver là, vous auriez de l'admiration pour lui, et il en mérite. D'ailleurs, son opinion ne m'étonne pas, c'est une nature si droite ! » Swann oubliait que dans l'après-midi, il m'avait dit au contraire que les opinions en cette

115

affaire Dreyfus étaient commandées par l'atavisme.
Tout au plus avait-il fait exception pour l'intelligence, parce que chez Saint-Loup elle était arrivée
à vaincre l'atavisme et à faire de lui un dreyfusard.
Or, il venait de voir que cette victoire avait été de
courte durée et que Saint-Loup avait passé dans
l'autre camp. C'était donc maintenant à la droiture
du cœur qu'il donnait le rôle dévolu tantôt à l'intelligence. En réalité, nous découvrons toujours
après coup que nos adversaires avaient une raison
d'être du parti où ils sont et qui ne tient pas à ce
qu'il peut y avoir de juste dans ce parti, et que ceux
qui pensent comme nous c'est que l'intelligence,
si leur nature morale est trop basse pour être invo-
quée, ou leur droiture, si leur pénétration est faible,
les y a contraints.

Swann trouvait maintenant indistinctement intel-
ligents ceux qui étaient de son opinion, son vieil
ami le prince de Guermantes, et mon camarade
Bloch qu'il avait tenu à l'écart jusque-là, et qu'il
invita à déjeuner. Swann intéressa beaucoup Bloch
en lui disant que le prince de Guermantes était
dreyfusard. « — Il faudrait lui demander de signer
nos listes pour Picquart ; avec un nom comme le
sien, cela ferait un effet formidable. » Mais Swann,
mêlant à son ardente conviction d'israélite la modé-
ration diplomatique du mondain dont il avait
trop pris les habitudes pour pouvoir si tardivement
s'en défaire, refusa d'autoriser Bloch à envoyer au
Prince, même comme spontanément, une circulaire
à signer. « — Il ne peut pas faire cela, il ne faut pas
demander l'impossible, répétait Swann. Voilà un
homme charmant qui a fait des milliers de lieues
pour venir jusqu'à nous. Il peut nous être très

utile. S'il signait votre liste, il se compromettrait simplement auprès des siens, serait châtié à cause de nous, peut-être se repentirait-il de ses confidences et n'en ferait-il plus. » Bien plus, Swann refusa son propre nom. Il le trouvait trop hébraïque pour ne pas faire mauvais effet. Et puis, s'il approuvait tout ce qui touchait à la révision il ne voulait être mêlé en rien à la campagne antimilitariste. Il portait, ce qu'il n'avait jamais fait jusque-là, la décoration qu'il avait gagnée comme tout jeune mobile, en 70, et ajouta à son testament un codicille pour demander que, contrairement à ses dispositions précédentes, des honneurs militaires fussent rendus à son grade de chevalier de la Légion d'honneur. Ce qui assembla autour de l'église de Combray tout un escadron de ces cavaliers sur l'avenir desquels pleurait autrefois Françoise, quand elle envisageait la perspective d'une guerre. Bref Swann refusa de signer la circulaire de Bloch de sorte que s'il passait pour un dreyfusard enragé aux yeux de beaucoup, mon camarade le trouva tiède, infecté de nationalisme, et cocardier.

Swann me quitta sans me serrer la main pour ne pas être obligé de faire des adieux dans cette salle où il avait trop d'amis, mais il me dit : « — Vous devriez venir voir votre amie Gilberte. Elle a réellement grandi et changé, vous ne la reconnaîtriez pas. Elle serait si heureuse ! » Je n'aimais plus Gilberte. Elle était pour moi comme une morte qu'on a longtemps pleurée, puis l'oubli est venu, et si elle ressuscitait, elle ne pourrait plus s'insérer dans une vie qui n'est plus faite pour elle. Je n'avais plus envie de la voir ni même cette envie de lui montrer que je ne tenais pas à la voir et que chaque jour, quand je l'aimais, je me promettais de lui témoigner, quand je ne l'aimerais plus.

Aussi, ne cherchant plus qu'à me donner, vis-à-vis de Gilberte, l'air d'avoir désiré de tout mon cœur la retrouver, et d'en avoir été empêché par des circonstances dites « indépendantes de ma volonté » et qui ne se produisent en effet au moins, avec une certaine suite, que quand la volonté ne les contrecarre pas, bien loin d'accueillir avec réserve l'invitation de Swann, je ne le quittai pas qu'il ne m'eut promis d'expliquer en détail à sa fille les contretemps qui m'avaient privé, et me priveraient encore d'aller la voir. « — Du reste, je vais lui écrire tout à l'heure en rentrant, ajoutai-je. Mais dites-lui bien que c'est une lettre de menaces, car dans un mois ou deux, je serai tout à fait libre, et alors qu'elle tremble, car je serai chez vous aussi souvent même qu'autrefois. »

Avant de laisser Swann, je lui dis un mot de sa santé. « — Non, ça ne va pas si mal que ça, me répondit-il. D'ailleurs comme je vous le disais, je suis assez fatigué et accepte d'avance avec résignation ce qui peut arriver. Seulement, j'avoue que ce serait bien agaçant de mourir avant la fin de l'affaire Dreyfus. Toutes ces canailles-là ont plus d'un tour dans leur sac. Je ne doute pas qu'ils soient finalement vaincus, mais enfin ils sont très puissants, ils ont des appuis partout. Dans le moment où ça va le mieux, tout craque. Je voudrais bien vivre assez pour voir Dreyfus réhabilité et Picquart colonel ».

Quand Swann fut parti, je retournai dans le grand salon où se trouvait cette princesse de Guermantes avec laquelle je ne savais pas alors que je

dusse être un jour si lié. La passion qu'elle eut pour
M. de Charlus ne se découvrit pas d'abord à moi.
Je remarquai seulement que le baron, à partir
d'une certaine époque et sans être pris contre la
princesse de Guermantes d'aucune de ces inimitiés
qui chez lui n'étonnaient pas, tout en continuant
à avoir pour elle autant, plus d'affection peut-être
encore, paraissait mécontent et agacé chaque fois
qu'on lui parlait d'elle. Il ne donnait plus jamais
son nom dans la liste des personnes avec qui il désirait dîner.

Il est vrai qu'avant cela, j'avais entendu un
homme du monde très méchant dire que la Princesse était tout à fait changée, qu'elle était amou-
reuse de M. de Charlus, mais cette médisance m'avait
paru absurde et m'avait indigné. J'avais bien remarqué avec étonnement que quand je racontais
quelque chose qui me concernait, si au milieu inter-
venait M. de Charlus, l'attention de la Princesse
se mettait aussitôt à ce cran plus serré qui est celui
d'un malade qui, nous entendant parler de nous,
par conséquent, d'une façon distraite et nonchа-
lante, reconnaît tout d'un coup qu'un nom est celui
du mal dont il est atteint, ce qui à la fois l'intéresse
et le réjouit. Telle si je lui disais : « Justement M. de
Charlus me racontait... » la Princesse reprenait en
mains les rênes détendues de son attention. Et une
fois ayant dit devant elle que M. de Charlus avait
en ce moment un assez vif sentiment pour une certaine personne, je vis avec étonnement s'insérer
dans les yeux de la Princesse ce trait différent et
momentané qui trace dans les prunelles comme le
sillon d'une fêlure, et qui provient d'une pensée
que nos paroles à leur insu ont agitée en l'être

à qui nous parlons, pensée secrète qui ne se traduira
pas par des mots, mais qui montera des profondeurs
remuées par nous, à la surface un instant altérée
du regard. Mais si mes paroles avaient ému la Princesse, je n'avais pas soupçonné de quelle façon.

D'ailleurs, peu de temps après, elle commença
à me parler de M. de Charlus, et presque sans détours. Si elle faisait allusion aux bruits que de rares
personnes faisaient courir sur le baron, c'était seulement comme à d'absurdes et infâmes inventions.
Mais d'autre part, elle disait : « Je trouve qu'une
femme qui s'éprendrait d'un homme de l'immense
valeur de Palamède devrait avoir assez de hauteur
de vues, assez de dévouement, pour l'accepter
et le comprendre en bloc, tel qu'il est, pour respecter sa liberté, ses fantaisies, pour chercher seulement à lui aplanir les difficultés et à le consoler de
ses peines ». Or, par ces propos pourtant si vagues,
la princesse de Guermantes révélait ce qu'elle cherchait à magnifier de la même façon que faisait parfois M. de Charlus lui-même. N'ai-je pas entendu
à plusieurs reprises ce dernier dire à des gens qui
jusque-là étaient incertains si on le calomniait ou
non : « Moi, qui ai eu bien des hauts et bien des
bas dans ma vie, qui ai connu toute espèce de gens,
aussi bien des voleurs que des rois, et même je dois
dire avec une légère préférence pour les voleurs,
qui ai poursuivi la beauté sous toutes ses formes,
etc... » et par ces paroles qu'il croyait habiles, et en
démentant des bruits dont on ne soupçonnait pas
qu'ils eussent couru (ou pour faire, à la vérité
par goût, par mesure, par souci de la vraisemblance
une part qu'il était seul à juger minime), il ôtait
leurs derniers doutes sur lui aux uns, inspirait leurs

premiers à ceux qui n'en avaient pas encore. Car
le plus dangereux de tous les recels, c'est celui de
la faute elle-même dans l'esprit du coupable. La
connaissance permanente qu'il a d'elle l'empêche
de supposer combien généralement elle est ignorée,
combien un mensonge complet serait aisément
cru, et en revanche de se rendre compte à quel
degré de vérité commence pour les autres dans des
paroles qu'il croit innocentes, l'aveu. Et d'ailleurs
il aurait eu de toute façon bien tort de chercher
à le taire, car il n'y a pas de vices qui ne trouvent
dans le grand monde des appuis complaisants
et l'on a vu bouleverser l'aménagement d'un château pour faire coucher une sœur près de sa sœur
dès qu'on eut appris qu'elle ne l'aimait pas qu'en
sœur. Mais ce qui me révéla tout d'un coup l'amour
de la princesse, ce fut un fait particulier et sur lequel
je n'insisterai pas ici, car il fait partie du récit tout
autre où M. de Charlus laissa mourir une reine,
plutôt que de manquer le coiffeur qui devait le
friser au petit fer pour un contrôleur d'omnibus
devant lequel il se trouva prodigieusement inti-
midé. Cependant, pour en finir avec l'amour de
la princesse, disons quel rien m'ouvrit les yeux.
J'étais ce jour-là, seul en voiture avec elle. Au
moment où nous passions devant une poste, elle fit
arrêter. Elle n'avait pas emmené de valet de pied.
Elle sortit à demi une lettre de son manchon et
commença le mouvement de descendre pour la mettre
dans la boîte. Je voulus l'arrêter, elle se débattit
légèrement, et déjà nous nous rendions compte
l'un et l'autre que notre premier geste avait été,
le sien compromettant, en ayant l'air de protéger
un secret, le mien indiscret en m'opposant à cette

protection. Ce fut elle qui se ressaisit le plus vite.
Devenant subitement très rouge, elle me donna la
lettre, je n'osai plus ne pas la prendre, mais en la
mettant dans la boîte, je vis, sans le vouloir,
qu'elle était adressée à M. de Charlus.

Pour revenir en arrière et à cette première soirée
chez la princesse de Guermantes, j'allai lui dire
adieu, car son cousin et sa cousine me ramenaient
et étaient fort pressés. M. de Guermantes voulait
cependant dire au revoir à son frère. Mme de Surgis
ayant eu le temps, dans une porte de dire au duc
que M. de Charlus avait été charmant pour elle
et pour ses fils. Cette grande gentillesse de son
frère et la première que celui-ci eut eue dans cet
ordre d'idées, toucha profondément Basin et ré-
veilla chez lui des sentiments de famille qui ne s'en-
dormaient jamais longtemps. Au moment où nous
disions adieu à la princesse, il tint, sans dire expressé-
ment ses remerciements à M. de Charlus, à lui
exprimer sa tendresse, soit qu'il eût en effet peine
à la contenir, soit pour que le baron se souvînt
que le genre d'actions qu'il avait eu ce soir, ne passait pas inaperçu aux yeux d'un frère, de même
que dans le but de créer pour l'avenir des associa-
tions de souvenirs salutaires, on donne du sucre
à un chien qui a fait le beau. « — Hé bien ! petit
frère, dit le duc en arrêtant M. de Charlus et en le
prenant tendrement sous le bras, voilà comment
on passe devant son aîné sans même un petit bonjour. Je ne te vois plus, Mémé, et tu ne sais pas
comme cela me manque. En cherchant de vieilles
lettres j'en ai justement retrouvé de la pauvre maman
qui sont toutes si tendres pour toi. » « — Merci,
Basin », répondit M. de Charlus d'une voix altérée

car il ne pouvait jamais parler sans émotion de leur mère. « — Tu devrais te décider à me laisser t'installer un pavillon à Guermantes », reprit le duc. « — C'est gentil de voir les deux frères si tendres l'un avec l'autre », dit la princesse à Oriane. « — Ah ! ça, je ne crois pas qu'on puisse trouver beaucoup de frères comme cela. Je vous inviterai avec lui, me promit-elle. Vous n'êtes pas mal avec lui ?... Mais qu'est-ce qu'ils peuvent avoir à se dire », ajouta-t-elle d'un ton inquiet, car elle entendait imparfaitement leurs paroles. Elle avait toujours eu une certaine jalousie du plaisir que M. de Guermantes éprouvait à causer avec son frère d'un passé à distance duquel il tenait un peu sa femme. Elle sentait que, quand ils étaient heureux d'être ainsi l'un près de l'autre et que ne retenant plus son impatiente curiosité elle venait se joindre à eux, son arrivée ne leur faisait pas plaisir. Mais ce soir, à cette jalousie habituelle s'en ajoutait une autre. Car si Mme de Surgis avait raconté à M. de Guermantes les bontés qu'avait eues son frère afin qu'il l'en remerciât, en même temps des amies dévouées du couple Guermantes avaient cru devoir prévenir la duchesse que la maîtresse de son mari avait été vue en tête à tête avec le frère de celui-ci. Et Mme de Guermantes en était tourmentée. « — Rappelle-toi comme nous étions heureux jadis à Guermantes, reprit le Duc en s'adressant à M. de Charlus. Si tu y venais quelquefois l'été, nous reprendrions notre bonne vie. Te rappelles-tu le vieux père Courveau : « Pourquoi est-ce que Pascal est troublant ? parce qu'il est trou... trou. » « — Blé, prononça M. de Charlus comme s'il répondait encore à son professeur. Et pourquoi est-ce que Pascal est troublé ; parce

qu'il est trou... parce qu'il est trou. Blanc. Très
bien, vous serez reçu, vous aurez certainement une
mention et Mme la Duchesse vous donnera un dic-
tionnaire chinois. » « — Si je me rappelle, mon petit
Mémé, et la vieille potiche que t'avait rapportée
Hervey de Saint-Denis, je la vois encore. Tu nous
menaçais d'aller passer définitivement ta vie en Chine
tant tu étais épris de ce pays ; tu aimais déjà faire
de longues vadrouilles. Ah ! tu as été un type spé-
cial car on peut dire qu'en rien, tu n'as jamais eu
les goûts de tout le monde... » Mais à peine avait-il
dit ces mots que le duc piqua ce qu'on appelle un
soleil, car il connaissait sinon les mœurs, du moins
la réputation de son frère. Comme il ne lui en parlait jamais, il était d'autant plus gêné d'avoir dit
quelque chose qui pouvait avoir l'air de s'y rap-
porter, et plus encore d'avoir paru gêné. Après une
seconde de silence : « — Qui sait, dit-il pour effacer
ses dernières paroles, tu étais peut-être amoureux
d'une Chinoise, avant d'aimer tant de blanches et
de leur plaire, si j'en juge par une certaine dame
à qui tu as fait bien plaisir ce soir en causant avec
elle. Elle a été ravie de toi ». Le duc s'était promis
de ne pas parler de Mme de Surgis, mais au milieu
du désarroi que la gaffe qu'il avait faite venait de
jeter dans ses idées, il s'était jeté sur la plus voisine
qui était précisément celle qui ne devait pas paraître
dans l'entretien, quoi qu'elle l'eût motivé. Mais
M. de Charlus avait remarqué la rougeur de son
frère. Et comme les coupables qui ne veulent pas
avoir l'air embarrassé qu'on parle devant eux du
crime qu'ils sont censés ne pas avoir commis et
croient devoir prolonger une conversation périlleuse :
« — J'en suis charmé, lui répondit-il, mais je tiens

à revenir sur ta phrase précédente qui me semble profondément vraie. Tu disais que je n'ai jamais eu les idées de tout le monde, comme c'est juste, tu disais que j'avais des goûts spéciaux. » « — Mais non, protesta M. de Guermantes, qui en effet, n'avait pas dit ces mots, et ne croyait peut-être pas chez son frère à la réalité de ce qu'ils désignent. Et d'ailleurs, se croyait-il le droit de le tourmenter pour des singularités qui en tous cas étaient restées assez douteuses ou assez secrètes pour ne nuire en rien à l'énorme situation du baron. Bien plus, sentant que cette situation de son frère allait se mettre au service de ses maîtresses, le duc se disait que cela valait bien quelques complaisances en échange ; eût-il à ce moment connu quelque liaison « spéciale » de son frère que, dans l'espoir de l'appui que celui-ci lui prêterait, espoir uni au pieux souvenir du temps passé, M. de Guermantes eût passé dessus, fermant les yeux sur elle, et au besoin prêtant la main. « — Voyons, Basin ; bonsoir, Palamède, dit la duchesse qui, rongée de rage et de curiosité, n'y pouvait plus tenir, si vous avez décidé de passer la nuit ici, il vaut mieux que nous restions à souper. Vous nous tenez debout, Marie et moi, depuis une demi-heure. » Le duc quitta son frère après une significative étreinte et nous descendîmes tous trois l'immense escalier de l'hôtel de la princesse.

Des deux côtés, sur les marches les plus hautes, étaient répandus des couples qui attendaient que leur voiture fût avancée. Droite, isolée, ayant à ses côtés son mari et moi, la duchesse se tenait à gauche de l'escalier, déjà enveloppée dans son manteau à la Tiepolo, le col enserré dans le fermoir de rubis, dévorée des yeux par des femmes, des hommes, qui cherchaient à surprendre le secret de son élégance et de sa beauté. Attendant sa voiture sur le même degré de l'escalier que Mme de Guermantes, mais à l'extrémité opposée, Mme de Gallardon qui avait perdu depuis longtemps tout espoir d'avoir jamais la visite de sa cousine, tournait le dos pour ne pas avoir l'air de la voir, et surtout pour ne pas offrir la preuve que celle-ci ne la saluait pas. Mme de Gallardon était de fort méchante humeur parce que des messieurs qui étaient avec elle avaient cru devoir lui parler d'Oriane : « — Je ne tiens pas du tout à la voir, leur avait-elle répondu; je l'ai du reste aperçue tout à l'heure, elle commence à vieillir; il paraît qu'elle ne peut pas s'y faire. Basin lui-même le dit. Et dame, je comprends ça, parce que comme elle n'est pas intelligente, qu'elle est méchante comme une teigne et qu'elle a mauvaise façon, elle sent bien que, quand elle ne sera plus belle, il ne lui restera rien du tout. »

J'avais mis mon pardessus, ce que M. de Guermantes qui craignait les refroidissements blâma, en descendant avec moi, à cause de la chaleur qu'il faisait. Et la génération de nobles qui a plus ou moins passé par monseigneur Dupanloup parle un si mauvais français (excepté les Castellane), que le Duc exprima ainsi sa pensée : « Il vaut mieux ne pas être couvert avant d'aller dehors, du moins *en thèse générale.* » Je revois toute cette sortie, je revois, si ce n'est pas à tort que je le place sur cet escalier, portrait détaché de son cadre, le prince de Sagan duquel ce dut être la dernière soirée mondaine, se découvrant pour présenter ses hommages à la Duchesse, avec une si ample révolution du chapeau haut de forme dans sa main gantée de blanc, qui répondait au gardénia de la boutonnière, qu'on s'étonnait que ce ne fût pas un feutre à plume de l'ancien régime duquel plusieurs visages ancestraux étaient exactement reproduits dans celui de ce grand seigneur. Il ne resta qu'un peu de temps auprès d'elle, mais ses poses même d'un instant suffisaient à composer tout un tableau vivant et comme une scène historique. D'ailleurs comme il est mort depuis, et que je ne l'avais de son vivant qu'aperçu, il est tellement devenu pour moi un personnage d'histoire, d'histoire mondaine du moins, qu'il m'arrive de m'étonner en pensant qu'une femme, qu'un homme que je connais sont sa sœur et son neveu.

Pendant que nous descendions l'escalier, le montait, avec un air de lassitude qui lui seyait, une femme qui paraissait une quarantaine d'années bien qu'elle eût davantage. C'était la princesse d'Orvillers, fille naturelle, disait-on, du duc de Parme, et dont la douce voix se scandait d'un vague accent autrichien. Elle s'avançait, grande, inclinée, dans une robe de soie blanche à fleurs, laissant battre sa poitrine délicieuse, palpitante et fourbue, à travers un harnais de diamants et de saphirs. Tout en secouant la tête comme une cavale de roi qu'eût embarrassé son licol de perles, d'une valeur inestimable et d'un poids incommode, elle posait çà et là ses regards doux et charmants, d'un bleu qui, au fur et à mesure qu'il commençait à s'user, devenait plus caressant encore, et faisait à la plupart des invités qui s'en allaient un signe de tête amical. « — Vous arrivez à une jolie heure, Paulette ! » dit la Duchesse. « — Ah ! j'ai un tel regret ! Mais vraiment il n'y a pas eu la possibilité

127

matérielle », répondit la princesse d'Orvillers qui avait pris à la duchesse de Guermantes ce genre de phrases, mais y ajoutait sa douceur naturelle et l'air de sincérité donné par l'énergie d'un accent lointainement tudesque dans une voix si tendre. Elle avait l'air de faire allusion à des complications de vie trop longues à dire, et non vulgairement à des soirées, bien qu'elle revînt en ce moment de plusieurs. Mais ce n'était pas elles qui la forçaient de venir si tard. Comme le prince de Guermantes avait pendant de longues années empêché sa femme de recevoir Mme d'Orvillers, celle-ci, quand l'interdit fut levé, se contenta de répondre aux invitations, pour ne pas avoir l'air d'en avoir soif, par de simples cartes déposées. Au bout de deux ou trois ans de cette méthode, elle venait elle-même, mais très tard, comme après le théâtre. De cette façon, elle se donnait l'air de ne tenir nullement à la soirée, ni d'y être vue, mais simplement de venir faire une visite au Prince et à la Princesse, rien que pour eux, par sympathie, au moment où, les trois quarts des invités déjà partis, elle « jouirait mieux d'eux ». « — Oriane est vraiment tombée au dernier degré, ronchonna Mme de Gallardon. Je ne comprends pas Basin de la laisser parler à Mme d'Orvillers. Ce n'est pas M. de Gallardon qui m'eût permis cela ». Pour moi, j'avais reconnu en Mme d'Orvillers la femme qui près de l'hôtel Guermantes me lançait de longs regards langoureux, se retournait, s'arrêtait devant les glaces des boutiques. Mme de Guermantes me présenta, Mme d'Orvillers fut charmante, ni trop aimable, ni piquée. Elle me regarda comme tout le monde de ses yeux doux... Mais je ne devais plus jamais, quand je la rencontrerais, recevoir d'elle une seule de ces avances où elle avait semblé s'offrir. Il y a des regards particuliers et qui ont l'air de vous reconnaître, qu'un jeune homme ne reçoit jamais de certaines femmes — et de certains hommes — que jusqu'au jour où ils vous connaissent et apprennent que vous êtes l'ami de gens avec qui ils sont liés aussi.

On annonça que la voiture était avancée. Mme de Guermantes prit sa jupe rouge comme pour descendre et monter en voiture, mais saisie peut-être d'un remords, ou du désir de faire plaisir et surtout de profiter de la brièveté que l'empêchement matériel de le prolonger imposait à un acte aussi ennuyeux, regarda Mme de Gallardon ; puis, comme si elle venait seulement de l'apercevoir, prise d'une inspiration, elle retraversa avant de descendre toute la longueur du degré et arrivée à sa cousine ravie, lui tendit la main. « — Comme il y a longtemps », lui dit la Duchesse qui, pour ne pas avoir à développer tout ce qu'était censé contenir de regrets et de légitimes excuses cette formule, se tourna d'un air effrayé vers le Duc, lequel en effet descendu avec moi vers la voiture, tempêtait en voyant que sa femme était partie vers Mme de Gallardon et interrompait la circulation des autres voitures. « — Oriane est tout de même encore bien belle ! » dit Mme de Gallardon. Les gens m'amusent quand ils disent que nous sommes en froid, nous pouvons pour des raisons où nous n'avons pas besoin de mettre les autres rester des années sans nous voir, nous avons trop de souvenirs communs pour pouvoir jamais être séparées, et au fond, elle sait bien qu'elle m'aime plus que tant de gens qu'elle voit tous les jours et qui ne sont pas de son rang. » Mme de Gallardon était en effet comme ces amoureux dédaignés qui veulent à toute force faire croire qu'ils sont plus aimés que ceux que choie leur belle. Et (par les éloges que, sans souci de la contradiction avec ce qu'elle avait dit peu avant, elle prodigua en parlant de la duchesse de Guermantes), elle prouva indirectement que celle-ci possédait à fond les maximes qui doivent guider dans sa carrière une grande élégante laquelle dans le moment même où sa plus merveilleuse toilette excite, à côté de l'admiration, l'envie, doit savoir traverser tout un escalier pour la désarmer. « — Faites au moins attention de ne pas mouiller vos souliers » (il avait tombé une petite pluie d'orage), dit le Duc, qui était encore furieux d'avoir attendu.

Pendant le retour, à cause de l'exiguïté du coupé, les souliers rouges se trouvèrent forcément peu éloignés des miens, et Mme de Guermantes, craignant même qu'ils ne les eussent touchés, dit au Duc : « — Ce jeune homme va être obligé de me dire comme je ne sais plus quelle caricature : « Madame, dites-moi tout de suite que vous m'aimez, mais ne me marchez pas sur les pieds comme cela ». Ma pensée d'ailleurs était assez loin de Mme de Guermantes. Depuis que Saint-Loup m'avait parlé d'une jeune fille de grande naissance qui allait dans une maison de passe, et de la femme de chambre de la baronne Putbus, c'était dans ces deux personnes que, faisant bloc, s'étaient résumés les désirs que m'inspiraient chaque jour tant de beautés de deux classes, d'une part les vulgaires et magnifiques, les majestueuses femmes de chambre de grande maison enflées d'orgueil et qui disent « nous » en parlant des duchesses, d'autre part ces jeunes filles

dont il me suffisait parfois, même sans les avoir
vu passer en voiture ou à pied, d'avoir lu le nom
dans un compte rendu de bal pour que j'en devinsse
amoureux et qu'ayant consciencieusement cherché
dans l'annuaire des châteaux où elles passaient
l'été (bien souvent en me laissant égarer par un nom
similaire) je rêvasse tour à tour d'aller habiter les
plaines de l'Ouest, les dunes du Nord, les bois de
pins du Midi. Mais j'avais beau fondre toute la
matière charnelle la plus exquise pour composer,
selon l'idéal que m'en avait tracé Saint-Loup, la
jeune fille légère et la femme de chambre de Mme Putbus, il manquait à mes deux beautés possédables
ce que j'ignorerais tant que je ne les aurais pas
vues, le caractère individuel. Je devais m'épuiser
vainement à rechercher à me figurer, pendant
les mois où j'eusse préféré une femme de chambre,
celle de Mme Putbus. Mais quelle tranquillité après
avoir été perpétuellement troublé par mes désirs
inquiets, pour tant d'êtres fugitifs dont souvent je
ne savais même pas le nom, qui étaient en tous
cas si difficiles à retrouver, encore plus à connaître,
impossibles peut-être à conquérir, d'avoir prélevé
sur toute cette beauté éparse, fugitive, anonyme,
deux spécimens de choix munis de leur flèche signa-
létique et que j'étais du moins certain de me pro-
curer quand je le voudrais. Je reculais l'heure de me
mettre à ce double plaisir, comme celle du travail,
mais la certitude de l'avoir quand je voudrais me
dispensait presque de le prendre, comme ces cachets
soporifiques qu'il suffit d'avoir à la portée de la
main pour n'avoir pas besoin d'eux et s'endormir.
Je ne désirais dans l'univers que deux femmes dont
je ne pouvais, il est vrai, arriver à me représenter le

visage, mais dont Saint-Loup m'avait appris les noms et garanti la complaisance. De sorte que s'il avait par ses paroles de tout à l'heure fourni un rude travail à mon imagination, il avait par contre procuré une appréciable détente, un repos durable à ma volonté.

« — Hé bien ! me dit la Duchesse, en dehors de vos bals, est-ce que je ne peux vous être d'aucune utilité? Avez-vous trouvé un salon où vous aimeriez que je vous présente ? » Je lui répondis que je craignais que le seul qui me fît envie ne fut trop peu élégant pour elle. « — Qui est-ce ? » demanda-t-elle d'une voix menaçante et rauque sans presque ouvrir la bouche. « — La baronne Putbus ». Cette fois-ci elle feignit une véritable colère. « — Ah ! non, ça, par exemple, je crois que vous vous fichez de moi. Je ne sais même pas par quel hasard je sais le nom de ce chameau. Mais c'est la lie de la société. C'est comme si vous me demandiez de vous présenter à ma mercière. Et encore non, car ma mercière est charmante. Vous êtes un peu fou, mon pauvre petit. En tout cas, je vous demande en grâce d'être poli avec les personnes à qui je vous ai présenté, de leur mettre des cartes, d'aller les voir et de ne pas leur parler de la baronne Putbus qui leur est inconnue ». Je demandai si Mme d'Orvillers n'était pas un peu légère. « — Oh ! pas du tout, vous confondez, elle serait plutôt bégueule. N'est-ce pas, Basin ? » « — Oui, en tout cas je ne crois pas qu'il y ait jamais rien à dire sur elle », dit le Duc.

« Vous ne voulez pas venir avec nous à la redoute ? me demanda-t-il. Je vous prêterais un manteau vénitien et je sais quelqu'un à qui cela ferait bougrement plaisir, à Oriane d'abord, cela ce n'est pas la peine de le dire, mais la princesse de Parme, Elle chante tout le temps vos louanges, elle ne jure que par vous. Vous avez la chance — comme elle est un peu mûre — qu'elle soit d'une pudicité absolue. Sans cela elle vous aurait certainement pris comme sigisbée, comme on disait dans ma jeunesse, une espèce de cavalier servant».

Je ne tenais pas à la redoute, mais au rendez-vous avec Albertine. Aussi je refusai. La voiture s'était arrêtée, le valet de pied demanda la porte cochère, les chevaux piaffèrent jusqu'à ce qu'elle fut ouverte toute grande, et la voiture s'engagea dans la cour. « — A la revoyure », me dit le Duc. « — J'ai quelquefois regretté de demeurer aussi près de Marie, me dit la duchesse, parce que si je l'aime beaucoup, j'aime un petit peu moins la voir. Mais je n'ai jamais regretté cette proximité autant que ce soir puisque cela me fait rester si peu avec vous. » « — Allons, Oriane, pas de discours. » La Duchesse aurait voulu que j'entrasse un instant chez eux. Elle rit beaucoup, ainsi que le duc, quand je dis que je ne pouvais pas parce qu'une jeune fille devait précisément venir me faire une visite maintenant. « — Vous avez une drôle d'heure pour recevoir vos visites », me dit-elle.

« — Allons, mon petit, dépêchons-nous, dit M. de Guermantes à sa femme. Il est minuit moins le quart et le temps de nous costumer... » Il se heurta devant sa porte sévèrement gardée par elles, aux deux dames à canne, qui n'avaient pas craint de descendre nuitamment de leur cime, afin d'empêcher un scandale. « — Basin, nous avons tenu à vous prévenir, de peur que vous ne soyez vu à cette redoute : le pauvre Amanien vient de mourir, il y a

133

une heure ». Le duc eut un instant d'alarme. Il voyait la fameuse redoute s'effondrer pour lui du moment que par ces maudites montagnardes, il était averti de la mort de M. d'Osmond. Mais il se ressaisit bien vite et lança aux deux cousines ce mot où il faisait entrer, avec la détermination de ne pas renoncer à un plaisir, son incapacité d'assimiler exactement les tours de la langue française : « Il est mort ! Mais non, on exagère, on exagère ! » Et sans plus s'occuper des deux parentes qui, munies de leurs alpenstocks allaient faire l'ascension dans la nuit, il se précipita aux nouvelles en interrogeant son valet de chambre :

« — Mon casque est bien arrivé ? » « — Oui, monsieur le duc ». « — Il y a bien un petit trou pour respirer. Je n'ai pas envie d'être asphyxié, que diable ! » « — Oui, monsieur le duc. » « — Ah ! tonnerre de Dieu, c'est un soir de malheur. Oriane, j'ai oublié de demander à Babal si les souliers à la poulaine étaient pour vous ! » « — Mais, mon petit, puisque le costumier de l'Opéra-Comique est là, il nous le dira. Moi, je ne crois pas que ça puisse aller avec vos éperons. » « — Allons trouver le costumier, dit le duc. Adieu, mon petit, je vous dirais bien d'entrer avec nous pendant que nous essaierons, pour vous amuser. Mais nous causerions, il va être minuit et il faut que nous n'arrivions pas en retard pour que la fête soit complète. »

Moi aussi j'étais pressé de quitter M. et Mme de Guermantes au plus vite. *Phèdre* finissait vers onze heures et demie. Le temps de venir, Albertine devait être arrivée. J'allai droit à Françoise : « — Mlle Albertine est là ? » « — Personne n'est venu. »

Mon Dieu, cela voulait-il dire que personne ne

viendrait ! J'étais tourmenté, la visite d'Albertine
me semblant maintenant d'autant plus désirable
qu'elle était moins certaine.

Françoise était ennuyée aussi, mais pour une
tout autre raison. Elle venait d'installer sa fille
à table pour un succulent repas. Mais en m'entendant venir, voyant le temps lui manquer pour enlever les plats et disposer des aiguilles et du fil
comme s'il s'agissait d'un ouvrage et non d'un souper : « — Elle vient de prendre une cuillère de soupe,
me dit Françoise, je l'ai forcée de sucer un peu de
carcasse », pour diminuer ainsi jusqu'à rien le souper
de sa fille, et comme si ç'avait été coupable qu'il
fût copieux. Même au déjeuner ou au dîner, si je
commettais la faute d'entrer dans la cuisine, Françoise faisait semblant qu'on eût fini et s'excusait
même en disant : « J'avais voulu manger un *morceau*
ou une *bouchée* ». Mais on était vite rassuré en voyant
la multitude des plats qui couvraient la table et que
Françoise, surprise par mon entrée soudaine, comme
un malfaiteur qu'elle n'était pas, n'avait pas eu le
temps de faire disparaître. Puis elle ajouta : « — Allons, va te coucher, tu as assez travaillé comme cela
aujourd'hui (car elle voulait que sa fille eut l'air
non seulement de ne nous coûter rien, de vivre de
privations, mais encore de se tuer au travail pour
nous). Tu ne fais qu'encombrer la cuisine et surtout
gêner Monsieur qui attend de la visite. Allons,
monte, reprit-elle, comme si elle était obligée d'user
de son autorité pour envoyer coucher sa fille qui,
du moment que le souper était raté, n'était plus là
que pour la frime, et si j'étais resté cinq minutes
encore, eût d'elle-même décampé. Et se tournant
vers moi, avec ce beau français populaire et pourtant

un peu individuel, qui était le sien : « — Monsieur ne voit pas que l'envie de dormir lui coupe la figure ». J'étais resté ravi de ne pas avoir à causer avec la fille de Françoise.

J'ai dit qu'elle était d'un petit pays qui était tout voisin de celui de sa mère, et pourtant différent par la nature du terrain, les cultures, le patois, par certaines particularités des habitants, surtout. Ainsi la « bouchère » et la nièce de Françoise s'entendaient fort mal, mais avaient ce point commun, quand elles partaient faire une course, de s'attarder des heures « chez la sœur » ou « chez la cousine », étant d'elles-mêmes incapables de terminer une conversation, conversation au cours de laquelle le motif qui les avait fait sortir s'évanouissait au point que si on leur disait à leur retour :

« — Hé ! bien, M. le marquis de Norpois sera-t-il visible à six heures un quart », elles ne se frappaient même pas le front en disant : « Ah ! j'ai oublié », mais : « Ah ! je n'ai pas compris que monsieur avait demandé cela, je croyais qu'il fallait seulement lui donner le bonjour ». Si elles « perdaient la boule » de cette façon pour une chose dite une heure auparavant, en revanche il était impossible de leur ôter de la tête ce qu'elles avaient une fois entendu dire, par la sœur ou par la cousine. Ainsi si la bouchère avait entendu dire que les Anglais nous avaient fait la guerre en 70 en même temps que les Prussiens, et j'avais eu beau expliquer que ce fait était faux, toutes les trois semaines la bouchère me répétait au cours d'une conversation : « — C'est cause à cette guerre que les Anglais nous ont faite en 70 en même temps que les Prussiens. » « — Mais je vous ai dit cent fois que vous vous trompez ». Elle ré-

pondait, ce qui impliquait que rien n'était ébranlé
dans sa conviction : « — En tout cas, ce n'est pas
une raison pour leur en vouloir. Depuis 70, il a
coulé de l'eau sous les ponts, etc. » Une autre fois,
prônant une guerre avec l'Angleterre que je désap-
prouvais, elle disait : « Bien sûr vaut toujours
mieux pas de guerre ; mais puisqu'il le faut, vaut
mieux y aller tout de suite. Comme l'a expliqué
tantôt la sœur, depuis cette guerre que les Anglais
nous ont faite en 70, les traités de commerce nous
ruinent. Après qu'on les aura battus, on ne laissera
plus entrer en France un seul Anglais, sans payer
trois cents francs d'entrée, comme nous maintenant
pour aller en Angleterre ».

Tel était en dehors de beaucoup d'honnêteté
et, quand ils parlaient, d'une sourde obstination
à ne pas se laisser interrompre, à reprendre vingt
fois là où ils en étaient si on les interrompt, ce
qui finit par donner à leurs propos la solidité iné-
branlable d'une fugue de Bach, le caractère des
habitants dans ce petit pays qui n'en comptait pas
cinq cents et que bordaient ses châtaigniers, ses
saules, ses champs de pommes de terre et de bette-
raves.

La fille de Françoise, au contraire, parlait, se
croyant une femme d'aujourd'hui et sortie des
sentiers trop anciens, l'argot parisien et ne manquait aucune des plaisanteries adjointes. Françoise
lui ayant dit que je venais de chez une princesse :
« Ah ! sans doute une princesse à la noix de coco ».
Voyant que j'attendais une visite, elle fit semblant
de croire que je m'appelais Charles. Je lui répondis
naïvement que non, ce qui lui permit de placer :
« — Ah ! je croyais ! Et je me disais Charles attend

(charlatan) ». Ce n'était pas de très bon goût, sieM
je fus moins indifférent lorsque comme consolation
du retard d'Albertine, elle me dit : « — Je crois que
vous pouvez l'attendre à perpète. Elle ne viendra
plus. Ah ! nos gigolettes d'aujourd'hui ! »

Ainsi son parler différait de celui de sa mère ;
mais ce qui est plus curieux, le parler de sa mère
n'était pas le même de celui de sa grand'mère, native
de Bailleau-le-Pin, qui était si près du pays de
Françoise. Pourtant les patois différaient légèrement
comme les deux paysages. Le pays de la mère de
Françoise en pente et descendant à un ravin, était
fréquenté par les saules. Et, très loin de là, au
contraire, il y avait en France une petite région
où on parlait presque tout à fait le même patois
qu'à Méséglise. J'en fis la découverte en même temps
que j'en éprouvai l'ennui. En effet, je trouvai une
fois Françoise en grande conversation avec une
femme de chambre de la maison, qui était de ce
pays et parlait ce patois. Elles se comprenaient
presque, je ne les comprenais pas du tout, elles le
savaient et ne cessaient pas pour cela, excusées
croyaient-elles par la joie d'être payses quoique
nées si loin l'une de l'autre, de continuer à parler
devant moi cette langue étrangère, comme lorsqu'on
ne veut pas être compris. Ces pittoresques études
de géographie linguiste et de camaraderie ancillaire
se poursuivirent chaque semaine dans la cuisine,
sans que j'y prisse aucun plaisir.

Comme chaque fois que la porte cochère s'ouvrait,
la concierge appuyait sur un bouton électrique
qui éclairait l'escalier, et comme il n'y avait pas de
locataires qui ne fussent rentrés, je quittai immédiatement la cuisine et revins m'asseoir dans l'anti-

chambre, épiant, là où la tenture un peu trop étroite qui ne couvrait pas complètement la porte vitrée de notre appartement, laissait passer la sombre raie verticale faite par la demi-obscurité de l'escalier. Si tout d'un coup, cette raie devenait d'un blond doré, c'est qu'Albertine viendrait d'entrer en bas et serait dans deux minutes près de moi ; personne d'autre ne pouvait plus venir à cette heure-là. Et je restais, ne pouvant détacher mes yeux de la raie qui s'obstinait à demeure sombre ; je me penchais tout entier pour être sûr de bien voir ; mais j'avais beau regarder, le noir trait vertical, malgré mon désir passionné, ne me donnait pas l'énivrante allégresse que j'aurais eue, si je l'avais vu, changé par un enchantement soudain et significatif, en un lumineux barreau d'or. C'était bien de l'inquiétude, pour cette Albertine à laquelle je n'avais pas pensé trois minutes pendant la soirée Guermantes ! Mais, réveillant les sentiments d'attente jadis éprouvés à propos d'autres jeunes filles, surtout de Gilberte, quand elle tardait à venir, la privation possible d'un simple plaisir physique me causait une cruelle souffrance morale.

Il me fallut rentrer dans ma chambre. Françoise m'y suivit. Elle trouvait, comme j'étais revenu de ma soirée, qu'il était inutile que je gardasse la rose que j'avais à la boutonnière et vint pour me l'enlever. Son geste, en me rappelant qu'Albertine pouvait ne plus venir, et en m'obligeant aussi à confesser que je désirais être élégant pour elle, me causa une irritation qui fut redoublée du fait qu'en me dégageant violemment, je froissai la fleur et que Françoise me dit : « Il aurait mieux valu me la laisser ôter plutôt que non pas la gâter ainsi ».

D'ailleurs, ses moindres paroles m'exaspéraient.
Dans l'attente, on souffre tant de l'absence de ce
qu'on désire qu'on ne peut supporter une autre
présence.

Françoise sortie de la chambre, je pensai que
si c'était pour en arriver maintenant à avoir de la
coquetterie à l'égard d'Albertine, il était bien fâcheux que je me fusse montré tant de fois à elle
si mal rasé, avec une barbe de plusieurs jours, les
soirs où je la laissais venir pour recommencer nos
caresses. Je sentais qu'insoucieuse de moi, elle
me laissait seul. Pour embellir un peu ma chambre,
si Albertine venait encore, et parce que c'était
une des plus jolies choses que j'avais, je remis
pour la première fois depuis des années, sur la table
qui était auprès de mon lit, ce portefeuille orné
de turquoises que Gilberte m'avait fait faire pour
envelopper la plaquette de Bergotte et que, si longtemps, j'avais voulu garder avec moi pendant que je
dormais, à côté de la bille d'agate. D'ailleurs, autant
peut-être qu'Albertine, toujours pas venue, sa présence en ce moment dans un « ailleurs » qu'elle avait
évidemment trouvé plus agréable et que je ne connaissais pas, me causait un sentiment douloureux
qui, malgré ce que j'avais dit, il y avait à peine
une heure, à Swann, sur mon incapacité d'être
jaloux, aurait pu, si j'avais vu mon amie à des inter-
valles moins éloignés, se changer en un besoin
anxieux de savoir où, avec qui, elle passait son
temps. Je n'osais pas envoyer chez Albertine, il
était trop tard, mais dans l'espoir que soupant
peut-être avec des amies, dans un café, elle aurait
l'idée de me téléphoner, je tournai le commutateur
et, rétablissant la communication dans ma chambre,

je la coupai entre le bureau de postes et la loge
du concierge à laquelle il était relié d'habitude à
cette heure-là. Avoir un récepteur dans le petit
couloir où donnait la chambre de Françoise eût
été plus simple, moins dérangeant, mais inutile.
Les progrès de la civilisation permettent à chacun
de manifester des qualités insoupçonnées ou de
nouveaux vices qui les rendent plus chers ou plus
insupportables à leurs amis. C'est ainsi que la découverte d'Edison avait permis à Françoise d'acquérir
un défaut de plus, qui était de se refuser, quelque
utilité, quelque urgence qu'il y eût, à se servir
du téléphone. Elle trouvait le moyen de s'enfuir
quand on voulait le lui apprendre, comme d'autres
au moment d'être vaccinés. Aussi le téléphone
était-il placé dans ma chambre, et pour qu'il ne
gênât pas mes parents, sa sonnerie était remplacée
par un simple bruit de tourniquet. De peur de ne
pas l'entendre, je ne bougeais pas. Mon immobilité était telle que, pour la première fois depuis
des mois, je remarquai le tic-tac de la pendule.
Françoise vint arranger des choses. Elle causait
avec moi, mais je détestais cette conversation,
sous la continuité uniformément banale de laquelle
mes sentiments changeaient de minute en minute,
passant de la crainte à l'anxiété ; de l'anxiété à la
déception complète. Différent des paroles vaguement satisfaites que je me croyais obligé de lui
adresser, je sentais mon visage si malheureux que je
prétendis que je souffrais d'un rhumatisme pour
expliquer le désaccord entre mon indifférence simulée et cette expression douloureuse ; puis je craignais que les paroles prononcées d'ailleurs à mi-
voix par Françoise (non à cause d'Albertine, car

elle jugeait passée depuis longtemps l'heure de sa venue possible) risquassent de m'empêcher d'entendre l'appel sauveur qui ne viendrait plus. Enfin Françoise alla se coucher ; je la renvoyai avec une rude douceur, pour que le bruit qu'elle ferait en s'en allant ne couvrit pas celui du téléphone. Et je recommençai à écouter, à souffrir ; quand nous attendons, de l'oreille qui recueille les bruits à l'esprit qui les dépouille et les analyse, et de l'esprit au cœur à qui il transmet ses résultats, le double trajet est si rapide que nous ne pouvons même pas percevoir sa durée, et qu'il semble que nous écoutions directement avec notre cœur.

J'étais torturé par l'incessante reprise du désir toujours plus anxieux, et jamais accompli, d'un bruit d'appel ; arrivé au point culminant d'une ascension tourmentée dans les spirales de mon angoisse solitaire, du fond du Paris populeux et nocturne approché soudain de moi, à côté de ma bibliothèque, j'entendis tout à coup, mécanique et sublime, comme dans *Tristan* l'écharpe agitée ou le chalumeau du pâtre, le bruit de toupie du téléphone. Je m'élançai, c'était Albertine. « — Je ne vous dérange pas en vous téléphonant à une pareille heure ? » « — Mais non... » dis-je en comprimant ma joie, car ce qu'elle disait de l'heure indue était sans doute pour s'excuser de venir, dans un moment si tard, non parce qu'elle n'allait pas venir. « — Est-ce que vous venez ? » demandai-je d'un ton indifférent. « — Mais... non, si vous n'avez pas absolument besoin de moi. »

Une partie du moi à laquelle l'autre voulait se rejoindre était en Albertine. Il fallait qu'elle vînt, mais je ne le lui dis pas d'abord, comme nous étions en communication, je me dis que je pourrais toujours l'obliger à la dernière seconde soit à venir chez moi, soit à me laisser courir chez elle. « Oui, je suis près de chez moi, dit-elle, et infiniment loin de chez vous ; je n'avais pas bien lu votre mot. Je viens de le retrouver et j'ai eu peur que vous ne m'attendiez. » Je sentais qu'elle mentait et c'était maintenant dans ma fureur plus encore par besoin de la déranger que de la voir, que je voulais l'obliger à venir. Mais je tenais d'abord à refuser ce que je tâcherais d'obtenir dans quelques instants. Mais où était-elle ? A ses paroles se mêlaient d'autres sons : la trompe d'un cycliste, la voix d'une femme qui chantait, une fanfare lointaine, retentissaient aussi distinctement que la voix chère, comme pour me montrer que c'était bien Albertine dans son milieu actuel qui était près de moi en ce moment, comme une motte de terre avec laquelle on a emporté toutes les graminées qui l'entourent. Les mêmes bruits que j'entendais frappaient aussi son oreille et mettaient une entrave à son attention : détails de vérité, étrangers au sujet, inutiles en eux-mêmes, d'autant plus nécessaires à nous révéler l'évidence du miracle ; traits sobres et charmants, descriptifs de quelque rue parisienne, traits perçants aussi et cruels d'une soirée inconnue qui, au sortir de *Phèdre*, avaient empêché Albertine de venir chez moi. « — Je commence par vous prévenir que ce n'est pas pour que vous veniez, car à cette heure-ci, vous me gênerez beaucoup..., lui dis-je, je tombe de sommeil. Et puis, enfin, mille complications. Je tiens à vous dire qu'il n'y avait pas de malentendu possible dans ma lettre. Vous m'avez répondu que c'était convenu. Alors, si vous n'aviez

pas compris, qu'est ce que vous entendiez par là?»
«— J'ai dit que c'était convenu, seulement je ne
me souvenais plus trop de ce qui était convenu.
Mais je vois que vous êtes fâché, cela m'ennuie.
Je regrette d'être allée à *Phèdre*. Si j'avais su que
cela ferait tant d'histoires... » ajouta-t-elle, comme
tous les gens qui, en faute pour une chose, font
semblant de croire que c'est une autre qu'on leur
reproche. « — *Phèdre* n'est pour rien dans mon
mécontentement, puisque c'est moi qui vous ai
demandé d'y aller. » « — Alors, vous m'en voulez,
c'est ennuyeux qu'il soit trop tard ce soir, sans cela
je serais allée chez vous, mais je viendrai demain
ou après-demain pour m'excuser. » « — Oh ! non,
Albertine, je vous en prie, après m'avoir fait perdre
une soirée, laissez-moi au moins la paix les jours
suivants. Je ne serai pas libre avant une quinzaine
de jours ou trois semaines. Ecoutez, si sela vous
ennuie que nous restions sur une impression de
colère, et au fond, vous avez peut-être raison,
alors j'aime encore mieux, fatigue pour fatigue,
puisque je vous ai attendue jusqu'à cette heure-ci
et que vous êtes encore dehors, que vous veniez
tout de suite, je vais prendre du café pour me
réveiller. » « — Ce ne serait pas possible de remettre
cela à demain ? parce que la difficulté... » En entendant ces mots d'excuse, prononcés comme si elle
n'allait pas venir, je sentis qu'au désir de revoir la
figure veloutée qui déjà à Balbec dirigeait toutes
mes journées vers le moment où, devant la mer
mauve de septembre, je serais auprès de cette fleur
rose, — tentait douloureusement de s'unir un
élément bien différent. Ce terrible besoin d'un être,
à Combray, j'avais appris à le connaître au sujet

144

de ma mère, et jusqu'à vouloir mourir si elle me
faisait dire par Françoise qu'elle ne pourrait pas
monter. Cet effort de l'ancien sentiment, pour se
combiner et ne faire qu'un élément unique avec
l'autre, plus récent, et qui, lui, n'avait pour voluptueux objet que la surface colorée, la rose carnation
d'une fleur de plage, cet effort aboutit souvent à
ne faire (au sens chimique) qu'un corps nouveau,
qui peut ne durer que quelques instants. Ce soir-là,
du moins, et pour longtemps encore, les deux éléments restèrent dissociés. Mais déjà aux derniers
mots entendus au téléphone, je commençai à comprendre que la vie d'Albertine était située (non pas
matériellement sans doute) à une telle distance de
moi qu'il m'eut fallu toujours de fatigantes explo-
rations pour mettre la main sur elle, mais de plus,
organisée comme des fortifications de campagne
et, pour plus de sûreté, de l'espèce de celles que l'on
a pris plus tard l'habitude d'appeler camouflées.
Albertine, au reste, faisait, à un degré plus élevé de la
société, partie de ce genre de personnes à qui la
concierge promet à votre porteur de faire remettre
la lettre quand elle rentrera, — jusqu'au jour où
vous vous apercevez que c'est précisément elle,
la personne rencontrée dehors et à laquelle vous vous
êtes permis d'écrire, qui est la concierge. De sorte
qu'elle habite bien — mais dans la loge — le logis
qu'elle vous a indiqué (lequel, d'autre part, est une
petite maison de passe dont la concierge est la ma-
querelle) — et qui donne comme adresse un im-
meuble où elle est connue par des complices qui ne
vous livreront pas son secret, d'où on lui fera par-
venir vos lettres, mais où elle n'habite pas, où elle
a tout au plus laissé des affaires. Existences dispo-

sées sur cinq ou six lignes de repli de sorte que quand
on veut voir cette femme, ou savoir, on est venu
frapper trop à droite, ou trop à gauche, ou trop
en avant, ou trop en arrière, et qu'on peut pendant des mois, des années, tout ignorer. Pour
Albertine, je sentais que je n'apprendrais jamais
rien, qu'entre la multiplicité entremêlée des détails
réels et des faits mensongers je n'arriverais jamais
à me débrouiller. Et que ce serait toujours ainsi,
à moins que de la mettre en prison (mais on s'évade)
jusqu'à la fin. Ce soir-là, cette conviction ne fit
passer à travers moi qu'une inquiétude, mais où
je sentais frémir comme une anticipation de longues
souffrances.

« — Mais non, répondis-je, je vous ai déjà dit
que je ne serais pas libre avant trois semaines,
pas plus demain qu'un autre jour. » « — Bien,
alors... je vais prendre le pas de course... c'est
ennuyeux, parce que je suis chez une amie qui... »
Je sentais qu'elle n'avait pas cru que j'accepterais
sa proposition de venir, laquelle n'était donc pas
sincère, et je voulais la mettre au pied du mur.
« — Qu'est-ce que ça peut me faire, votre amie,
venez ou ne venez pas, c'est votre affaire, ce n'est
pas moi qui vous demande de venir, c'est vous qui
me l'avez proposé. » « — Ne vous fâchez pas, je
saute dans un fiacre et je serai chez vous dans dix
minutes. » Ainsi, de ce Paris des profondeurs noc-
turnes duquel avait déjà émané jusque dans ma
chambre, mesurant le rayon d'action d'un être lointain, une voix qui allait surgir et apparaître, après
cette première annonciation, c'était cette Albertine que j'avais connue jadis sous le ciel de Balbec,
quand les garçons du Grand-Hôtel, en mettant le

146

couvert, étaient aveuglés par la lumière du cou-
chant, que les vitres étant entièrement tirées,
les souffles imperceptibles du soir passaient librement, de la plage où s'attardaient les derniers pro-
meneurs, à l'immense salle à manger où les premiers
dîneurs n'étaient pas assis encore, et que dans la
glace placée derrière le comptoir passait le reflet
rouge de la coque et s'attardait longtemps le reflet
gris de la fumée du dernier bateau pour Rivebelle.
Je ne me demandais plus ce qui avait pu mettre
Albertine en retard, et quand Françoise entra
dans ma chambre me dire : « Mademoiselle Albertine est là », si je répondis sans même bouger la
tête, ce fut seulement par dissimulation : « — Comment mademoiselle Albertine vient-elle aussi tard ! »
Mais levant alors les yeux sur Françoise comme
dans une curiosité d'avoir sa réponse qui devait
corroborer l'apparente sincérité de ma question,
je m'aperçus avec admiration et fureur, que, capable de rivaliser avec la Berma elle-même dans
l'art de faire parler les vêtements inanimés et les
traits du visage, Françoise avait su faire la leçon
à son corsage, à ses cheveux dont les plus blancs
avaient été ramenés à la surface, exhibés comme un
extrait de naissance, à son cou courbé par la fatigue
et l'obéissance. Ils la plaignaient d'avoir été tirée
du sommeil et de la moiteur du lit, au milieu de la
nuit, à son âge, obligée de se vêtir quatre à quatre,
au risque de prendre une fluxion de poitrine. Aussi,
craignant d'avoir eu l'air de m'excuser de la venue
tardive d'Albertine ; « — En tout cas, je suis bien
content qu'elle soit venue, tout est pour le mieux »,
et je laissai éclater ma joie profonde. Elle ne demeura
pas longtemps sans mélange, quand j'eus entendu

la réponse de Françoise. Celle-ci, sans proférer aucune plainte, ayant même l'air d'étouffer de son mieux une toux irrésistible, et croisant seulement sur elle son châle comme si elle avait froid, commença par me raconter tout ce qu'elle avait dit à Albertine, n'ayant pas manqué de lui demander des nouvelles de sa tante. « — Justement j'y disais, monsieur devait avoir crainte que mademoiselle ne vienne plus, parce que ce n'est pas une heure pour venir, c'est bientôt le matin. Mais elle devait être dans des endroits qu'elle s'amusait bien car elle ne m'a pas seulement dit qu'elle était contrariée d'avoir fait attendre monsieur, elle m'a répondu d'un air de se fiche du monde : « Mieux vaut tard que jamais ! » Et Françoise ajouta ces mots qui me percèrent le cœur : « — En parlant comme ça elle s'est vendue. Elle aurait peut-être bien voulu se cacher mais... »

Je n'avais pas de quoi être bien étonné. Je viens de dire que Françoise rendait rarement compte, dans les commissions qu'on lui donnait, sinon de ce qu'elle avait dit et sur quoi elle s'étendait volontiers, du moins de la réponse attendue. Mais, si par exception elle nous répétait les paroles que nos amis avaient dites, si courtes qu'elles fussent, elle s'arrangeait généralement, au besoin grâce à l'expression, au ton dont elle assurait qu'elles avaient été accompagnées, à leur donner quelque chose de blessant. A la rigueur, elle acceptait d'avoir subi d'un fournisseur chez qui nous l'avions envoyée, une avanie, d'ailleurs probablement imaginaire, pourvu que s'adressant à elle qui nous représentait, qui avait parlé en notre nom, cette avanie nous atteignît par ricochet. Il n'eût resté qu'à lui

SODOME ET GOMORRHE

répondre qu'elle avait mal compris, qu'elle était
atteinte de délire de persécution et que tous les
commerçants n'étaient pas ligués contre elle. D'ailleurs leurs sentiments m'importaient peu. Il n'en
était pas de même de ceux d'Albertine. Et en me
rédisant ces mots ironiques : « Mieux vaut tard
que jamais ! » Françoise m'évoqua aussitôt les amis
dans la société desquels Albertine avait fini sa soirée,
s'y plaisant donc plus que dans la mienne. « — Elle
est comique, elle a un petit chapeau plat, avec ses
gros yeux, ça lui donne un drôle d'air, surtout avec
son manteau qu'elle aurait bien fait d'envoyer chez
l'estoppeuse car il est tout mangé. Elle m'amuse »,
ajouta, comme se moquant d'Albertine, Françoise
qui partageait rarement mes impressions, mais
éprouvait le besoin de faire connaître les siennes.
Je ne voulais même pas avoir l'air de comprendre
que ce rire signifiait le dédain de la moquerie,
mais pour rendre coup pour coup, je répondis à
Françoise, bien que je ne connusse pas le petit chapeau dont elle parlait : « — Ce que vous appelez
« petit chapeau plat » est quelque chose de simplement ravissant... » « — C'est-à-dire que c'est trois
fois rien », dit Françoise en exprimant, franchement
cette fois, son véritable mépris. Alors (d'un ton doux
et ralenti pour que ma réponse mensongère eût
l'air d'être l'expression non de ma colère mais de la
vérité), en ne perdant pas de temps cependant
pour ne pas faire attendre Albertine, j'adressai à
Françoise ces paroles cruelles : « — Vous êtes excellente, lui dis-je mielleusement, vous êtes gentille,
vous avez mille qualités, mais vous en êtes au même
point que le jour où vous êtes arrivée à Paris, aussi
bien pour vous connaître en choses de toilette

149

que pour bien prononcer les mots et ne pas faire
de cuirs. » Et ce reproche était particulièrement
stupide, car ces mots français que nous sommes si
fiers de prononcer exactement ne sont eux-mêmes
que des « cuirs » faits par des bouches gauloises qui
prononçaient de travers le latin ou le saxon, notre
langue n'étant que la prononciation défectueuse de
quelques autres.

Le génie linguistique à l'état vivant, l'avenir et
le passé du français, voilà ce qui eût dû m'intéresser
dans les fautes de Françoise. L' « estoppeuse »
pour la « stoppeuse » n'était-il pas aussi curieux
que ces animaux survivants des époques lointaines,
comme la baleine ou la girafe, et qui nous montrent
les états que la vie animale a traversés. « — Et,
ajoutai-je, du moment que depuis tant d'années
vous n'avez pas su apprendre, vous n'apprendrez
jamais. Vous pouvez vous en consoler, cela ne vous
empêche pas d'être une très brave personne, de
faire à merveille le bœuf à la gelée, et encore mille
autres choses. Le chapeau que vous croyez simple
est copié sur un chapeau de la princesse de Guermantes qui a coûté cinq cents francs. Du reste,
je compte en offrir prochainement un encore plus
beau à Mlle Albertine ». Je savais que ce qui pouvait
le plus ennuyer Françoise c'est que je dépensasse
de l'argent pour des gens qu'elle n'aimait pas.
Elle me répondit, par quelques mots que rendit peu
intelligibles un brusque essoufflement. Quand j'appris plus tard qu'elle avait une maladie de cœur,
quel remords j'eus de ne m'être jamais refusé le
plaisir féroce et stérile de riposter ainsi à ses paroles. Françoise détestait du reste Albertine par ce
que, pauvre, Albertine ne pouvait accroître ce que

Françoise considérait comme mes supériorités. Elle souriait avec bienveillance chaque fois que j'étais invité par Mme de Villeparisis. En revanche elle était indignée qu'Albertine ne pratiquât pas la réciprocité. J'en étais arrivé à être obligé d'inventer de prétendus cadeaux faits par celle-ci et à l'existence desquels Françoise n'ajouta jamais l'ombre de foi. Ce manque de réciprocité la choquait surtout en matière alimentaire. Qu'Albertine acceptât des dîners de maman, si nous n'étions pas invités chez Mme Bontemps (laquelle pourtant n'était pas à Paris la moitié du temps, son mari acceptant des « postes » comme autrefois quand il avait assez du ministère), cela lui paraissait de la part de mon amie une indélicatesse qu'elle flétrissait indirectement en récitant ce dicton courant à Combray :

> « Mangeons mon pain.
> — Je le veux bien.
> — Mangeons le tien.
> — Je n'ai plus faim. »

Je fis semblant d'être contraint d'écrire. « — A qui écriviez-vous, » me dit Albertine en entrant. « — A une jolie amie à moi, à Gilberte Swann. Vous ne la connaissez pas ? » « — Non. » Je renonçai à poser à Albertine des questions sur sa soirée, je sentais que je lui ferais des reproches et que nous n'aurions plus le temps, vu l'heure qu'il était, de nous réconcilier suffisamment pour passer aux baisers et aux caresses. Aussi ce fut par eux que je voulais dès la première minute commencer. D'ailleurs si j'étais un peu calmé, je ne me sentais pas heureux. La perte de toute boussole, de toute direction qui caractérise

l'attente, persiste encore, après l'arrivée de l'être
attendu, et substituée en nous au calme à la faveur
duquel nous nous peignions sa venue comme un tel
plaisir, nous empêche d'en goûter aucun. Albertine
était là : mes nerfs démontés continuant leur agita-
tion l'attendaient encore. « — Je veux prendre un
bon baiser, Albertine ». « — Tant que vous voudrez »,
me dit-elle avec toute sa bonté. Je ne l'avais jamais
vue aussi jolie. « — Encore un ? » « — Mais vous
savez que ça me fait un grand, grand plaisir. »
« — Et à moi encore mille fois plus, » me répondit-
elle, « Oh ! le joli portefeuille que vous avez là ! »
« — Prenez-le, je vous le donne en souvenir. » « — Vous
êtes trop gentil... » On serait à jamais guéri du roma-
nesque si l'on voulait pour penser à celle qu'on aime
tâcher d'être celui qu'on sera quand on ne l'aimera
plus. Le portefeuille, la bille d'agate de Gilberte,
tout cela n'avait reçu jadis son importance que d'un
état purement intérieur, puisque maintenant c'était
pour moi un portefeuille, une bille quelconques.
   Je demandai à Albertine si elle voulait boire :
« — Il me semble que je vois là des oranges et de
l'eau, me dit-elle. Ce sera parfait. » Je pus goûter
ainsi avec ses baisers cette fraîcheur qui me paraissait supérieure à eux, chez la princesse de Guermantes. Et l'orange pressée dans l'eau semblait
me livrer au fur et à mesure que je buvais, la vie
secrète de son mûrissement, son action heureuse
contre certains états de ce corps humain qui appar-
tient à un règne si différent, son impuissance à le
faire vivre, mais en revanche les jeux d'arrosage
par où elle pouvait lui être favorables, cent mystères
dévoilés par le fruit à ma sensation, nullement à mon
intelligence.

SODOME ET GOMORRHE

Albertine partie, je me rappelai que j'avais promis à Swann d'écrire à Gilberte et je trouvai plus gentil de le faire tout de suite. Ce fut sans émotion et comme mettant la dernière ligne à un ennuyeux devoir de classe, que je traçai sur l'enveloppe le nom de Gilberte Swann dont je couvrais jadis mes cahiers pour me donner l'illusion de correspondre avec elle. C'est que si autrefois, ce nom-là, c'était moi qui l'écrivais, maintenant la tâche en avait été dévolue par l'habitude à l'un de ces nombreux secrétaires qu'elle s'adjoint. Celui-là pouvait écrire le nom de Gilberte avec d'autant plus de calme, que placé récemment chez moi par l'habitude, récemment entré à mon service, il n'avait pas connu Gilberte et savait seulement, sans mettre aucune réalité sous ces mots, parce qu'il m'avait entendu parler d'elle, que c'était une jeune fille de laquelle j'avais été amoureux.

Je ne pouvais l'accuser de sécheresse. L'être que j'étais maintenant vis-à-vis d'elle était le « témoin » le mieux choisi pour comprendre ce qu'elle même avait été : Le portefeuille, la bille d'agate, étaient simplement redevenus pour moi à l'égard d'Albertine ce qu'ils avaient été pour Gilberte, ce qu'ils eussent été pour tout être qui n'eut pas fait jouer sur eux le reflet d'une flamme intérieure. Mais maintenant un nouveau trouble était en moi qui altérait à son tour la puissance véritable des choses et des mots. Et comme Albertine me disait pour me remercier encore : « — J'aime tant les turquoises ! » je lui répondis : « — Ne laissez pas mourir celles-là », leur confiant ainsi comme à des pierres l'avenir de notre amitié qui pourtant n'était pas plus capable d'inspirer un sentiment à Albertine qu'il ne

153

l'avait été de conserver celui qui m'unissait autrefois à Gilberte.

Il se produisit à cette époque un phénomène qui ne mérite d'être mentionné que parce qu'il se retrouve à toutes les périodes importantes de l'histoire. Au moment même où j'écrivais à Gilberte, M. de Guermantes, à peine rentré de la redoute, encore coiffé de son casque, songeait que le lendemain il serait bien forcé d'être officiellement en deuil, et décida d'avancer de huit jours la cure d'eaux qu'il devait faire. Quand il en revint trois semaines après (et pour anticiper puisque je viens seulement de finir ma lettre à Gilberte), les amis du duc qui l'avaient vu, si indifférent au début, devenir un antidreyfusard forcené, restèrent muets de surprise en l'entendant (comme si la cure n'avait pas agit seulement sur la vessie) leur répondre : « — Hé bien, le procès sera révisé et il sera acquitté ; on ne peut pas condamner un homme contre lequel il n'y a rien. Avez-vous jamais vu un gaga comme Forcheville ? Un officier, préparant les Français à la boucherie, pour dire la guerre. Étrange époque ». Or dans l'intervalle, le duc de Guermantes avait connu aux eaux trois charmantes dames (une princesse italienne et ses deux belles-sœurs). En les entendant dire quelques mots sur les livres qu'elles lisaient, sur une pièce qu'on jouait au Casino, le duc avait tout de suite compris qu'il avait à faire à des femmes d'une intellectualité supérieure et avec lesquelles, comme il le disait, il n'était pas de force. Il n'en avait été que plus heureux d'être invité à jouer au bridge par la princesse. Mais à peine arrivé chez elle, comme il lui disait, dans la ferveur de son antidreyfusisme sans nuances :

SODOME ET GOMORRHE

« — Hé bien, on ne nous parle plus de la révision du fameux Dreyfus », sa stupéfaction avait été grande d'entendre la princesse et ses belles-sœurs dire : « On n'en a jamais été si près. On ne peut pas retenir au bagne quelqu'un qui n'a rien fait. » « — Ah ? Ah ? » avait d'abord balbutié le duc, comme à la découverte d'un sobriquet bizarre qui eut été en usage dans cette maison pour tourner en ridicule quelqu'un qu'il avait cru jusque-là intelligent. Mais au bout de quelques jours comme par lâcheté et esprit d'imitation, on crie : « Eh ! là, Jojotte » sans savoir pourquoi à un grand artiste qu'on entend appeler ainsi, dans cette maison, le duc, encore tout gêné par la coutume nouvelle, disait cependant : « En effet, s'il n'y a rien contre lui ». Les trois charmantes dames trouvaient qu'il n'allait pas assez vite et le rudoyaient un peu : « Mais au fond personne d'intelligent n'a pu croire qu'il y eut rien ». Chaque fois qu'un fait « écrasant » contre Dreyfus se produisait et que le duc croyant que cela allait convertir les trois dames charmantes, venait le leur annoncer, elles riaient beaucoup et n'avaient pas de peine, avec une grande finesse de dialectique, à lui montrer que l'argument était sans valeur et tout à fait ridicule. Le duc était rentré à Paris dreyfusard enragé. Et certes nous ne prétendons pas que les trois dames charmantes ne fussent pas, dans ce cas-là, messagères de vérité. Mais il est à remarquer que tous les dix ans quand on a laissé un homme rempli d'une conviction véritable, il arrive qu'un couple intelligent, ou une seule dame charmante, entrent dans sa société et qu'au bout de quelques mois on l'amène à des opinions contraires. Et sur ce point il y a beaucoup de pays qui se comportent comme l'homme

155

sincère, beaucoup de pays qu'on a laissés remplis de haine pour un peuple et qui, six mois après, ont changé de sentiment et renversé leurs alliances.

Je ne vis plus de quelque temps Albertine, mais continuai, à défaut de Mme de Guermantes qui ne parlait plus à mon imagination, à voir d'autres fées et leurs demeures, aussi inséparables d'elles, que du mollusque qui la fabriqua et s'en abrite, la valve de nacre ou d'émail, ou la tourelle à créneaux de son coquillage. Je n'aurais pas su classer ces dames, la difficulté du problème étant aussi insignifiante et impossible non seulement à résoudre mais à poser. Avant la dame il fallait aborder le féerique hôtel. Or l'une recevait toujours après déjeuner les mois d'été, même avant d'arriver chez elle, il avait fallu faire baisser la capote du fiacre, tant tapait dur le soleil dont le souvenir, sans que je m'en rendisse compte, allait entrer dans l'impression totale. Je croyais seulement aller au Cours-la-Reine ; en réalité, avant d'être arrivé dans la réunion dont un homme pratique se fut peut-être moqué, j'avais comme dans un voyage à travers l'Italie, un éblouissement, des délices, dont l'hôtel ne serait plus séparé dans ma mémoire. De plus, à cause de la chaleur de la saison et de l'heure, la dame avait clos hermétiquement les volets dans les vastes salons rectangulaires du rez-de-chaussée où elle recevait. Je reconnaissais mal d'abord la maîtresse de maison et ses visiteurs, même la duchesse de Guermantes, qui de sa voix rauque me demandait de venir m'asseoir auprès d'elle, dans un fauteuil de Beauvais représentant l'enlèvement d'Europe. Puis je distinguais sur les murs les vastes tapisseries du xviiie siècle représentant des vaisseaux aux

mâts fleuris de roses trémières, au-dessous desquels
je me trouvais comme dans le palais non de la Seine
mais de Neptune, au bord du fleuve Océan, où la
duchesse de Guermantes devenait comme une divinité des eaux. Je n'en finirais pas si j'énumérais
tous les salons différents de celui-là. Cet exemple
suffit à montrer que je faisais entrer dans mes jugements mondains des impressions poétiques que je
ne faisais jamais entrer en ligne de compte au moment de faire le total, si bien que, quand je calcu-
lais les mérites d'un salon, mon addition n'était jamais juste.

Certes ces causes d'erreur étaient loin d'être les
seules, mais je n'ai plus le temps, avant mon départ
pour Balbec (où pour mon malheur je vais faire un
second séjour qui sera aussi le dernier), de commencer des peintures du monde qui trouveront leur
place bien plus tard. Disons seulement qu'à cette
première fausse raison (ma vie relativement frivole
et qui faisait supposer l'amour du monde) de ma
lettre à Gilberte, et du retour aux Swann qu'elle
semblait indiquer, Odette aurait pu en ajouter tout
aussi inexactement une seconde. Je n'ai imaginé
jusqu'ici les aspects différents que le monde prend
pour une même personne qu'en supposant que la
même dame qui ne connaissait personne, va chez
tout le monde, et que telle autre qui avait une
position dominante est délaissée, on est tenté d'y
voir uniquement de ces hauts et bas, purement
personnels qui de temps à autre amènent dans une
même société, à la suite de spéculations de bourse,
une ruine retentissante ou un enrichissement ines-
péré. Or ce n'est pas seulement cela. Dans une
certaine mesure les manifestations mondaines (fort

inférieures aux mouvements artistiques, aux crises politiques, à l'évolution qui porte le goût public vers le théâtre d'idées, puis vers la peinture impressioniste, puis vers la musique allemande et complexe, puis vers la musique russe et simple, ou vers les idées sociales, les idées de justice, la réaction religieuse, le sursaut patriotique), en sont cependant le reflet lointain, brisé, incertain, trouble, changeant. De sorte que même les salons ne peuvent être dépeints dans une immobilité statique qui a pu convenir jusqu'ici à l'étude des caractères, lesquels devront être eux aussi être comme entraînés dans un mouvement quasi historique. Le goût de nouveauté qui porte les hommes du monde plus ou moins sincèrement avides de se renseigner sur l'évolution intellectuelle à fréquenter les milieux où ils peuvent suivre celle-ci, leur fait préférer d'habitude quelque maîtresse de maison jusque-là inédite, qui représente encore toutes fraîches les espérances de mentalité supérieure si fanées et défraîchies chez les femmes qui ont exercé depuis longtemps le pouvoir mondain, et desquelles, comme ils en connaissent le fort et le faible, ne parlent plus à leur imagination. Et chaque époque se trouve ainsi personnifiée dans des femmes nouvelles, dans un nouveau groupe de femmes, qui rattachées étroitement à ce qui pique à ce moment-là les curiosités les plus neuves, semblent, dans leur toilette, apparaître seulement à ce moment-là, comme une espèce inconnue, née du dernier déluge, beautés irrésistibles de chaque nouveau Consulat, de chaque nouveau Directoire. Mais très souvent la maîtresse de maison nouvelle est tout simplement comme certains hommes d'État dont c'est le premier minis-

tère mais qui depuis quarante ans frappaient à
toutes les portes sans se les voir ouvrir, des femmes
qui n'étaient pas connues de la société mais n'en
recevaient pas moins, depuis fort longtemps, et
faute de mieux, quelques « rares intimes ». Certes,
ce n'est pas toujours le cas, et quand avec l'efflo-
rescence prodigieuse des ballets russes, révélatrice
coup sur coup de Bakt, de Nijinski, de Benoist,
du génie de Stravinski, la princesse Yourbele-
tieff, jeune marraine de tous ces grands hommes
nouveaux, apparut portant sur la tête une immense
aigrette tremblante inconnue des Parisiennes et
qu'elle cherchèrent toutes à imiter, on put croire
que cette merveilleuse créature avait été apportée
dans leurs innombrables bagages, et comme leur
plus précieux trésor par les danseurs russes ; mais
quand à côté d'elle, dans son avant-scène, nous ver-
rons, à toutes les représentations, des « Russes »,
siéger comme une véritable fée, ignorée jusqu'à ce
jour de l'aristocratie, Mme Verdurin, nous pourrons
répondre aux gens du monde qui crurent aisément
Mme Verdurin fraîchement débarquée avec la troupe
de Diaghilew, que cette dame avait déjà existé
dans des temps différents, et passé par divers
avatars dont celui-là ne différait qu'en ce qu'il
était le premier qui amenait enfin, désormais assuré,
et en marche d'un pas de plus en plus rapide, le
succès si longtemps et si vainement attendu par la
Patronne. Pour Mme Swann il est vrai la nouveauté
qu'elle représentait n'avait pas le même caractère
collectif. Son salon s'était cristallisé autour d'un
homme, d'un mourant, qui avait presque tout d'un
coup passé aux moments où son talent s'épuisait,
de l'obscurité à la grande gloire. L'engouement

pour les œuvres de Bergotte était immense. Il passait toute la journée, exhibé, chez Mme Swann qui chuchotait à un homme influent : « Je lui parlerai, il vous fera un article ». Il était du reste en état de le faire et même un petit acte pour Mme Swann. Plus près de la mort et il allait un peu moins mal qu'au temps où il venait prendre des nouvelles de ma grand'mère. C'est que de grandes douleurs physiques lui avaient imposé un régime. La maladie est le plus écouté des médecins : à la bonté, au savoir on ne fait que promettre ; on obéit à la souffrance.

Certes le petit clan des Verdurin avait actuellement un intérêt autrement vivant que le salon légèrement nationaliste, plus encore littéraire, et avant tout bergottique de Mme Swann. Le petit clan était en effet le centre actif d'une longue crise politique arrivée à son maximum d'intensité : le dreyfusisme. Mais les gens du monde étaient pour la plupart tellement antirévisionnistes, qu'un salon dreyfusien semblait quelque chose d'aussi impossible qu'à une autre époque un salon communard. La Princesse de Caprarola qui avait fait la connaissance de Mme Verdurin à propos d'une grande exposition qu'elle avait organisée, avait bien été rendre à celle-ci une longue visite, dans l'espoir de débaucher quelques éléments intéressants du petit clan et de les agréger à son propre salon, visite au cours de laquelle comme la princesse (jouant au petit pied la duchesse de Guermantes), avait pris la contre-partie des opinions reçues, déclaré les gens de son monde idiots, ce que Mme Verdurin avait trouvé d'un grand courage. Mais ce courage ne devait pas aller plus tard jusqu'à oser, sous le feu des regards de dames natio-

nalistes, saluer Mme Verdurin aux courses de Balbec.
Pour Mme Swann les antidreyfusards lui savaient,
au contraire, gré d'être « bien pensante », ce à quoi,
mariée à un juif, elle avait un mérite double. Néanmoins les personnes qui n'étaient jamais allées chez
elle, s'imaginaient qu'elle recevait seulement quelques
israélites obscurs et des élèves de Bergotte. On classe
ainsi des femmes autrement qualifiées que Mme
Swann, au dernier rang de l'échelle sociale, soit
à cause de leurs origines, soit parce qu'elles n'aiment
pas les dîners en ville et les soirées où on ne les voit
jamais, ce qu'on suppose faussement dû à ce qu'elles
n'auraient pas été invitées, soit parce qu'elles ne
parlent jamais de leurs amitiés mondaines mais
seulement de littérature et d'art, soit parce que les
gens se cachent d'aller chez elles, où que pour ne
pas faire d'impolitesse aux autres elles se cachent
de les recevoir, enfin pour mille raisons qui achèvent
de faire de telle ou telle d'entre elles, aux yeux de
certains, la femme qu'on ne reçoit pas. Il en était
ainsi pour Odette. Mme d'Épinoy, à l'occasion d'un
versement qu'elle désirait pour la « Patrie française » ayant eu à aller la voir, comme elle serait
entrée chez sa mercière, convaincue d'ailleurs qu'elle
ne trouverait que des visages, non pas même mé-
prisés mais inconnus, resta clouée sur la place
quand la porte s'ouvrit, non sur le salon qu'elle
supposait mais sur une salle magique où, comme grâce
à un changement à vue dans une féerie, elle reconnut
dans des figurantes éblouissantes, à demi étendues
sur des divans, assises sur des fauteuils, appelant
la maîtresse de maison par son petit nom, les altesses,
les duchesses, qu'elle-même, la Princesse d'Épinoy
avait grand'peine à attirer chez elle, et auxquelles

en ce moment, sous les yeux bienveillants d'Odette,
le marquis du Lau, le comte Louis de Turenne, le
prince Borghèse, le duc d'Estrées, portant l'orangeade et les petits fours, servaient de pannetiers
et d'échansons. La princesse d'Épinoy, comme elle
mettait, sans s'en rendre compte, la qualité mondaine
à l'intérieur des êtres, fut obligée de désincarner
Mme Swann et de la réincarner en une femme élégante. L'ignorance de la vie réelle que mènent les
femmes qui ne l'exposent pas dans les journaux,
tend ainsi sur certaines situations (et contribuant
par là à diversifier les salons) un voile de mystère
Pour Odette, au commencement, quelques hommes
de la plus haute société, curieux de connaître
Bergotte, avaient été dîner chez elle dans l'intimité.
Elle avait eu le tact récemment acquis de n'en pas
faire étalage, ils trouvaient là, souvenir peut-être
du petit noyau dont Odette avait gardé depuis le
schisme, les traditions, le couvert mis, etc. Odette
les emmenait avec Bergotte que cela achevait d'ailleurs de tuer, aux « premières » intéressantes. Ils
parlèrent d'elle à quelques femmes de leur monde
capables de s'intéresser à tant de nouveauté. Elles
étaient persuadées qu'Odette, intime de Bergotte,
avait plus ou moins collaboré à ses œuvres et la
croyaient mille fois plus intelligente que les femmes
les plus remarquables du faubourg, pour la même
raison qu'elles mettaient tout leur espoir politique
en certains républicains bon teint comme M. Dou-
mer et M. Deschanel, tandis qu'elles voyaient
la France aux abîmes si elle était confiée au personnel monarchiste qu'elles recevaient à dîner, aux
Charette, aux Doudeauville, etc. Ce changement
de la situation d'Odette s'accomplissait de sa part

avec une discrétion qui la rendait plus sûre et plus rapide, mais ne la laissait nullement soupçonner du public enclin à s'en remettre aux chroniques du *Gaulois*, des progrès ou de la décadence d'un salon, de sorte qu'un jour à une répétition générale d'une pièce de Bergotte donnée dans une salle des plus élégantes au bénéfice d'une œuvre de charité, ce fut un vrai coup de théâtre quand on vit dans la loge de face qui était celle de l'auteur, venir s'asseoir à côté de Mme Swann Mme de Marsantes et celle qui par l'effacement progressif de la duchesse de Guermantes (rassasiée d'honneur, et s'annihilant par moindre effort), était en train de devenir la lionne, la reine du temps, la comtesse Molé. « Quand nous ne nous doutions pas même qu'elle avait commencé à monter, se dit-on d'Odette au moment où on vit entrer la comtesse Molé dans la loge, elle a franchi le dernier échelon ».

De sorte que Mme Swann pouvait croire que c'était par snobisme que je me rapprochais de sa fille.

Odette, malgré ses brillantes amies, n'écouta pas moins la pièce avec une extrême attention comme si elle eût été là seulement pour l'entendre, de même que jadis elle traversait le bois par hygiène, et pour faire de l'exercice. Des hommes qui étaient jadis moins empressés autour d'elle vinrent au balcon, dérangeant tout le monde, se suspendre à sa main pour approcher le cercle imposant dont elle était environnée. Elle, avec un sourire plutôt encore d'amabilité que d'ironie, répondait patiemment à leurs questions, affectant plus de calme qu'on n'aurait cru et qui était peut-être sincère, cette exhibition n'étant que l'exhibition tardive d'une intimité

habituelle et discrètement cachée. Derrière ces trois
dames attirant tous les yeux était Bergotte entouré
par le prince d'Agrigente, le comte Louis de Turenne,
et le marquis de Bréauté. Et il est aisé de comprendre
que pour des hommes qui étaient reçus partout et
qui ne pouvaient plus attendre une surélévation
que de recherches d'originalité, cette démonstration
de leur valeur qu'ils croyaient faire en se laissant
attirer par une maîtresse de maison réputée de haute
intellectualité et auprès de qui ils s'attendaient
à rencontrer tous les auteurs dramatiques et tous
les romanciers en vogue, était plus excitante et
vivante que ces soirées chez la princesse de Guermantes, lesquelles, sans aucun programme et attrait nouveau, se succédaient depuis tant d'années,
plus ou moins pareilles à celle que nous avons si
longuement décrite. Dans ce grand monde-là, celui
des Guermantes d'où la curiosité se détournait un
peu, les modes intellectuelles nouvelles ne s'incar-
naient pas en divertissements à leur image, comme
en ces bluettes de Bergotte écrites pour Mme Swann,
comme ces véritables séances de salut public (si
le monde avait pu s'intéresser à l'affaire Dreyfus)
où chez Mme Verdurin se réunissaient Picquart,
Clémenceau, Zola, Reinach et Labori.

Gilberte servait aussi à la situation de sa mère,
car un oncle de Swann venait de laisser près de
quatre-vingts millions à la jeune fille, ce qui faisait que le faubourg St-Germain commençait à
penser à elle. Le revers de la médaille était que
Swann d'ailleurs mourant avait des opinions dreyfusistes mais cela même ne nuisait pas à sa
femme et même lui rendait service. Cela ne lui
nuisait pas parce qu'on disait : « Il est gâteux,

idiot, on ne s'occupe pas de lui, il n'y a que sa femme qui compte et elle est charmante ». Mais même le dreyfusisme de Swann était utile à Odette. Livrée à elle-même elle se fut peut-être laissée aller à faire aux femmes chics des avances qui l'eussent perdue. Tandis que les soirs où elle traînait son mari dîner dans le faubourg Saint-Germain, Swann restant farouchement dans son coin, ne se gênait pas s'il voyait Odette se faire présenter à quelque dame nationaliste, de dire à haute voix : « Mais voyons, Odette, vous êtes folle. Je vous prie de rester tranquille. Ce serait une platitude de votre part de vous faire présenter à des antisémites. Je vous le défends. » Les gens du monde après qui chacun court ne sont habitués ni à tant de fierté ni à tant de mauvaise éducation. Pour la première fois ils voyaient quelqu'un qui se croyait « plus » qu'eux. On se racontait ces grognements de Swann, et les cartes cornées pleuvaient chez Odette. Quand celle-ci était en visite chez Mme d'Arpajon, c'était un vif et sympathique mouvement de curiosité. « Ça ne vous a pas ennuyée que je vous l'aie présentée, disait Mme d'Arpajon. Elle est très gentille. C'est Marie de Marsantes qui me l'a fait connaître. — Mais non, au contraire, il paraît qu'elle est tout ce qu'il y a de plus intelligente, elle est charmante. Je désirais au contraire la rencontrer ; dites-moi donc où elle demeure ». Mme d'Arpajon disait à Mme Swann qu'elle s'était beaucoup amusée chez elle l'avant-veille et avait lâché avec joie pour elle Mme de Saint-Euverte. Et c'était vrai, car préférer Mme Swann c'était montrer qu'on était intelligent, comme d'aller au concert au lieu d'aller à un thé. Mais quand Mme de Saint-Euverte venait chez Mme d'Arpajon en même

temps qu'Odette, comme Mme de Saint-Euverte
était très snob et que Mme d'Arpajon tout en la
traitant d'assez haut tenait à ses réceptions, Mme d'Arpajon ne présentait pas Odette pour que Mme de
Saint-Euverte ne sut pas qui c'était. La marquise
s'imaginait que ce devait être quelque princesse
qui sortait très peu pour qu'elle ne l'eût jamais vue,
prolongeait sa visite, répondait indirectement à
ce que disait Odette, mais Mme d'Arpajon restait
de fer. Et quand Mme de Saint-Euverte vaincue
s'en allait : « Je ne vous ai pas présentée, disait la
maîtresse de maison à Odette, parce qu'on n'aime
pas beaucoup aller chez elle et elle invite énormément ; vous n'auriez pas pu vous en dépêtrer.
« — Oh ! cela ne fait rien », disait Odette avec un
regret. Mais elle gardait l'idée qu'on n'aimait pas
aller chez Mme de Saint-Euverte, ce qui dans une
certaine mesure était vrai, et elle en concluait
qu'elle avait une situation très supérieure à Mme de
Saint-Euverte bien que celle-ci en eut une très
grande, et Odette encore aucune.

Elle ne s'en rendait pas compte, et bien que toutes
les amies de Mme de Guermantes fussent liées avec
Mme d'Arpajon, quand celle-ci invitait Mme Swann,
Odette disait d'un air scrupuleux : « Je vais chez
Mme d'Arpajon, mais vous allez me trouver bien
vieux jeu ; cela me choque, à cause de Mme de Guermantes » (qu'elle ne connaissait pas du reste).
Les hommes distingués pensaient que le fait que
Mme Swann connût peu de gens du grand monde
tenait à ce qu'elle devait être une femme supérieure, probablement une grande musicienne, et que
ce serait une espèce de titre extra-mondain, comme
pour un duc d'être docteur ès-sciences, que d'aller

chez elle. Les femmes complètement nulles étaient
attirées vers Odette par une raison contraire ;
apprenant qu'elle allait au concert Colonne et se
déclarait wagnérienne, elles en concluaient que ce
devait être une « farceuse », et elles étaient fort
allumées par l'idée de la connaître. Mais peu assu-
rées dans leur propre situation, elles craignaient
de se compromettre en public en ayant l'air liées
avec Odette et si dans un concert de charité elles
apercevaient Mme Swann, elles détournaient la
tête jugeant impossible de saluer sous les yeux de
Mme de Rochechouart une femme qui était bien
capable d'être allée à Bayreuth — ce qui voulait dire
faire les cent-dix-neuf coups. Chaque personne en
visite chez une autre devenait différente. Sans parler
des métamorphoses merveilleuses qui s'accomplissaient ainsi chez les fées, dans le salon de Mme Swann,
M. de Bréauté soudain mis en valeur par l'absence
des gens qui l'entouraient d'habitude, par l'air de
satisfaction qu'il avait de se trouver là aussi bien
que si au lieu d'aller à une fête il avait chaussé des
besicles pour s'enfermer à lire la *Revue des Deux-
Mondes*, le rite mystérieux qu'il avait l'air d'accomplir en venant voir Odette, M. de Bréauté lui-même
semblait un homme nouveau. J'aurais beaucoup
donné pour voir quelles altérations la duchesse de
Montmorency-Luxembourg aurait subi dans ce milieu nouveau. Mais elle était une des personnes à qui
jamais on ne pourrait présenter Odette. Mme de
Montmorency, beaucoup plus bienveillante pour
Oriane que celle-ci n'était pour elle, m'étonnait
beaucoup en me disant à propos de Mme de Guermantes : « Elle connaît des gens d'esprit, tout le
monde l'aime, je crois que si elle avait eu un peu plus

d'esprit de suite, elle serait arrivée à se faire un
salon. La vérité est qu'elle n'y tenait pas, elle a
bien raison, elle est heureuse comme cela, recherchée
de tous. » Si Mme de Guermantes n'avait pas un
« salon », alors qu'est-ce que c'était qu'un « salon ».
La stupéfaction où me jetèrent ces paroles n'était
pas plus grande que celle que je causai à Mme de
Guermantes en lui disant que j'aimais bien aller chez
Mme de Montmorency. Oriane la trouvait une vieille
crétine. « Encore moi, disait-elle, j'y suis forcée,
c'est ma tante, mais vous ! Elle ne sait même pas
attirer les gens agréables. » Mme de Guermantes
ne se rendait pas compte que les gens agréables
me laissaient froid, que quand elle me disait salon
Arpajon je voyais un papillon jaune, et salon Swann
(Mme Swann était chez elle l'hiver de 6 à 7) papillon
noir aux ailes feutrées de neige. Encore ce dernier
salon, qui n'en était pas un, elle le jugeait bien
qu'inaccessible pour elle, excusable pour moi, à
cause des « gens d'esprit ». Mais Mme de Luxembourg ! Si j'eusse déjà « produit » quelque chose
qui eut été remarqué, elle eut conclu qu'une part
de snobisme peut s'allier au talent. Et je mis le
comble à sa déception ; je lui avouai que je n'allais
pas chez Mme de Montmorency (comme elle croyait)
pour « prendre des notes » et « faire une étude ».
Mme de Guermantes ne se trompait du reste pas
plus que les romanciers mondains qui analysent
cruellement du dehors les actes d'un snob ou prétendu tel, mais ne se placent jamais à l'intérieur
de celui-ci, à l'époque où fleurit dans l'imagination
tout un printemps social. Moi-même, quand je
voulus savoir quel si grand plaisir j'éprouvais
à aller chez Mme de Montmorency, je fus un peu

désappointé. Elle habitait dans le faubourg Saint-
Germain, une vieille demeure remplie de pavil-
lons que séparaient de petits jardins. Sous la voûte
une statuette qu'on disait de Falconnet représentait
une source d'où du reste une humidité perpétuelle
suintait. Un peu plus loin la concierge, toujours les
yeux rouges, soit chagrin, soit neurasthénie, soit
migraine, soit rhume, ne vous répondait jamais,
vous faisait un geste vague indiquant que la duchesse
était là et laissait tomber de ses paupières quelques
gouttes au-dessus d'un bol rempli de « ne m'oubliez
pas ». Le plaisir que j'avais à voir la statuette parce
qu'elle me faisait penser à un petit jardinier en
plâtre qu'il y avait dans un jardin de Combray,
n'était rien auprès de celui que me causait le grand
escalier humide et sonore, plein d'échos, comme celui
de certains établissements de bains d'autrefois,
aux vases remplis de cinéraires, — bleu sur bleu —
dans l'antichambre et surtout le tintement de la
sonnette, qui était exactement celui de la chambre
d'Eulalie. Ce tintement mettait le comble à mon
enthousiasme mais me semblait trop humble pour
que je le pusse expliquer à Mme de Montmorency,
de sorte que cette dame me voyait toujours dans un
ravissement dont elle ne devina jamais la cause.

LES INTERMITTENCES DU CŒUR

Ma seconde arrivée à Balbec fut bien différente de la première. Le directeur était venu en personne m'attendre à Pont-à-Couleuvre, répétant combien il tenait à sa clientèle titrée, ce qui me fit craindre qu'il m'annoblît jusqu'à ce que j'eusse compris que dans l'obscurité de sa mémoire grammaticale, titrée signifiait simplement attitrée. Du reste au fur et à mesure qu'il apprenait de nouvelles langues, il parlait plus mal les anciennes. Il m'annonça qu'il m'avait logé tout en haut de l'hôtel. « J'espère, dit-il, que vous ne verrez pas là un manque d'impolitesse, j'étais ennuyé de vous donner une chambre dont vous êtes indigne, mais je l'ai fait rapport au bruit, parce que comme cela vous n'aurez personne au-dessus de vous pour vous fatiguer le trépan (pour tympan). Soyez tranquille, je ferai fermer les fenêtres pour qu'elles ne battent pas. Là-dessus je suis intolérable » (ces mots, n'exprimant pas sa pensée, laquelle était qu'on le trouverait toujours inexorable à ce sujet, mais peut-être bien celle de ses valets d'étage). Les chambres étaient d'ailleurs celles du premier séjour. Elles n'étaient pas plus bas mais j'avais monté dans l'estime du directeur. Je pourrais faire faire du feu si cela me plaisait (car sur l'ordre des médecins j'étais parti dès Pâques), mais il craignait qu'il n'y eut des « fixures » dans le plafond. « Surtout attendez toujours pour rallumer une flambée que la précédente soit consommée (pour consumée). Car l'important c'est d'éviter de ne pas mettre le feu à la cheminée, d'autant plus que pour égayer un peu j'ai fait placer dessus une grande postiche en vieux Chine, que cela pourrait abimer ».

Il m'apprit avec beaucoup de tristesse la mort du bâtonnier de Cherbourg : « C'était un vieux routinier », dit-il (probablement pour roublard), et me laissa entendre que sa fin avait été avancée par une vie de déboires, ce qui signifiait de débauches. « Déjà depuis quelque temps je remarquais qu'après le dîner il s'accroupissait dans le salon » (sans doute pour s'assoupissait). « Les derniers temps, il était tellement changé que si l'on n'avait pas su que c'était lui, à le voir, il était à peine reconnaissant » (pour reconnaissable sans doute).

Compensation heureuse : le premier président de Caen venait de recevoir la « cravache » de commandeur de la Légion d'honneur. « Sûr et certain qu'il a des capacités mais parait qu'on la lui a donnée surtout à cause de sa grande « impuissance ». On revenait du reste sur cette décoration dans l'*Echo de Paris* de la veille, dont le directeur n'avait encore lu que « le premier paraphe » (pour paragraphe). La politique de M. Caillaux y était bien arrangée. « Je trouve du reste qu'ils ont raison, dit-il. Il nous met trop sous la coupole de l'Allemagne » (sous la coupe). Comme ce genre de sujet traité par un hôtelier me paraissait ennuyeux, je cessai d'écouter. Je pensais aux images qui m'avaient décidé de retourner à Balbec. Elles étaient bien différentes de celles d'autrefois, la vision que je venais chercher était aussi éclatante que la première était brumeuse ; elles ne devaient pas moins me décevoir. Les images choisies par le souvenir sont aussi arbitraires, aussi étroites, aussi insaisissables, que celles que l'imagination avait formées, et la réalité détruites. Il n'y a pas de raison pour qu'en dehors de nous, un lieu réel possède plutôt les tableaux de la mémoire que ceux du rêve. Et puis, une réalité nouvelle nous fera peut-être oublier, détester même les désirs à cause desquels nous étions partis.

Ceux qui m'avaient fait partir pour Balbec tenaient en partie à ce que les Verdurin (des invitations de qui je n'avais jamais profité, et qui seraient certainement heureux de me recevoir, si j'allais à la campagne m'excuser de n'avoir jamais pu leur faire une visite à Paris), sachant que plusieurs fidèles passeraient les vacances sur cette côte, et, ayant à cause de cela loué pour toute la saison, un des châteaux de M. de Cambremer (La Raspelière), y avaient invité Mme Putbus. Le soir où je l'avais appris (à Paris), j'envoyai, en véritable fou, notre jeune valet de pied s'informer si cette dame emmènerait à Balbec sa caméniste. Il était onze heures du soir. Le concierge mit longtemps à ouvrir et par miracle, n'envoya pas promener mon messager, ne fit pas appeler la police, se contenta de le recevoir très mal, tout en lui fournissant le renseignement désiré. Il dit qu'en effet la première femme de chambre accompagnerait sa maîtresse, d'abord aux eaux en Allemagne, puis à Biarritz, et pour finir chez Mme Verdurin. Dès lors j'avais été tranquille et content d'avoir ce pain sur la planche. J'avais pu me dispenser de ces poursuites dans les rues où j'étais dépourvu auprès des beautés rencontrées de cette lettre d'introduction que serait auprès du « Giorgione » d'avoir dîné le soir même, chez les Verdurin, avec sa maîtresse. D'ailleurs elle aurait peut-être meilleure idée de moi encore en sachant que je connaissais non seulement les bourgeois locataires de la Raspelière mais ses propriétaires, et surtout Saint-Loup qui, ne pouvant me recommander à distance à la femme de chambre (celle-ci ignorant le nom de Robert), avait écrit pour moi une lettre chaleureuse aux Cambremer. Il pensait qu'en dehors de toute l'utilité dont ils me pourraient être, Mme de Cambremer, la belle-fille née Legrandin, m'intéresserait en causant avec moi. « C'est une femme intelligente, m'avait-il assuré. Elle ne te dira pas des choses définitives (les choses « définitives » avaient été substituées aux choses « sublimes » par Robert qui modifiait, tous les cinq ou six ans, quelques-unes de ses expressions favorites) tout en conservant les principales), mais c'est une nature, elle a une personnalité, de l'intuition ; elle jette à propos la parole qu'il faut. De temps en temps elle est énervante, elle lance des bêtises, pour « faire gratin » ce qui est d'autant plus ridicule que rien n'est moins élégant que les Cambremer, elle n'est pas toujours à *la page*, mais, somme toute, elle est encore dans les personnes les plus supportables à fréquenter ».

Aussitôt que la recommandation de Robert leur était parvenue, les Cambremer, soit snobisme qui leur faisait désirer d'être indirectement aimable pour Saint-Loup, soit reconnaissance de ce qu'il avait été pour un de leurs neveux à Doncières et plus probablement surtout par bonté et traditions hospitalières, avaient écrit de longues lettres demandant que j'habitasse chez eux, et si je préférais être plus indépendant, s'offrant à me chercher un logis. Quand Saint-Loup leur eût objecté que j'habiterais le Grand Hôtel de Balbec, ils répondirent que, du moins, ils attendaient une visite dès mon arrivée et si elle tardait trop, ne manqueraient pas de venir me relancer pour m'inviter à leurs garden-parties.

Sans doute rien ne rattachait d'une façon essentielle la femme de chambre de Mme Putbus au pays de Balbec ; elle n'y serait pas pour moi comme la paysanne que seul sur la route de Méséglise, j'avais si souvent appelée en vain, de toute la force de mon désir.

Mais j'avais depuis longtemps cessé de chercher à extraire d'une femme comme la racine carrée de son inconnu, lequel ne résistait pas souvent à une simple présentation. Du moins à Balbec où je n'étais pas allé depuis longtemps, j'aurais cet avantage, à défaut du rapport nécessaire qui n'existait pas entre le pays et cette femme, que le sentiment de la réalité n'y serait pas supprimé pour moi par l'habitude comme à Paris où, soit dans ma propre maison, soit dans une chambre connue, le plaisir auprès d'une femme ne pouvait pas me donner un instant l'illusion au milieu des choses quotidiennes, qu'il m'ouvrait accès à une nouvelle vie. (Car si l'habitude est une seconde nature, elle nous empêche de connaître la première dont elle n'a ni les cruautés, ni les enchantements). Or cette illusion je l'aurais peut-être dans un pays nouveau où renaît la sensibilité, devant un rayon de soleil et où justement achèverait de m'exalter la femme de chambre que je désirais ; or on verra les circonstances faire non seulement que cette femme ne vint pas à Balbec, mais que je ne redoutai rien tant qu'elle y pût venir, de sorte que ce but principal de mon voyage ne fut ni atteint, ni même poursuivi. Certes Mme Putbus ne devait pas aller aussi tôt dans la saison chez les Verdurin ; mais ces plaisirs qu'on a choisis peuvent être lointains, si leur venue est assurée, et que dans leur attente ou puisse se livrer d'ici là à la paresse de chercher à plaire, et à l'impuissance d'aimer. Au reste, à Balbec, je n'allais pas dans un esprit aussi pratique que la première fois ; il y a toujours moins d'égoïsme dans l'imagination pure que dans le souvenir ; et je savais que j'allais précisément me trouver dans un de ces lieux où foisonnent les belles inconnues ; une plage n'en offre pas moins qu'un bal, et je pensais d'avance aux promenades devant l'hôtel, sur la digue, avec ce même genre de plaisir que Mme de Guermantes m'aurait procuré si, au lieu de me faire inviter dans des dîners brillants, elle avait donné plus souvent mon nom pour leurs listes de cavaliers, aux maîtresses de maison chez qui l'on dansait. Faire des connaissances féminines à Balbec me serait aussi facile que cela m'avait été malaisé autrefois car j'y avais maintenant autant de relations et d'appuis que j'en étais dénué à mon premier voyage.

Je fus tiré de ma rêverie par la voix du directeur dont je n'avais pas écouté les dissertations politiques. Changeant de sujet, il me dit la joie du premier président en apprenant mon arrivée et qu'il viendrait me voir dans ma chambre, le soir même. La pensée de cette visite m'effraya si fort (car je commençais à me sentir fatigué), que je le priai d'y mettre obstacle (ce qu'il me promit) et pour plus de sûreté de faire, pour le premier soir, monter la garde à mon étage, par ses employés. Il ne paraissait pas les aimer beaucoup. « Je suis tout le temps obligé de courir après eux parce qu'ils manquent trop d'inertie. Si je n'étais pas là ils ne bougeraient pas. Je mettrai le liftier de planton à votre porte ». Je demandai s'il était enfin « chef des chasseurs ». « Il n'est pas encore assez vieux dans la maison, me répondit-il. Il a des camarades plus âgés que lui. Cela ferait crier. En toutes choses il faut des granulations. Je reconnais qu'il a une bonne aptitude (pour attitude) devant son ascenseur. Mais c'est encore un peu jeune pour des situations pareilles. Avec d'autres qui sont trop anciens, cela ferait contraxte. Ça manque un peu de sérieux, ce qui est la qualité primitive (sans doute la qualité primordiale, la qualité la plus importante). Il faut qu'il ait un peu plus de plomb dans l'aile (mon interlocuteur voulait dire dans la tête). Du reste il n'a qu'à se fier à moi. Je m'y connais. Avant de prendre mes galons comme directeur du Grand-Hôtel, j'ai fait mes premières armes sous M. Paillard. » Cette comparaison m'impressionna et je remerciai le directeur d'être venu lui-même jusqu'à Pont-à-Couleuvre. « Oh ! de rien. Cela ne m'a fait perdre qu'un temps infini » (pour infime). Du reste nous étions arrivés.

Bouleversement de toute ma personne. Dès la première nuit, comme je souffrais d'une crise de fatigue cardiaque, tâchant de dompter ma souffrance, je me baissai avec lenteur et prudence pour me déchausser. Mais à peine eus-je touché le premier bouton de ma bottine, ma poitrine s'enfla, remplie d'une présence inconnue, divine, des sanglots me

176

SODOME ET GOMORRHE

secouèrent, des larmes ruisselèrent de mes yeux. L'être qui venait à mon secours, qui me sauvait de la sécheresse de l'âme, c'était celui qui, plusieurs années auparavant, dans un moment de détresse et de solitude identiques, dans un moment où je n'avais plus rien de moi, était entré, et qui m'avait rendu à moi-même, car il était moi et plus que moi (le contenant qui est plus que le contenu et me l'apportait). Je venais d'apercevoir, dans ma mémoire, penché sur ma fatigue, le visage tendre, préoccupé et déçu de ma grand'mère, telle qu'elle avait été ce premier soir d'arrivée, le visage de ma grand'mère non pas de celle que je m'étais étonné et reproché de si peu regretter et qui n'avait d'elle que le nom, mais de ma grand'mère véritable dont, pour la première fois depuis les Champs-Élysées où elle avait eu son attaque, je retrouvais dans un souvenir involontaire et complet la réalité vivante. Cette réalité n'existe pas pour nous tant qu'elle n'a pas été recréée par notre pensée (sans cela les hommes qui ont été mêlés à un combat gigantesque seraient tous de grands poètes épiques) ; et ainsi, dans un désir fou de me précipiter dans ses bras, ce n'était qu'à l'instant, plus d'une année après son enterrement, à cause de cet anachronisme qui empêche si souvent le calendrier des faits de coïncider avec celui des sentiments, — que je venais d'apprendre qu'elle était morte. J'avais souvent parlé d'elle depuis ce moment-là et aussi pensé à elle, mais sous mes paroles et mes pensées de jeune homme ingrat, égoïste et cruel, il n'y avait jamais rien eu qui ressemblât à ma grand'mère, parce que dans ma légèreté, mon amour du plaisir, mon accoutumance à la voir malade, je ne contenais en moi, qu'à l'état virtuel,

177   12

le souvenir de ce qu'elle avait été. A n'importe quel moment que nous la considérions, notre âme totale n'a qu'une valeur presque fictive, malgré le nombreux bilan de ses richesses, car tantôt les unes, tantôt les autres sont indisponibles, qu'il s'agisse d'ailleurs de richesses effectives aussi bien que de celles de l'imagination; et pour moi par exemple tout autant que de l'ancien nom de Guermantes, de celles combien plus graves, du souvenir vrai de ma grand'-mère. Car aux troubles de la mémoire sont liées les intermittences du cœur. C'est sans doute l'existence de notre corps, semblable pour nous à un vase où notre spiritualité serait enclose, qui nous induit à supposer que tous nos biens intérieurs, nos joies passées, toutes nos douleurs sont perpétuellement en notre possession. Peut-être est-il aussi inexact de croire qu'elles s'échappent ou reviennent. En tous cas si elles restent en nous c'est la plupart du temps dans un domaine inconnu où elles ne sont de nul service pour nous, et où même les plus usuelles sont refoulées par des souvenirs d'ordre différent et qui excluent toute simultanéité avec elles dans la conscience. Mais si le cadre de sensations où elles sont conservées est ressaisi, elles ont à leur tour ce même pouvoir d'expulser tout ce qui leur est incompatible, d'installer seul en nous, le moi qui les vécut. Or comme celui que je venais subitement de redevenir n'avait pas existé depuis ce soir lointain où ma grand'mère m'avait déshabillé à mon arrivée à Balbec, ce fut tout naturellement, non pas après la journée actuelle que ce moi ignorait, mais — comme s'il y avait dans le temps des séries différentes et parallèles — sans solution de continuité, tout de suite après le premier soir d'autrefois, que j'adhérai

à la minute où ma grand'mère s'était penchée vers
moi. Le moi que j'étais alors et qui avait disparu
si longtemps, était de nouveau si près de moi qu'il
me semblait encore entendre les paroles qui avaient
immédiatement précédé et qui n'étaient pourtant
plus qu'un songe, comme un homme mal éveillé
croit percevoir tout près de lui les bruits de son rêve
qui s'enfuit. Je n'étais plus que cet être qui cherchait
à se réfugier dans les bras de sa grand'mère, à effacer les traces de ses peines en lui donnant des baisers,
cet être que j'aurais eu, à me figurer quand j'étais
tel ou tel de ceux qui s'étaient succédé en moi depuis
quelque temps, autant de difficulté que maintenant il m'eût fallu d'efforts, stériles d'ailleurs,
pour ressentir les désirs et les joies de l'un de ceux
que, pour un temps du moins, je n'étais plus. Je me
rappelais comme une heure avant le moment où ma
grand'mère s'était penchée ainsi, dans sa robe de
chambre, vers mes bottines, errant dans la rue étouf-
fante de chaleur, devant le pâtissier, j'avais cru
que je ne pourrais jamais dans le besoin que j'avais
de l'embrasser, attendre l'heure qu'il me fallait
encore passer sans elle. Et maintenant que ce
même besoin renaissait, je savais que je pouvais
attendre des heures après des heures, qu'elle ne
serait plus jamais auprès de moi, je ne faisais que de
le découvrir parce que je venais, en la sentant pour
la première fois, vivante, véritable, gonflant mon
cœur à le briser, en la retrouvant enfin, d'apprendre
que je l'avais perdue pour toujours. Perdue pour
toujours ; je ne pouvais comprendre et je m'exerçais
à subir la souffrance de cette contradiction : d'une
part une existence, une tendresse, survivantes en
moi telles que je les avais connues, c'est-à-dire

faites pour moi, un amour où tout trouvait tellement en moi son complément, son but, sa constante
direction, que le génie de grands hommes, tous les
génies qui avaient pu exister depuis le commencement du monde n'eussent pas valu pour ma grand'
mère un seul de mes défauts ; et d'autre part aussitôt que j'avais revécu, comme présente, cette féli-
cité, la sentir traversée par la certitude, s'élançant,
comme une douleur physique à répétition, d'un néant
qui avait effacé mon image de cette tendresse, qui
avait détruit cette existence, aboli rétrospectivement
notre mutuelle prédestination, fait de ma grand'-
mère, au moment où je la retrouvais comme dans
un miroir, une simple étrangère qu'un hasard a fait
passer quelques années auprès de moi, comme cela
aurait pu être auprès de tout autre, mais pour qui,
avant et après, je n'étais rien, je ne serais rien.

Au lieu des plaisirs que j'avais eus depuis quelque
temps, le seul qu'il m'eut été possible de goûter
en ce moment c'eût été, retouchant le passé, de diminuer les douleurs que ma grand'mère avait autrefois
ressenties. Or, je ne me la rappelais pas seulement
dans cette robe de chambre, vêtement approprié
au point d'en devenir presque symbolique, aux
fatigues, malsaines sans doute, mais douces aussi,
qu'elle prenait pour moi, peu à peu voici que je me
souvenais de toutes les occasions que j'avais saisies,
en lui laissant voir, en lui exagérant au besoin mes
souffrances, de lui faire une peine que je m'imagi-
nais ensuite effacée par mes baisers comme si ma
tendresse eût été aussi capable que mon bonheur
de faire le sien ; et pis que cela, moi qui ne concevais
plus de bonheur maintenant qu'à en pouvoir retrouver répandu dans mon souvenir sur les pentes de ce

visage modelé et incliné par la tendresse, j'avais
mis autrefois une rage insensée à chercher d'en
extirper jusqu'aux plus petits plaisirs, tel ce jour
où Saint-Loup avait fait la photographie de grand'-
mère et où ayant peine à dissimuler à celle-ci la
puérilité presque ridicule de la coquetterie qu'elle
mettait à poser, avec son chapeau à grands bords,
dans un demi-jour seyant, je m'étais laissé aller
à murmurer quelques mots impatientés et blessants,
qui, je l'avais senti à une contraction de son visage,
avaient porté, l'avaient atteinte ; c'était moi qu'ils
déchiraient maintenant qu'était impossible à jamais
la consolation de mille baisers.

Mais jamais je ne pourrais plus effacer cette contraction de sa figure, et cette souffrance de son cœur
ou plutôt du mien ; car comme les morts n'existent
plus qu'en nous, c'est nous-mêmes que nous frappons
sans relâche, quand nous nous obstinons à nous souvenir des coups que nous leur avons assénés. Ces
douleurs, si cruelles qu'elles fussent, je m'y atta-
chais de toutes mes forces, car je sentais bien qu'elles
étaient l'effet du souvenir de ma grand'mère,
la preuve que ce souvenir que j'avais était bien
présent en moi. Je sentais que je ne me la rappelais
vraiment que par la douleur et j'aurais voulu que
s'enfonçassent plus solidement encore en moi ces
clous qui y rivaient sa mémoire. Je ne cherchais
pas à rendre la souffrance plus douce, à l'embellir,
à feindre que ma grand'mère ne fut qu'absente et
momentanément invisible, en adressant à sa photographie (celle que Saint-Loup avait faite et que
j'avais avec moi) des paroles et des prières comme
à un être séparé de nous mais qui, resté individuel,
nous connaît et nous reste relié par une indissoluble

harmonie. Jamais je ne le fis, car je ne tenais pas seulement à souffrir, mais à respecter l'originalité de ma souffrance telle que je l'avais subie tout d'un coup sans le vouloir, et je voulais continuer à la subir, suivant ses lois à elle, à chaque fois que revenait cette contradiction si étrange de la survivance et du néant entrecroisés en moi. Cette impression doulou-reuse et actuellement incompréhensible, je savais, non certes pas si j'en dégagerais un peu de vérité un jour, mais que si ce peu de vérité je pouvais jamais l'extraire, ce ne pourrait être que d'elle, si particulière, si spontanée, qui n'avait été ni tracée par mon intelligence, ni atténuée par ma pusillani-mité, mais que la mort elle-même, la brusque révé-lation de la mort, avait comme la foudre, creusé en moi, selon un graphique surnaturel et inhumain, un double et mystérieux sillon. (Quant à l'oubli de ma grand'mère où j'avais vécu jusqu'ici, je ne pouvais même pas songer à m'attacher à lui pour en tirer de la vérité ; puisqu'en lui-même il n'était rien qu'une négation, l'affaiblissement de la pensée incapable de recréer un moment réel de la vie et obligé de lui substituer des images conventionnelles et indifférentes). Peut-être pourtant l'instinct de conservation, l'ingéniosité de l'intelligence à nous préserver de la douleur, commençant déjà à cons-truire sur des ruines encore fumantes, à poser les premières assises de son œuvre utile et néfaste, goûtais-je trop la douceur de me rappeler tels et tels jugements de l'être chéri, de me les rappeler comme si elle eût pu les porter encore, comme si elle existait, comme si je continuais d'exister pour elle. Mais dès que je fus arrivé à m'endormir, à cette heure, plus véridique, où mes yeux se fermèrent

aux choses du dehors, le monde du sommeil (sur le
seuil duquel l'intelligence et la volonté momentanément paralysées ne pouvaient plus me disputer à la
cruauté de mes impressions véritables), refléta,
réfracta la douloureuse synthèse de la survivance
et du néant, dans la profondeur organique et devenue
translucide des viscères mystérieusement éclairés.
Monde du sommeil où la connaissance interne, placée
sous la dépendance des troubles de nos organes,
accélère le rythme du cœur ou de la respiration,
parce qu'une même dose d'effroi, de tristesse, de
remords agit, avec une puissance centuplée si elle
est ainsi injectée dans nos veines ; dès que pour y
parcourir les artères de la cité souterraine nous nous
sommes embarqués sur les flots noirs de notre propre
sang comme sur un Léthé intérieur aux sextuples
replis, de grandes figures solennelles nous appa-
raissent, nous abordent et nous quittent, nous laissant en larmes. Je cherchai en vain celle de ma
grand'mère dès que j'eus abordé sous les porches
sombres ; je savais pourtant qu'elle existait encore,
mais d'une vie diminuée, aussi pâle que celle du souvenir ; l'obscurité grandissait, et le vent ; mon père
n'arrivait pas qui devait me conduire à elle. Tout
d'un coup la respiration me manqua, je sentis mon
cœur comme durci, je venais de me rappeler que
depuis de longues semaines j'avais oublié d'écrire
à ma grand'mère. Que devait-elle penser de moi ?
« Mon Dieu, me disais-je, comme elle doit être malheureuse dans cette petite chambre qu'on a louée
pour elle, aussi petite que pour une ancienne domestique, où elle est toute seule avec la garde qu'on a
placée pour la soigner et où elle ne peut pas bouger,
car elle est toujours un peu paralysée et n'a pas voulu

une seule fois se lever. Elle doit croire que je l'oublie depuis qu'elle est morte, comme elle doit se sentir seule et abandonnée ! Oh ! il faut que je coure la voir, je ne peux pas attendre une minute, je ne peux pas attendre que mon père arrive, mais où est-ce, comment ai-je pu oublier l'adresse, pourvu qu'elle me reconnaisse encore ! Comment ai-je pu l'oublier pendant des mois. Il fait noir, je ne trouverai pas, le vent m'empêche d'avancer ; mais voici mon père qui se promène devant moi ; je lui crie : « Où est grand'mère, dis-moi l'adresse. Est-elle bien ? Est-ce bien sûr qu'elle ne manque de rien ? — Mais non, me dit mon père, tu peux être tranquille. Sa garde est une personne ordonnée. On envoie de temps en temps une toute petite somme pour qu'on puisse lui acheter le peu qui lui est nécessaire. Elle demande quelquefois ce que tu es devenu. On lui a même dit que tu allais faire un livre. Elle a paru contente. Elle a essuyé une larme ». Alors je crus me rappeler qu'un peu après sa mort, ma grand'mère m'avait dit en sanglotant d'un air humble, comme une vieille servante chassée, comme une étrangère : « Tu me permettras bien de te voir quelquefois tout de même, ne me laisse pas trop d'années sans me visiter. Songe que tu as été mon petit-fils et que les grand'-mères n'oublient pas ». En revoyant le visage si soumis, si malheureux, si doux qu'elle avait, je voulais courir immédiatement et lui dire ce que j'aurais dû lui répondre alors : « Mais, grand'mère, tu me verras autant que tu voudras, je n'ai que toi au monde, je ne te quitterai plus jamais ». Comme mon silence a dû la faire sangloter depuis tant de mois que je n'ai été là où elle est couchée, qu'a-t-elle pu se dire ? Et c'est en sanglotant que moi aussi je dis à mon père : « Vite, vite, son adresse, conduis-moi ». Mais lui : « C'est que... je ne sais si tu pourras la voir. Et puis tu sais elle est très faible, très faible, elle n'est plus elle-même, je crois que ce te sera plutôt pénible. Et je ne me rappelle pas le numéro exact de l'avenue. — Mais dis-moi, toi qui sais, ce n'est pas vrai que les morts ne vivent plus. Ce n'est pas vrai tout de même, malgré ce qu'on dit, puisque grand'mère existe encore. » Mon père sourit triste-ment : « Oh ! bien peu, tu sais, bien peu. Je crois que tu ferais mieux de n'y pas aller. Elle ne manque de rien. On vient tout mettre en ordre. — Mais elle est souvent seule ? — Oui, mais cela vaut mieux pour elle. Il vaut mieux qu'elle ne pense pas, cela ne pourrait que lui faire de la peine. Cela fait sou-vent de la peine de penser. Du reste, tu sais, elle est très éteinte. Je te laisserai l'indication précise pour que tu puisses y aller ; je ne vois pas ce que tu pourrais y faire et je ne crois pas que la garde te la laisserait voir. — Tu sais bien pourtant que je vi-vrai toujours près d'elle, cerfs, cerfs, Francis Jammes, fourchette ». Mais déjà j'avais retraversé le fleuve aux ténébreux méandres, j'étais remonté à la surface où s'ouvre le monde des vivants, aussi si je répé-tais encore : « Francis Jammes, cerfs, cerfs », la suite de ces mots ne m'offrait plus le sens limpide et la logique qu'ils exprimaient si naturellement pour moi il y a un instant encore et que je ne pouvais plus me rappeler. Je ne comprenais plus même pourquoi le mot Aias que m'avait dit tout à l'heure mon père avait immédiatement signifié : « Prends garde d'avoir froid », sans aucun doute possible. J'avais oublié de fermer les volets et sans doute le grand jour m'avait éveillé. Mais je ne pus supporter

d'avoir sous les yeux ces flots de la mer que ma grand'-
mère pouvait autrefois contempler pendant des
heures ; l'image nouvelle de leur beauté indifférente,
se complétait aussitôt par l'idée qu'elle ne les voyait
pas ; j'aurais voulu boucher mes oreilles à leur bruit,
car maintenant la plénitude lumineuse de la plage
creusait un vide dans mon cœur ; tout semblait me
dire comme ces allées et ces pelouses d'un jardin
public où je l'avais autrefois perdue, quand j'étais
tout enfant : « Nous ne l'avons pas vue » et sous la
rotondité du ciel pâle et divin je me sentais oppressé
comme sous une immense cloche bleuâtre fermant
un horizon où ma grand'mère n'était pas. Pour ne
plus rien voir, je me tournai du côté du mur, mais
hélas, ce qui était contre moi c'était cette cloison
qui servait jadis entre nous deux de messager mati-
nal, cette cloison qui aussi docile qu'un violon à
rendre toutes les nuances d'un sentiment, disait
si exactement à ma grand'mère ma crainte à la fois
de la réveiller, et si elle était éveillée déjà, de n'être
pas entendu d'elle et qu'elle n'osât bouger, puis
aussitôt comme la réplique d'un second instrument,
m'annonçant sa venue et m'invitant au calme.
Je n'osais pas approcher de cette cloison, plus que
d'un piano où ma grand'mère aurait joué et qui vibre-
rait encore de son toucher. Je savais que je pourrais
frapper maintenant, même plus fort, que rien ne
pourrait plus la réveiller, que je n'entendrais aucune
réponse, que ma grand'mère ne viendrait plus.
Et je ne demandais rien de plus à Dieu, s'il existe
un paradis, que d'y pouvoir frapper contre cette
cloison les trois petits coups que ma grand'mère
reconnaîtrait entre mille, et auxquels elle répondrait
par ces autres coups qui voulaient dire : « Ne t'agite

pas, petite souris, je comprends que tu es impatient, mais je vais venir », et qu'il me laissât rester avec elle toute l'éternité qui ne serait pas trop longue pour nous deux.

Le directeur vint me demander si je ne voulais pas descendre. A tout hasard il avait veillé à mon « placement » dans la salle à manger. Comme il ne m'avait pas vu, il avait craint que je ne fusse repris de mes étouffements d'autrefois. Il espérait que ce ne serait qu'un tout petit « maux de gorge » et m'assura avoir entendu dire qu'on les calmait à l'aide de ce qu'il appelait : le « calyptus ».

Il me remit un petit mot d'Albertine. Elle n'avait pas dû venir à Balbec cette année mais ayant changé de projets, elle était depuis trois jours, non à Balbec même, mais à dix minutes par le tram, à une station voisine. Craignant que je ne fusse fatigué par le voyage elle s'était abstenue pour le premier soir, mais me faisait demander quand je pourrais la recevoir. Je m'informai si elle était venue elle-même, non pour la voir, mais pour m'arranger à ne pas la voir. « Mais oui, me répondit le directeur. Mais elle voudrait que ce soit le plus tôt possible, à moins que vous n'ayez pas de raisons tout à fait nécessiteuses. Vous voyez, conclut-il, que tout le monde ici vous désire, en définitif ». Mais moi, je ne voulais voir personne.

Et pourtant la veille à l'arrivée, je m'étais senti repris par le charme indolent de la vie de bains de mer. Le même lift silencieux, cette fois par respect, non par dédain, et rouge de plaisir, avait mis en marche l'ascenseur. M'élevant le long de la colonne montante, j'avais retraversé ce qui avait été autrefois pour moi le mystère d'un hôtel inconnu, où quand on arrive, touriste sans protection et sans prestige, chaque habitué qui rentre dans sa chambre, chaque jeune fille qui descend dîner, chaque bonne qui passe dans les couloirs étrangement délinéamentés, et la jeune fille venue d'Amérique avec sa dame de compagnie et qui descend dîner, jettent sur vous un regard où l'on ne lit rien de ce qu'on aurait voulu. Cette fois-ci au contraire j'avais éprouvé le plaisir trop reposant de faire la montée d'un hôtel connu, où je me sentais chez moi, où j'avais accompli une fois de plus cette opération toujours à recommencer, plus longue, plus difficile, que le retournement de la paupière et qui consiste à poser sur les choses l'âme qui nous est familière au lieu de la leur qui nous effrayait. Faudrait-il maintenant, m'étais-je dit, ne me doutant pas du brusque changement d'âme qui m'attendait, aller toujours dans d'autres hôtels où je dînerais pour la première fois, où l'habitude n'aurait pas encore tué à chaque étage, devant chaque porte, le dragon terrifiant qui semblait veiller sur une existence enchantée, où j'aurais à approcher de ces femmes inconnues que les palaces, les casinos, les plages, ne font, à la façon des vastes polypiers, que réunir et faire vivre en commun.

J'avais ressenti du plaisir même à ce que l'ennuyeux premier président fût si pressé de me voir, je voyais, pour le premier jour des vagues, les chaines de montagne d'azur de la mer, ses glaciers et ses cascades, son élévation et sa majesté négligente — rien qu'à sentir pour la première fois depuis si longtemps, en me lavant les mains, cette odeur spéciale des savons trop parfumés du Grand-Hôtel — laquelle semblant appartenir à la fois au moment présent et au séjour passé, flottait entre eux comme le charme réel d'une vie particulière où l'on ne rentre que pour changer de cravates. Les draps du lit, trop fins, trop légers, trop vastes, impossibles à border, à faire tenir et qui restaient soufflés autour des couvertures en volutes mouvantes m'eussent attristé autrefois. Ils bercèrent seulement sur la rondeur incommode et bombée de leurs voiles, le soleil glorieux et plein d'espérances du premier matin. Mais celui-ci n'eut pas le temps de paraître. Dans la nuit même l'atroce et divine présence avait ressuscité. Je priai le directeur de s'en aller, de demander que personne n'entrât. Je lui dis que je resterais couché et repoussai son offre de faire chercher chez le pharmacien l'excellente drogue. Il fut ravi de mon refus car il craignait que des clients ne fussent incommodés par l'odeur du « calyptus ». Ce qui me valut ce compliment : « Vous êtes dans le mouvement » (il voulait dire : « dans le vrai »), et cette recommandation : « faites attention de ne pas vous salir à la porte », car, rapport aux serrures je l'ai faite « induire » d'huile, si un employé se permettait de frapper à votre chambre il serait « roulé » de coups. « Et qu'on se le tienne pour dit car je n'aime pas les répétitions » (évidemment cela signifiait je n'aime pas répéter deux fois les choses). « Seulement, est-ce que vous ne voulez pas pour vous remonter un peu du vin vieux dont j'ai en bas une bourrique (sans doute pour barrique). Je ne vous l'apporterai pas sur un plat d'argent comme la tête de Ionathan et je vous préviens que ce n'est pas du Château-Laffite mais c'est à peu près équivoque (pour équivalent). Et comme c'est léger, on pourrait vous faire frire une petite sole ». Je refusai le tout, mais fus

surpris d'entendre le nom du poisson (la sole)
être prononcé comme l'arbre le saule, par un homme
qui avait dû en commander tant dans sa vie.

Malgré les promesses du directeur on m'apporta un
peu plus tard la carte cornée de la marquise de Cambremer. Venue pour me voir, la vieille dame avait
fait demander si j'étais là et quand elle avait appris
que mon arrivée datait seulement de la veille, et
que j'étais souffrant, elle n'avait pas insisté, et (non
sans s'arrêter sans doute devant le pharmacien,
ou la mercière, chez lesquels le valet de pied, sau-
tant du siège, entrait, payer quelque note ou faire
des provisions), la marquise était repartie pour
Féterne, dans sa vieille calèche à huit ressorts
attelée de deux chevaux. Assez souvent d'ailleurs,
on entendait le roulement, et on admirait l'apparat
de celle-ci dans les rues de Balbec et de quelques
autres petites localités de la côte, situées entre
Balbec et Féterne. Non pas que ces arrêts chez des
fournisseurs fussent le but de ces randonnées.
Il était au contraire quelque goûter, ou garden-
party, chez un hobereau ou un bourgeois, fort in-
dignes de la marquise. Mais celle-ci, quoique dominant de très haut, par sa naissance et sa fortune,
la petite noblesse des environs, avait dans sa bonté
et sa simplicité parfaites, tellement peur de décevoir
quelqu'un qui l'avait invitée qu'elle se rendait
aux plus insignifiantes réunions mondaines du voisinage. Certes, plutôt que de faire tant de chemin
pour venir entendre, dans la chaleur d'un petit
salon étouffant une chanteuse généralement sans
talent et qu'en sa qualité de grande dame de la
région et de musicienne renommée, il lui faudrait
ensuite féliciter avec exagération, Mme de Cambremer

eût préféré aller se promener ou rester dans ses merveilleux jardins de Féterne au bas desquels le flot assoupi d'une petite baie vient mourir au milieu des fleurs. Mais elle savait que sa venue probable avait été annoncée par le maître de maison, que ce fut un noble ou un franc-bourgeois de Maineville-la-Teinturière ou de Chattoncourt-l'Orgueilleux. Or si Mme de Cambremer était sortie ce jour-là sans faire acte de présence à la fête, tel ou tel des invités venu d'une des petites plages qui longent la mer, avait pu entendre et voir la calèche de la marquise, ce qui eût ôté l'excuse de n'avoir pu quitter Féterne. D'autre part, ces maîtres de maison avaient beau avoir vu souvent Mme de Cambremer se rendre à des concerts donnés chez des gens où ils considéraient que ce n'était pas sa place d'être ; la petite diminution qui à leurs yeux était de ce fait infligée à la situation de la trop bonne marquise, disparaissait aussitôt que c'était eux qui recevaient, et c'est avec fièvre qu'ils se demandaient s'ils l'auraient ou non à leur petit goûter. Quel soulagement à des inquiétudes ressenties depuis plusieurs jours, si après le premier morceau chanté par la fille des maîtres de la maison ou par quelque amateur en villégiature, un invité annonçait (signe infaillible que la marquise allait venir à la matinée) avoir vu les chevaux de la fameuse calèche arrêtés devant l'horloger ou le droguiste. Alors Mme de Cambremer (qui en effet n'allait pas tarder à entrer suivie de sa belle-fille, des invités en ce moment à demeure chez elle, et qu'elle avait demandé la permission, accordée avec quelle joie, d'amener) reprenait tout son lustre aux yeux des maîtres de maison pour lesquels la récompense de sa venue espérée, avait peut-être été la cause déterminante et inavouée de la décision qu'ils avaient prise il y a un mois : s'infliger les tracas et faire les frais de donner une matinée. Voyant la marquise présente à leur goûter, ils se rappelaient non plus sa complaisance à se rendre à ceux de voisins peu qualifiés, mais l'ancienneté de sa famille, le luxe de son château, l'impolitesse de sa belle-fille née Legrandin qui, par son arrogance, relevait la bonhomie un peu fade de la belle-mère. Déjà ils croyaient lire au courrier mondain du *Gaulois*, l'entrefilet qu'ils cuisineraient eux-mêmes en famille, toutes portes fermées à clefs, sur « le petit coin de Bretagne où l'on s'amuse ferme, la matinée ultra select où l'on ne s'est séparé qu'après avoir fait promettre aux maîtres de maison de bientôt recommencer. » Chaque jour ils attendaient le journal, anxieux de ne pas avoir encore vu leur matinée y figurer, et craignant de n'avoir eu Mme de Cambremer que pour leurs seuls invités et non pour la multitude des lecteurs. Enfin le jour béni arrivait : « La saison est exceptionnellement brillante cette année à Balbec. La mode est aux petits concerts d'après-midi, etc... » Dieu merci, le nom de Mme de Cambremer avait été bien orthographié et « cité au hasard », mais en tête. Il ne restait plus qu'à paraître ennuyé de cette indiscrétion des journaux qui pouvait amener des brouilles avec les personnes qu'on n'avait pu inviter, et à demander hypocritement devant Mme de Cambremer qui avait pu avoir la perfidie d'envoyer cet écho dont la marquise, bienveillante et grande dame, disait : « Je comprends que cela vous ennuie mais pour moi je n'ai été que très heureuse qu'on me sût chez vous ».

Sur la carte qu'on me remit, Mme de Cambremer

avait griffonné qu'elle donnait une matinée le surlendemain. Et certes il y a seulement deux jours,
si fatigué de vie mondaine que je fusse, ç'eût été
un vrai plaisir pour moi que de la goûter transplantée
dans ces jardins où poussaient en pleine terre, grâce
à l'exposition de Féterne, les figuiers, les palmiers,
des plants de rosiers jusque dans la mer souvent d'un
calme et d'un bleu méditerranéen et sur laquelle le
petit yacht des propriétaires allait, avant le c mmen-
cement de la fête, chercher dans les plages de
l'autre côté de la baie les invités les plus impor-
tants, servait, avec ses velours tendus contre le soleil,
quand tout le monde était arrivé, de salle à manger
pour goûter, et repartait le soir reconduire ceux qu'il
avait amenés. Luxe charmant, mais si coûteux
que c'était en partie afin de parer aux dépenses
qu'il entraînait que Mme de Cambremer avait cherché
à augmenter ses revenus de différentes façons,
et notamment en louant, pour la première fois,
une de ses propriétés, fort différente de Féterne :
la Raspelière. Oui, il y a deux jours, combien une
telle matinée, peuplée de petits nobles inconnus,
dans un cadre nouveau, m'eut changé de la « haute
vie » parisienne. Mais maintenant les plaisirs n'avaient
plus aucun sens pour moi. J'écrivis donc à Mme de
Cambremer pour m'excuser, de même qu'une heure
avant j'avais fait congédier Albertine : le chagrin
avait aboli en moi la possibilité du désir aussi complètement qu'une forte fièvre coupe l'appétit...
Ma mère devait arriver le lendemain. Il me semblait
que j'étais moins indigne de vivre auprès d'elle,
que je la comprendrais mieux, maintenant que toute
une vie étrangère et dégradante avait fait place à la
remontée des souvenirs déchirants qui ceignaient

et ennoblissaient mon âme comme la sienne de leur couronne d'épines. Je le croyais ; en réalité il y a bien loin des chagrins véritables comme était celui de maman, qui vous ôtent littéralement la vie pour bien longtemps, quelquefois pour toujours, dès qu'on a perdu l'être qu'on aime, — à ces autres chagrins passagers malgré tout comme devait être le mien, qui s'en vont vite comme ils sont venus tard, qu'on ne connaît que longtemps après l'événement parce qu'on a eu besoin pour les ressentir de les comprendre ; chagrins comme tant de gens en éprouvent et dont celui qui était actuellement ma torture ne se différenciait que par cette modalité du souvenir involontaire.

Quant à un chagrin aussi profond que celui de ma mère, je devais le connaître un jour, on le verra dans la suite de ce récit, mais ce n'était pas maintenant, ni ainsi que je me le figurais. Néanmoins, comme un récitant qui devrait connaître son rôle et être à sa place depuis bien longtemps mais qui est arrivé seulement à la dernière seconde et n'ayant lu qu'une fois ce qu'il a à dire, sait dissimuler assez habilement quand vient le moment où il doit donner la réplique, pour que personne ne puisse s'apercevoir de son retard, mon chagrin tout nouveau me permit quand ma mère arriva, de lui parler comme s'il avait toujours été le même. Elle crut seulement que la vue de ces lieux où j'avais été avec ma grand'mère (et ce n'était d'ailleurs pas cela) l'avait réveillé. Pour la première fois alors, et parce que j'avais une douleur qui n'était rien à côté de la sienne, mais qui m'ouvrait les yeux, je me rendis compte avec épouvante de ce qu'elle pouvait souffrir. Pour la première fois je compris

que ce regard fixe et sans pleurs (ce qui faisait que
Françoise la plaignait peu) qu'elle avait depuis la
mort de ma grand'mère, était arrêté sur cette
incompréhensible contradiction du souvenir et du
néant. D'ailleurs quoique toujours dans ses voiles
noirs, plus habillée dans ce pays nouveau, j'étais
plus frappé de la transformation qui s'était accom-
plie en elle. Ce n'est pas assez de dire qu'elle avait
perdu toute gaîté ; fondue, figée en une sorte d'image
implorante, elle semblait avoir peur d'offenser
d'un mouvement trop brusque, d'un son de voix
trop haut, la présence douloureuse qui ne la quittait
pas. Mais surtout, dès que je la vis entrer dans son
manteau de crêpe, je m'aperçus — ce qui m'avait
échappé à Paris — que ce n'était plus ma mère
que j'avais sous les yeux, mais ma grand'mère.
Comme dans les familles royales et ducales, à la
mort du chef le fils prend son titre et de duc d'Or-
léans, de prince de Tarente ou de prince des Laumes,
devient roi de France, duc de la Trémoïlle, duc de
Guermantes, ainsi souvent, par un avènement d'un
autre ordre, et de plus profonde origine, le mort
saisit le vif qui devient son successeur ressemblant,
le continuateur de sa vie interrompue. Peut-être
le grand chagrin qui suit chez une fille telle qu'était
maman, la mort de sa mère, ne fait-il que briser
plus tôt la chrysalide, hâter la métamorphose, et
l'apparition d'un être qu'on porte en soi et qui,
sans cette crise qui fait brûler les étapes et sauter
d'un seul coup des périodes, ne fut survenu que plus
lentement. Peut-être dans le regret de celle qui
n'est plus, y a-t-il une espèce de suggestion qui finit
par amener sur nos traits des similitudes que nous
avions d'ailleurs en puissance, et y a-t-il surtout

arrêt de notre activité plus particulièrement indi-
viduelle (chez ma mère, de son bon sens, de la gaîté
moqueuse qu'elle tenait de son père), que nous ne
craignions pas, tant que vivait l'être bien-aimé,
d'exercer, fût-ce à ses dépens, et qui contrebalançait
le caractère que nous tenions exclusivement de lui.
Une fois qu'elle est morte, nous aurions scrupule
à être autre, nous n'admirons plus que ce qu'elle
était, ce que nous étions déjà, mais mêlé à autre
chose, et ce que nous allons être désormais uniquement. C'est dans ce sens là (et non dans celui si
vague, si faux où on l'entend généralement)
qu'on peut dire que la mort n'est pas inutile, que
le mort continue à agir sur nous. Il agit même plus
qu'un vivant parce que la véritable réalité n'étant
dégagée que par l'esprit, étant l'objet d'une opération spirituelle, nous ne connaissons vraiment que
ce que nous sommes obligés de recréer par la pensée, ce que nous cache la vie de tous les jours...
Enfin dans ce culte du regret pour nos morts, nous
vouons une idolâtrie à ce qu'ils ont aimé. Non
seulement ma mère ne pouvait se séparer du sac
de ma grand'mère devenu plus précieux que s'il
eût été de saphirs et de diamants, de son manchon,
de tous ces vêtements qui accentuaient encore la
ressemblance d'aspect entre elles deux, mais même
des volumes de Mme de Sévigné que ma grand'mère
avait toujours avec elle, exemplaires que ma mère
n'eût pas changé contre le manuscrit même des
lettres. Elle plaisantait autrefois ma grand'mère
qui ne lui écrivait jamais une fois sans citer une
phrase de Mme de Sévigné ou de Mme de Beausergent. Dans chacune des trois lettres que je reçus
de maman avant son arrivée à Balbec, elle me cita

SODOME ET GOMORRHE

Madame de Sévigné, comme si ces trois lettres eussent été, non pas adressées par elle à moi, mais par ma grand'mère adressées à elle. Elle voulut descendre sur la digue voir cette plage dont ma grand'mère lui parlait tous les jours en lui écrivant. Tenant à la main l' « en tous cas » de sa mère, je la vis de la fenêtre s'avancer toute noire, à pas timides, pieux, sur le sable que des pieds chéris avaient foulé avant elle, et elle avait l'air d'aller à la recherche d'une morte que les flots devaient ramener. Pour ne pas la laisser dîner seule, je dus descendre avec elle. Le premier président et la veuve du bâtonnier se firent présenter à elle. Et tout ce qui avait rapport à ma grand'mère lui était si sensible qu'elle fut touchée infiniment, garda toujours le souvenir et la reconnaissance de ce que lui dit le premier Président, comme elle souffrit avec indignation de ce qu'au contraire la femme du bâtonnier n'eût pas une parole de souvenir pour la morte. En réalité, le premier président ne se souciait pas plus d'elle que la femme du bâtonnier. Les paroles émues de l'un et le silence de l'autre, bien que ma mère mit entre eux une telle différence, n'étaient qu'une façon diverse d'exprimer cette indifférence que nous inspirent les morts. Mais je crois que ma mère trouva surtout de la douceur dans les paroles où malgré moi je laissai passer un peu de ma souffrance. Elle ne pouvait que rendre maman heureuse (malgré toute la tendresse qu'elle avait pour moi), comme tout ce qui assurait à ma grand'mère une survivance dans les cœurs. Tous les jours suivants ma mère descendit s'asseoir sur la plage, pour faire exactement ce que sa mère avait fait, et elle lisait ses deux livres préférés, les *Mémoires* de Madame de Beausergent et les *Lettres* de Madame de Sévigné. Elle, et aucun de nous, n'avait pu supporter qu'on appelât cette dernière la « spirituelle marquise », pas plus que La Fontaine « le Bonhomme ». Mais quand elle lisait dans les lettres ces mots : « ma fille », elle croyait entendre sa mère lui parler.

Elle eut la mauvaise chance, dans un de ces pélerinages où elle ne voulait pas être troublée, de rencontrer sur la plage une dame de Combray, suivie de ses filles. Je crois que son nom était Madame Poussin. Mais nous ne l'appelions jamais entre nous que « Tu m'en diras des nouvelles », car c'est par cette phrase perpétuellement répétée qu'elle avertissait ses filles des maux qu'elles se préparaient, par exemple en disant à l'une qui se frottait les yeux : « Quand tu auras une bonne ophtalmie, tu m'en diras des nouvelles ». Elle adressa de loin à maman de longs saluts éplorés, non en signe de condoléance, mais par genre d'éducation. Nous n'eussions pas perdu ma grand'mère et n'eussions eu que des raisons d'être heureux. Vivant assez retirée à Combray dans un immense jardin, elle ne trouvait jamais rien assez doux et faisait subir des adoucissements aux mots et aux noms même de la langue française. Elle trouvait trop dur d'appeler « cuiller » la pièce d'argenterie qui versait ses sirops et disait en conséquence « cueiller », elle eut eu peur de brusquer le doux chantre de Télémaque en l'appelant rudement Fénelon — comme je faisais moi-même en connaissance de cause ayant pour ami le plus cher l'être le plus intelligent, bon et brave, inoubliable à tous ceux qui l'ont connu, Bertrand de Fénelon — et elle ne disait jamais que « Fénélon » trouvant que l'accent aigu ajoutait quelque mol lesse. Le gendre moins doux de cette Madame Poussin et duquel j'ai oublié le nom, étant notaire à Combray, emporta la caisse et fit perdre à mon oncle notamment, une assez forte somme. Mais la plupart des gens de Combray étaient si bien avec les autres membres de la famille qu'il n'en résulta aucun froid et qu'on se contenta de plaindre Madame Poussin. Elle ne recevait pas, mais chaque fois qu'on passait devant sa grille on s'arrêtait à admirer ses admirables ombrages, sans pouvoir distinguer autre chose. Elle ne nous gêna guère à Balbec où je ne la rencontrai qu'une fois, à un moment où elle disait à sa fille en train de se ronger les ongles : « Quand tu auras un bon panari, tu m'en diras des nouvelles ».

Pendant que maman lisait sur la plage je restais seul dans ma chambre. Je me rappelais les derniers temps de la vie de ma grand'mère, et tout ce qui se rapportait à eux, la porte de l'escalier qui était maintenue ouverte quand nous étions sortis pour sa dernière promenade. En contraste avec tout cela le reste du monde semblait à peine réel et ma souffrance l'empoisonnait tout entier. Enfin ma mère exigea que je sortisse. Mais à chaque pas quelque aspect oublié du casino, de la rue où en l'attendant, le premier soir, j'étais allé jusqu'au monument de Duguay-Trouin, m'empêchait, comme un vent contre lequel on ne peut lutter, d'aller plus avant ; je baissais les yeux pour ne pas voir. Et après avoir repris quelque force, je revenais vers l'hôtel, vers l'hôtel où je savais qu'il était désormais impossible que, si longtemps dussé-je attendre, je retrouvasse ma grand'mère, que j'avais retrouvée autrefois, le premier soir d'arrivée. Comme c'était la première

fois que je sortais, beaucoup de domestiques que
je n'avais pas encore vus, me regardèrent curieusement. Sur le seuil même de l'hôtel un jeune chasseur ôta sa casquette pour me saluer et la remit
prestement. Je crus qu'Aimé lui avait selon son
expression « passé la consigne » d'avoir des égards
pour moi. Mais je vis au même moment que pour
une autre personne qui rentrait, il l'enleva de nouveau. La vérité était que dans la vie, ce jeune
homme ne savait qu'ôter et remettre sa casquette,
et le faisait parfaitement bien. Ayant compris qu'il
était incapable d'autre chose et qu'il excellait dans
celle-là, il l'accomplissait le plus grand nombre de
fois qu'il pouvait par jour, ce qui lui valait de la
part des clients une sympathie discrète mais générale, une grande sympathie aussi de la part du
concierge à qui revenait la tâche d'engager les
chasseurs et qui, jusqu'à cet oiseau rare, n'avait
pas pu en trouver un qui ne se fît renvoyer en moins
de huit jours, au grand étonnement d'Aimé qui
disait : « Pourtant dans ce métier-là on ne leur demande guère que d'être poli, ça ne devrait pas être
si difficile ». Le directeur tenait aussi à ce qu'ils
eussent ce qu'il appelait une belle « présence »,
voulant dire qu'ils restassent là, ou plutôt ayant mal
retenu le mot prestance. L'aspect de la pelouse
qui s'étendait derrière l'hôtel avait été modifié
par la création de quelques plates-bandes fleuries
et l'enlèvement non seulement d'un arbuste exotique,
mais du chasseur qui, la première année, décorait
extérieurement l'entrée par la tige souple de sa
taille et la coloration curieuse de sa chevelure.
Il avait suivi une comtesse polonaise qui l'avait
pris comme secrétaire, imitant en cela ses deux

aînés et sa sœur dactylographe, arrachés à l'hôtel par des personnalités de pays et de sexe divers, qui s'étaient éprises de leur charme. Seul demeurait leur cadet dont personne ne voulait parce qu'il louchait. Il était fort heureux quand la comtesse polonaise et les protecteurs des deux autres venaient passer quelque temps à l'hôtel de Balbec. Car malgré qu'il enviât ses frères, il les aimait et pouvait ainsi pendant quelques semaines cultiver des sentiments de famille. L'abbesse de Fontevrault n'avait-elle pas l'habitude, quittant pour cela ses moinesses, de venir partager l'hospitalité qu'offrait Louis XIV à cette autre Mortemart, sa maîtresse, Madame de Montespan ? Pour lui c'était la première année qu'il était à Balbec ; il ne me connaissait pas encore, mais ayant entendu ses camarades plus anciens faire suivre quand ils me parlaient le mot de Monsieur, de mon nom, il les imita dès la première fois avec l'air de satisfaction soit de manifester son instruction relativement à une personnalité qu'il jugeait connue, soit de se conformer à un usage qu'il ignorait il y a cinq minutes mais auquel il lui semblait qu'il était indispensable de ne pas manquer. Je comprenais très bien le charme que ce grand Palace pouvait offrir à certaines personnes. Il était dressé comme un théâtre, et une nombreuse figuration l'animait jusque dans les plinthes. Bien que le client ne fut qu'une sorte de spectateur, il était mêlé perpétuellement au spectacle, non même comme dans ces théâtres où les acteurs jouent une scène dans la salle, mais comme si la vie du spectateur se déroulait au milieu des somptuosités de la scène. Le joueur de tennis pouvait rentrer en veston de flanelle blanche, le concierge s'était mis en habit

bleu galonné d'argent pour lui donner ses lettres.
Si ce joueur de tennis ne voulait pas monter à pied,
il n'était pas moins mêlé aux acteurs en ayant à
côté de lui pour faire monter l'ascenseur le lift
aussi richement costumé. Les couloirs des étages
dérobaient une fuite de caméristes et de courrières,
belles sur la mer et jusqu'aux petites chambres
desquelles les amateurs de la beauté féminine
ancillaire arrivaient par de savants détours. En bas,
c'était l'élément masculin qui dominait et faisait
de cet hôtel, à cause de l'extrême et oisive jeunesse
des serviteurs, comme une sorte de tragédie judéo-
chrétienne ayant pris corps et perpétuellement
représentée. Aussi ne pouvais-je m'empêcher de
me dire à moi-même, en les voyant, non certes les
vers de Racine qui m'étaient venus à l'esprit chez
la princesse de Guermantes tandis que M. de Vaugoubert regardait de jeunes secrétaires d'ambassade saluant M. de Charlus, mais d'autres vers de
Racine, cette fois-ci non plus d'*Esther* mais d'*Athalie* : car dès le hall, ce qu'au XVIIe siècle on appelait
les Portiques, « un peuple florissant » de jeunes chasseurs se tenait, surtout à l'heure du goûter, comme
les jeunes Israélites des chœurs de Racine. Mais je
ne crois pas qu'un seul eût pu fournir même la vague
réponse que Joas trouve pour Athalie quand celle-ci
demande au prince Enfant : « Quel est donc votre
emploi ? » car ils n'en avaient aucun. Tout au plus
si l'on avait demandé à n'importe lequel d'entre
eux, comme la nouvelle Reine : « Mais tout ce peuple
enfermé dans ce lieu, à quoi s'occupe-t-il ? » aurait-il
pu dire : « Je vois l'ordre pompeux de ces cérémonies
et j'y contribue ». Parfois un des jeunes figurants
allait vers quelque personnage plus important,

puis cette jeune beauté rentrait dans le chœur, et à moins que ce ne fut l'instant d'une détente contemplative, tous entrelaçaient leurs évolutions inutiles, respectueuses, décoratives et quotidiennes. Car sauf leur « jour de sortie », « loin du monde élevés » et ne franchissant pas le parvis, ils menaient la même existence ecclésiastique que les lévites dans *Athalie* et devant cette « troupe jeune et fidèle » jouant aux pieds des degrés couverts de tapis magnifiques, je pouvais me demander si je pénétrais dans le grand hôtel de Balbec ou dans le temple de Salomon.

Je remontais directement à ma chambre. Mes pensées étaient habituellement attachées aux derniers jours de la maladie de ma grand'mère, à ces souffrances que je revivais, en les accroissant de cet élément, plus difficile encore à supporter que la souffrance même des autres et auxquelles il est ajouté par notre cruelle pitié; quand nous croyons seulement recréer les douleurs d'un être cher, notre pitié les exagère; mais peut-être est-ce elle qui est dans le vrai, plus que la conscience qu'ont de ces douleurs ceux qui les souffrent, et auxquels est cachée cette tristesse de leur vie, que la pitié elle, voit, dont elle se désespère. Toutefois ma pitié eût dans un élan nouveau dépassé les souffrances de ma grand'mère si j'avais su alors ce que j'ignorai longtemps, que ma grand'mère, la veille de sa mort, dans un moment de conscience et s'assurant que je n'étais pas là, elle avait pris la main de maman et après y avoir collé ses lèvres fiévreuses, lui avait dit : « Adieu, ma fille, adieu pour toujours ». Et c'est peut-être aussi ce souvenir-là que ma mère n'a plus jamais cessé de regarder si fixement. Puis les

doux souvenirs me revenaient. Elle était ma grand'-
mère et j'étais son petit-fils. Les expressions de son
visage semblaient écrites dans une langue qui
n'était que pour moi ; elle était tout dans ma vie,
les autres n'existaient que relativement à elle, au
jugement qu'elle me donnerait sur eux ; mais non,
nos rapports ont été trop fugitifs pour n'avoir pas
été accidentels. Elle ne me connaît plus, je ne la
reverrai jamais. Nous n'avions pas été créés uniquement l'un pour l'autre, c'était une étrangère. Cette
étrangère j'étais en train d'en regarder la photographie par Saint-Loup. Maman qui avait rencontré
Albertine, avait insisté pour que je la visse à cause
des choses gentilles qu'elle lui avait dites sur grand'-
mère et sur moi. Je lui avais donc donné rendez-
vous. Je prévins le directeur pour qu'il la fît attendre
au salon. Il me dit qu'il la connaissait depuis bien
longtemps, elle et ses amies, bien avant qu'elles
eussent atteint « l'âge de la pureté », mais qu'il
leur en voulait de choses qu'elles avaient dites de
l'hôtel. Il faut qu'elles ne soient pas bien « illustrées »
pour causer ainsi. A moins qu'on ne les ait calom-
niées. Je compris aisément que pureté était dit
pour « puberté ». En attendant l'heure d'aller retrouver Albertine, je tenais mes yeux fixés, comme
sur un dessin qu'on finit par ne plus voir à force
de l'avoir regardé, sur la photographie que Saint-
Loup avait faite, quand tout d'un coup, je pensai de
nouveau : « C'est grand'mère, je suis son petit-fils »
comme un amnésique retrouve son nom, comme
un malade change de personnalité. Françoise entra
me dire qu'Albertine était là et voyant la photographie : « Pauvre Madame, c'est bien elle, jusqu'à
son bouton de beauté sur la joue ; ce jour que le

marquis l'a photographiée, elle avait été bien malade, elle s'était deux fois trouvée mal. Surtout, Françoise qu'elle m'avait dit, il ne faut pas que mon petit-fils le sache ». Et elle le cachait bien, elle était toujours gaie en société. Seule par exemple je trou-vais qu'elle avait l'air par moments d'avoir l'esprit un peu monotone. Mais ça passait vite. Et puis elle me dit comme ça : « Si jamais il m'arrivait quelque chose, il faudrait qu'il ait un portrait de moi. Je n'en ai jamais fait faire un seul ». Alors elle m'envoya dire à M. le marquis, en lui recommandant de ne pas raconter à Monsieur que c'était elle qui l'avait demandé, s'il ne pourrait pas lui tirer sa photogra-phie. Mais quand je suis revenue lui dire que oui, elle ne voulait plus parce qu'elle se trouvait trop mauvaise figure. C'est pire encore qu'elle me dit, que pas de photographie du tout. Mais comme elle n'était pas bête, elle finit par s'arranger si bien en mettant un grand chapeau rabattu, qu'il n'y parais-sait plus quand elle n'était pas au grand jour. Elle en était bien contente de sa photographie, parce qu'en ce moment-là elle ne croyait pas qu'elle reviendrait de Balbec. J'avais beau lui dire : « Ma-dame, il ne faut pas causer comme ça, j'aime pas entendre Madame causer comme ça », c'était dans son idée. Et dame il y avait plusieurs jours qu'elle ne pouvait pas manger. C'est pour cela qu'elle poussait Monsieur à aller dîner très loin avec M. le marquis. Alors au lieu d'aller à table elle faisait semblant de lire et dès que la voiture du marquis était partie, elle montait se coucher. Des jours elle voulait prévenir Madame d'arriver pour la voir encore. Et puis elle avait peur de la surprendre, comme elle ne lui avait rien dit. « Il vaut mieux

qu'elle reste avec son mari, voyez-vous Françoise »,
Françoise me regardant, me demanda tout à coup
si je me « sentais indisposé ». Je lui dis que non ;
et elle : « Et puis vous me ficelez là à causer avec
vous. Votre visite est peut-être déjà arrivée. Il faut
que je descende. Ce n'est pas une personne pour ici.
Et avec une allant vite comme elle, elle pourrait
être repartie. Elle n'aime pas attendre. Ah ! maintenant, Mademoiselle Albertine, c'est quelqu'un »,
« Vous vous trompez, Françoise, elle est assez bien,
trop bien pour ici. Mais allez la prévenir que je ne
pourrai pas la voir aujourd'hui ».

Quelles déclamations apitoyées j'aurais éveillé
en Françoise si elle m'avait vu pleurer. Soigneuse-
ment je me cachai. Sans cela j'aurais eu sa sympathie. Mais je lui donnai la mienne. Nous ne nous
mettons pas assez dans le cœur de ces pauvres
femmes de chambre qui ne peuvent pas nous voir
pleurer, comme si pleurer nous faisait mal ; ou peut-
être leur faisait mal, Françoise m'ayant dit quand
j'étais petit : « Ne pleurez pas comme cela, je n'aime
pas vous voir pleurer comme cela ». Nous n'aimons
pas les grandes phrases, les attestations, nous avons
tort, nous fermons ainsi notre cœur au pathétique
des campagnes, à la légende que la pauvre servante,
renvoyée, peut-être injustement, pour vol, toute
pâle, devenue subitement plus humble comme si
c'était un crime d'être accusée, déroule en invoquant
l'honnêteté de son père, des principes de sa mère,
les conseils de l'aïeule. Certes ces mêmes domestiques
qui ne peuvent supporter nos larmes, nous feront
prendre sans scrupule une fluxion de poitrine,
parce que la femme de chambre d'au-dessous aime
les courants d'air et que ce ne serait pas poli de les

SODOME ET GOMORRHE

supprimer. Car il faut que ceux-là même qui ont
raison, comme Françoise, aient tort aussi, pour faire
de la Justice une chose impossible. Même les humbles
plaisirs des servantes provoquent ou le refus ou
la raillerie de leurs maîtres. Car c'est toujours un
rien, mais niaisement sentimental, anti-hygiénique.
Aussi peuvent-elles dire : « Comment moi qui ne
demande que cela dans l'année, on ne me l'accorde
pas. » Et pourtant les maîtres accorderont beaucoup
plus, qui ne fut pas stupide et dangereux pour elles
— ou pour eux. Certes, à l'humilité de la pauvre
femme de chambre, tremblante, prête à avouer
ce qu'elle n'a pas commis, disant « je partirai ce soir
s'il le faut », on ne peut pas résister. Mais il faut savoir
aussi ne pas rester insensibles, malgré la banalité
solennelle et menaçante des choses qu'elle dit,
son héritage maternel et la dignité du « clos », devant une vieille cuisinière drapée dans une vie
et une ascendance d'honneur, tenant le balai
comme un sceptre, poussant son rôle au tragique,
l'entrecoupant de pleurs, se redressant avec majesté.
Ce jour-là je me rappelai ou j'imaginai de telles
scènes, je les rapportai à notre vieille servante,
et, depuis lors, malgré tout le mal qu'elle put faire
à Albertine, j'aimai Françoise d'une affection, inter-
mittente il est vrai, mais du genre le plus fort,
celui qui a pour base la pitié.

Certes, je souffris toute la journée en restant
devant la photographie de ma grand'mère. Elle
me torturait. Moins pourtant que ne fit le soir la
visite du directeur. Comme je lui parlais de ma
grand'mère et qu'il me renouvelait ses condoléances,
je l'entendis me dire (car il aimait employer les mots
qu'il prononçait mal) : « C'est comme le jour où

Madame votre grand'mère avait eu cette symecope,
je voulais vous en avertir, parce qu'à cause de la
clientèle, n'est-ce pas, cela aurait pu faire du tort
à la maison. Il aurait mieux valu qu'elle parte le
soir même. Mais elle me supplia de ne rien dire et
me promit qu'elle n'aurait plus de symecope ou
qu'à la première elle partirait. Le chef de l'étage
m'a pourtant rendu compte qu'elle en a eu une
autre. Mais dame vous étiez de vieux clients qu'on
cherchait à contenter et du moment que personne
ne s'est plaint ». Ainsi ma grand'mère avait des
syncopes et me les avait cachées. Peut-être au
moment où j'étais le moins gentil pour elle, où elle
était obligée, tout en souffrant de faire attention
à être de bonne humeur pour ne pas m'irriter et
à paraître bien portante pour ne pas être mise à la
porte de l'hôtel. « Symecope » c'est un mot que,
prononcé ainsi, je n'aurais jamais imaginé, qui
m'aurait peut-être, s'appliquant à d'autres, paru
ridicule, mais qui dans son étrange nouveauté
sonore, pareille à celle d'une dissonnance originale,
resta longtemps ce qui était capable d'éveiller en
moi les sensations plus douloureuses.

Le lendemain j'allai à la demande de maman
m'étendre un peu sur le sable, ou plutôt dans les
dunes, là où on est caché par leurs replis, et où je
savais qu'Albertine et ses amies ne pourraient pas
me trouver. Mes paupières, abaissées, ne laissaient
passer qu'une seule lumière, toute rose, celle des parois
intérieures des yeux. Puis elles se fermèrent tout
à fait. Alors ma grand'mère m'apparut assise dans
un fauteuil. Si faible, elle avait l'air de vivre moins
qu'une autre personne. Pourtant je l'entendais
respirer ; parfois un signe montrait qu'elle avait

compris ce que nous disions, mon père et moi.
Mais j'avais beau l'embrasser je ne pouvais pas
arriver à éveiller un regard d'affection dans ses
yeux, un peu de couleur sur ses joues. Absente
d'elle-même, elle avait l'air de ne pas m'aimer,
de ne pas me connaître, peut-être de ne pas me voir.
Je ne pouvais deviner le secret de son indifférence,
de son abattement, de son mécontentement silencieux. J'entraînai mon père à l'écart. « Tu vois
tout de même, lui dis-je, il n'y a pas à dire, elle a
saisi exactement chaque chose. C'est l'illusion complète de la vie. Si on pouvait faire venir ton cousin
qui prétend que les morts ne vivent pas. Voilà
plus d'un an qu'elle est morte et en somme elle vit
toujours. Mais pourquoi ne veut-elle pas m'embrasser ? — Regarde, sa pauvre tête retombe. — Mais
elle voudrait aller aux Champs-Élysées tantôt.
— C'est de la folie ! — Vraiment tu crois que cela
pourrait lui faire mal, qu'elle pourrait mourir
davantage. Il n'est pas possible qu'elle ne m'aime
plus. J'aurai beau l'embrasser, est-ce qu'elle ne me
sourira plus jamais ? » « Que veux-tu, les morts
sont les morts ».

Quelques jours plus tard la photographie qu'avait
faite Saint-Loup m'était douce à regarder ; elle ne
réveillait pas le souvenir de ce que m'avait dit
Françoise parce qu'il ne m'avait plus quitté et je
m'habituais à lui. Mais en regard de l'idée que je me
faisais de son état si grave, si douloureux ce jour-là,
la photographie, profitant encore des ruses qu'avait
eues ma grand'mère et qui réussissaient à me tromper même depuis qu'elles m'avaient été dévoilées,
me la montrait si élégante, si insouciante, sous le
chapeau qui cachait un peu son visage, que je la

voyais moins malheureuse et mieux portante que je
ne l'avais imaginée. Et pourtant ses joues, ayant
à son insu une expression à elles, quelque chose de
plombé, de hagard, comme le regard d'une bête
qui se sentirait déjà choisie et désignée, ma grand'-
mère avait un air de condamnée à mort, un air
involontairement sombre, inconsciemment tragique
qui m'échappait mais qui empêchait maman de
regarder jamais cette photographie, cette photographie qui lui paraissait moins une photographie
de sa mère que de la maladie de celle-ci, d'une
insulte que cette maladie faisait au visage brutale-
ment souffleté de grand'mère.

Puis un jour je me décidai à faire dire à Albertine que je la recevrais prochainement. C'est qu'un
matin de grande chaleur prématurée, les mille cris
des enfants qui jouaient, des baigneurs plaisantant,
des marchands de journaux, m'avaient décrit en
traits de feu, en flammèches entrelacées, la plage
ardente que les petites vagues venaient une à une
arroser de leur fraîcheur ; alors avait commencé
le concert symphonique mêlé au clapotement de
l'eau dans lequel les violons vibraient comme un
essaim d'abeilles égaré sur la mer. Aussitôt j'avais
désiré de réentendre le rire d'Albertine, de revoir
ses amies, ces jeunes filles se détachant sur les flots,
et restées dans mon souvenir le charme inséparable,
la flore caractéristique de Balbec ; et j'avais résolu
d'envoyer par Françoise un mot à Albertine, pour
la semaine prochaine, tandis que montant doucement, la mer à chaque déferlement de lame, recou-
vrait complètement de coulées de cristal la mélodie
dont les phrases apparaissaient séparées les unes des
autres comme ces anges luthiers qui au faîte de la

cathédrale italienne s'élèvent entre les crêtes de
porphyre bleu et de jaspe écumant. Mais le jour où
Albertine vint, le temps s'était de nouveau gâté
et rafraîchi, et d'ailleurs je n'eus pas l'occasion
d'entendre son rire; elle était de fort mauvaise
humeur. « Balbec est assommant cette année,
me dit-elle. Je tâcherai de ne pas rester longtemps.
Vous savez que je suis ici depuis Pâques, cela fait
plus d'un mois. Il n'y a personne. Si vous croyez
que c'est folichon ». Malgré la pluie récente et le
ciel changeant à toute minute, après avoir accom-
pagné Albertine jusqu'à Epreville, car Albertine
faisait selon son expression la « navette » entre
cette petite plage, où était la villa de Mme Bontemps, et Incarville où elle avait été « prise en pen-
sion » par les parents de Rosemonde, je partis me
promener seul vers cette grande route que prenait
la voiture de Mme de Villeparisis quand nous allions
nous promener avec ma grand'mère; des flaques
d'eau que le soleil qui brillait n'avait pas séchées,
faisaient du sol un vrai marécage et je pensais
à ma grand'mère qui jadis ne pouvait marcher
deux pas sans se crotter. Mais dès que je fus arrivé
à la route ce fut un éblouissement. Là où je n'avais
vu avec ma grand'mère au mois d'août que les
feuilles et comme l'emplacement des pommiers,
à perte de vue ils étaient en pleine floraison, d'un
luxe inouï, les pieds dans la boue et en toilette de
bal, ne prenant pas de précautions pour ne pas
gâter le plus merveilleux satin rose qu'on eût jamais
vu et que faisait briller le soleil; l'horizon lointain
de la mer fournissait aux pommiers comme un
arrière-plan d'estampe japonaise; si je levais la
tête pour regarder le ciel entre les fleurs, qui fai-

saient paraître son bleu rasséréné, presque violent,
elles semblaient s'écarter pour montrer la profondeur de ce paradis. Sous cet azur une brise légère
mais froide faisait trembler légèrement les bouquets
rougissants. Des mésanges bleues venaient se poser
sur les branches et sautaient entre les fleurs, indul-
gentes, comme si c'eut été un amateur d'exotisme
et de couleurs qui avait artificiellement créé cette
beauté vivante. Mais elle touchait jusqu'aux larmes
parce que, si loin qu'on allât dans ses effets d'art
raffiné, on sentait qu'elle était naturelle, que ces
pommiers étaient là en pleine campagne comme des
paysans, sur une grande route de France. Puis
aux rayons du soleil succédèrent subitement ceux
de la pluie ; ils zébrèrent tout l'horizon, enserrèrent
la file des pommiers dans leur réseau gris. Mais
ceux-ci continuaient à dresser leur beauté, fleurie
et rose, dans le vent devenu glacial sous l'averse
qui tombait : c'était une journée de printemps.

CHAPITRE DEUXIÈME

Les mystères d'Albertine. — Les jeunes filles qu'elle voit dans la glace. — La dame inconnue. — Le liftier. — Madame de Cambremer. — Les plaisirs de M. Nissim Bernard. — Première esquisse du caractère étrange de Morel. — M. de Charlus dîne chez les Verdurin.

Dans ma crainte que le plaisir trouvé dans cette promenade solitaire n'affaiblît en moi le souvenir de ma grand'mère, je cherchais de le raviver en pensant à telle grande souffrance morale qu'elle avait eue ; à mon appel cette souffrance essayait de se construire dans mon cœur, elle y élançait ses piliers immenses ; mais mon cœur sans doute était trop petit pour elle, je n'avais la force de porter une douleur si grande, mon attention se dérobait au moment où elle se reformait tout entière, et ses arches s'effondraient avant de s'être rejointes comme avant d'avoir parfait leur voûte, s'écroulent les vagues.

Cependant, rien que par mes rêves quand j'étais endormi, j'aurais pu apprendre que mon chagrin de la mort de ma grand'mère diminuait, car elle y apparaissait moins opprimée par l'idée que je me faisais de son néant. Je la voyais toujours malade,

mais en voie de se rétablir, je la trouvais mieux.
Et si elle faisait allusion à ce qu'elle avait souffert,
je lui fermais la bouche avec mes baisers et je l'as-
surais qu'elle était maintenant guérie pour toujours.
J'aurais voulu faire constater aux sceptiques que
la mort est vraiment une maladie dont on revient.
Seulement je ne trouvais plus chez ma grand'mère
la riche spontanéité d'autrefois. Ses paroles n'étaient
qu'une réponse affaiblie, docile, presque un simple
écho de mes paroles ; elle n'était plus que le reflet
de ma propre pensée.

Incapable comme je l'étais encore d'éprouver à
nouveau un désir physique, Albertine recommençait
cependant à m'inspirer comme un désir de bonheur.
Certains rêves de tendresse partagée, toujours flot-
tants en nous, s'allient volontiers par une sorte
d'affinité au souvenir (à condition que celui-ci
soit déjà devenu un peu vague) d'une femme avec
qui nous avons eu du plaisir. Ce sentiment me rappelait des aspects du visage d'Albertine, plus doux,
moins gais, assez différents de ceux que m'eût
évoqués le désir physique ; et comme il était aussi
moins pressant que ne l'était ce dernier, j'en eusse
volontiers ajourné la réalisation à l'hiver suivant
sans chercher à revoir Albertine à Balbec, avant
son départ. Mais même au milieu d'un chagrin
encore vif le désir physique renaît. De mon lit où
on me faisait rester longtemps tous les jours à me
reposer, je souhaitais qu'Albertine vînt recommencer
nos jeux d'autrefois. Ne voit-on pas, dans la chambre
même où ils ont perdu un enfant, des époux bientôt
de nouveau entrelacés donner un frère au petit
mort. J'essayais de me distraire de ce désir en allant
jusqu'à la fenêtre regarder la mer de ce jour-là.

SODOME ET GOMORRHE

Comme la première année, les mers, d'un jour à l'autre, elles étaient rarement les mêmes. Mais d'ailleurs elles ne ressemblaient guère à celles de cette première année, soit parce que maintenant c'était le printemps avec ses orages, soit parce que même si j'étais venu à la même date que la première fois, des temps différents, plus changeants, auraient pu déconseiller cette côte à certaines mers indolentes, vaporeuses et fragiles que j'avais vues pendant des jours ardents dormir sur la plage en soulevant imperceptiblement leur sein bleuâtre, d'une molle palpitation, soit surtout parce que mes yeux instruits par Elstir à retenir précisément les éléments que j'écartais volontairement jadis, contemplaient longuement ce que la première année ils ne savaient pas voir. Cette opposition qui alors me frappait tant entre les promenades agrestes que je faisais avec Mme de Villeparisis et ce voisinage fluide inaccessible et mythologique de l'Océan éternel n'existait plus pour moi. Et certains jours la mer me semblait au contraire maintenant presque rurale elle-même. Les jours, assez rares, de vrai beau temps, la chaleur avait tracé sur les eaux, comme à travers champs, une route poussiéreuse et blanche derrière laquelle la fine pointe d'un bateau de pêche dépassait comme un clocher villageois. Un remorqueur dont on ne voyait que la cheminée fumant au loin comme une usine écartée, tandis que seul à l'horizon un carré blanc et bombé, peint sans doute par une voile mais qui semblait compact et comme calcaire, faisait penser à l'angle ensoleillé de quelque bâtiment isolé, hôpital ou école. Et les nuages et le vent, les jours où il s'en ajoutait au soleil, parachevaient sinon l'erreur du jugement, du moins l'illusion du premier regard, la suggestion qu'il éveille dans l'imagination. Car l'alternance d'espaces de couleurs nettement tranchées comme celles qui résultent dans la campagne, de la contiguïté de cultures différentes, les inégalités âpres, jaunes, et comme boueuses de la surface marine, les levées, les talus qui dérobaient à la vue une barque où une équipe d'agiles matelots semblait moissonner, tout cela par les jours orageux faisait de l'océan quelque chose d'aussi varié, d'aussi consistant, d'aussi accidenté, d'aussi populeux, d'aussi civilisé que la terre carrossable sur laquelle j'allais autrefois et ne devais pas tarder à faire des promenades. Et une fois, ne pouvant plus résister à mon désir, au lieu de me recoucher, je m'habillai et partis chercher Albertine à Incarville. Je lui demanderais de m'accompagner jusqu'à Douville où j'irais faire à Féterne une visite à Mme de Cambremer, et à la Raspelière une visite à Mme Verdurin. Albertine m'attendrait pendant ce temps-là sur la plage et nous reviendrions ensemble dans la nuit. J'allai prendre le petit chemin de fer d'intérêt local dont j'avais par Albertine et ses amies appris autrefois tous les surnoms dans la région, où on l'appelait tantôt le *Tortillard* à cause de ses innombrables détours, le *Tacot* parce qu'il n'avançait pas, le *Transatlantique* à cause d'une effroyable sirène qu'il possédait pour que se garassent les passants, le *Decauville* et le *Fun*: bien que ce ne fut nullement un funiculaire mais parce qu'il grimpait sur la falaise, ni même à proprement parler un Decauville mais parce qu'il avait une voie de 60, le *B. A. G.* parce qu'il allait de Balbec à Grallevast en passant par Angerville, le *Tram* et le *T. S. N.* parce qu'il

faisait partie de la ligne des tramways du Sud de
la Normandie. Je m'installai dans un wagon où
j'étais seul ; il faisait un soleil splendide, on étouf-
fait ; je baissai le store bleu qui ne laissa passer
qu'une raie de soleil. Mais aussitôt je vis ma grand'-
mère, telle qu'elle était assise dans le train, à notre
départ de Paris à Balbec, quand, dans la souffrance
de me voir prendre de la bière, elle avait préféré
ne pas regarder, fermer les yeux et faire semblant
de dormir. Moi qui ne pouvais supporter autrefois
la souffrance qu'elle avait quand mon grand-père
prenait du cognac, je lui avais infligé celle non
pas même seulement de me voir prendre sur l'invitation d'un autre, une boisson qu'elle croyait funeste
pour moi, mais je l'avais forcée à me laisser libre
de m'en gorger à ma guise, bien plus, par mes colères,
mes crises d'étouffement, je l'avais forcée à m'y
aider, à me le conseiller, dans une résignation suprême dont j'avais devant ma mémoire l'image
muette, désespérée, aux yeux clos pour ne pas voir.
Un tel souvenir, comme un coup de baguette,
m'avait de nouveau rendu l'âme que j'étais en train
de perdre depuis quelque temps ; qu'est-ce que j'aurais pu faire de Rosemonde quand mes lèvres
tout entières étaient parcourues seulement par le
désir désespéré d'embrasser une morte, qu'aurais-je
pu dire aux Cambremer et aux Verdurin quand
mon cœur battait si fort parce que s'y reformait
à tout moment la douleur que ma grand'mère avait
soufferte. Je ne puis rester dans ce wagon. Dès que
le train s'arrêta à Maineville-la-Teinturière, re-
nonçant à mes projets, je descendis, je rejoignis la
falaise et j'en suivis les chemins sinueux. Maineville avait acquis depuis quelque temps une impor-

tance considérable et une réputation particulière, parce qu'un directeur de nombreux casinos, marchand de bien-être, avait fait construire non loin de là, avec un luxe de mauvais goût capable de rivaliser avec celui d'un palace, un établissement sur lequel nous reviendrons, et qui était à franc parler la première maison publique pour gens chics qu'on eût eu l'idée de construire sur les côtes de France. C'était la seule. Chaque port a bien la sienne, mais bonne seulement pour les marins et pour les amateurs de pittoresque que cela amuse de voir, tout près de l'église immémoriale, la patronne presque aussi vieille, vénérable et moussue, se tenir devant sa porte mal famée, en attendant le retour des bateaux de pêche.

M'écartant de l'éblouissante maison de « plaisir », insolemment dressée là malgré les protestations des familles inutilement adressées au maire je rejoignis la falaise et j'en suivis les chemins sinueux dans la direction de Balbec. J'entendis sans y répondre l'appel des aubépines. Voisines moins cossues des fleurs de pommiers, elles les trouvaient bien lourdes, tout en reconnaissant le teint frais qu'ont les filles, aux pétales rosés, de ces gros fabricants de cidre. Elles savaient que moins richement dotées, on les recherchait cependant davantage et qu'il leur suffisait pour plaire d'une blancheur chiffonnée.

Quand je rentrai, le concierge de l'hôtel me remit une lettre de deuil où faisaient part le marquis et la marquise de Gonneville, le vicomte et la vicomtesse d'Amfreville, le comte et la comtesse de Berneville, le marquis et la marquise de Graincourt, le comte d'Amenoncourt, la comtesse de Maineville, le comte et la comtesse de Franquetot, la com-

tesse de Chaverny née d'Aigleville, et de laquelle
je compris enfin pourquoi elle m'était envoyée
quand je reconnus les noms de la marquise de
Cambremer née du Mesnil la Guichard, du marquis
et de la marquise de Cambremer, et que je vis que la
morte, une cousine des Cambremer, s'appelait Éléo-
nore-Euphrasie-Humbertine de Cambremer, comtesse de Criquetot. Dans toute l'étendue de cette
famille provinciale dont le dénombrement remplis-
sait des lignes fines et serrées, pas un bourgeois,
et d'ailleurs pas un titre connu, mais tout le ban et
l'arrière-ban des nobles de la région qui faisaient
chanter leurs noms — ceux de tous les lieux intéressants du pays — aux joyeuses finales en *ville*,
en *court*, parfois plus sourdes (en *tot*). Habillés des
tuiles de leur château ou du crépi de leur église,
la tête branlant dépassant à peine la voûte ou le
corps-de-logis et seulement pour se coiffer du lan-
ternon normand ou des colombages du toit en poi-
vrière, ils avaient l'air d'avoir sonné le rassemblement
de tous les jolis villages échelonnés ou dispersés
à cinquante lieues à la ronde et de les avoir disposés
en formation serrée, sans une lacune, sans un intrus,
dans le damier compact et rectangulaire de l'aristocratique lettre bordée de noir.

Ma mère était remontée dans sa chambre, médi-
tant cette phrase de Madame de Sévigné : « Je ne
vois aucun de ceux qui veulent me divertir de vous ;
en paroles couvertes c'est qu'ils veulent m'empêcher
de penser à vous et cela m'offense »), parce que le
premier Président lui avait dit qu'elle devrait se
distraire. À moi il chuchota : « C'est la princesse de
Parme ». Ma peur se dissipa en voyant que la femme
que me montrait le magistrat n'avait aucun rap-

port avec Son Altesse Royale. Mais comme elle avait fait retenir une chambre pour passer la nuit en revenant de chez Mme de Luxembourg, la nouvelle eut pour effet sur beaucoup de leur faire prendre toute nouvelle dame arrivée pour la princesse de Parme, — et pour moi, de me faire monter m'enfermer dans mon grenier.

Je n'aurais pas voulu y rester seul. Il était à peine quatre heures. Je demandai à Françoise d'aller chercher Albertine, pour qu'elle vint passer la fin de l'après-midi avec moi.

Je crois que je mentirais en disant que commença déjà la douloureuse et perpétuelle méfiance que devait m'inspirer Albertine, à plus forte raison le caractère particulier, surtout gomorrhéen que devait revêtir cette méfiance. Certes dès ce jour-là — mais ce n'était pas le premier — mon attente fut un peu anxieuse. Françoise une fois partie, re,ta si longtemps que je commençai à désespérer. Je n'avais pas allumé de lampe. Il ne faisait plus guère jour. Le vent faisait claquer le drapeau du casino. Et, plus débile encore dans le silence de la grève sur laquelle la mer montait, et comme une voix qui aurait traduit et accru le vague énervant de cette heure inquiète et fausse, un petit orgue de barbarie arrêté devant l'hôtel jouait des valses viennoises. Enfin Françoise arriva, mais seule. « Je suis été aussi vite que j'ai pu mais elle ne voulait pas venir à cause qu'elle ne se trouvait pas assez coiffée. Si elle n'est pas restée une heure d'horloge à se pommader, elle n'est pas restée cinq minutes. Ça va être une vraie parfumerie ici. Elle vient, elle est restée en arrière pour s'arranger devant la glace. Je croyais la trouver là ». Le temps fut long encore avant qu'Albertine arrivât. Mais la gaieté, la gentillesse qu'elle eut cette fois dissipèrent ma tristesse. Elle m'annonça (contrairement à ce qu'elle avait dit l'autre jour) qu'elle resterait la saison entière et me demanda si nous ne pourrions pas, comme la première année, nous voir tous les jours. Je lui dis qu'en ce moment j'étais trop triste et que je la ferais plutôt chercher de temps en temps au dernier moment, comme à Paris. « Si jamais vous vous sentez de la peine ou que le cœur vous en dise, n'hésitez pas, me dit-elle, faites-moi chercher, je viendrai en vitesse, et si vous ne craignez pas que cela fasse scandale dans l'hôtel, je resterai aussi longtemps que vous voudrez ». Françoise avait, en la ramenant, eu l'air heureuse comme chaque fois qu'elle avait pris une peine pour moi et avait réussi à me faire plaisir. Mais Albertine elle-même n'était pour rien dans cette joie et dès le lendemain Françoise devait me dire ces paroles profondes : « Monsieur ne devrait pas voir cette demoiselle. Je vois bien le genre de caractère qu'elle a, elle vous fera des chagrins ». En reconduisant Albertine je vis par la salle à manger éclairée la princesse de Parme. Je ne fis que la regarder en m'arrangeant à n'être pas vu. Mais j'avoue que je trouvai une certaine grandeur dans la royale politesse qui m'avait fait sourire chez les Guermantes. C'est un principe que les souverains sont partout chez eux, et le protocole le traduit en usages morts et sans valeur comme celui qui veut que le maître de la maison tienne à la main son chapeau, dans sa propre demeure, pour montrer qu'il n'est plus chez lui mais chez le Prince. Or cette idée, la princesse de Parme ne se la formulait peut-être pas, mais elle en était telle-

ment imbue que tous ses actes spontanément
inventés pour les circonstances, le traduisaient.
Quand elle se leva de table elle remit un gros pourboire à Aimé comme s'il avait été là uniquement
pour elle et si elle récompensait en quittant un
château un maître d'hôtel affecté à son service.
Elle ne se contenta d'ailleurs pas du pourboire,
mais avec un gracieux sourire lui adressa quelques
paroles aimables et flatteuses, dont sa mère l'avait
munie. Un peu plus, elle lui aurait dit qu'autant
l'hôtel était bien tenu, autant était florissante la
Normandie, et qu'à tous les pays du monde elle
préférait la France. Une autre pièce glissa des mains
de la princesse, pour le sommelier qu'elle avait fait
appeler et à qui elle tint à exprimer sa satisfaction
comme un général qui vient de passer une revue.
Le lift était à ce moment venu lui donner une
réponse ; il eut aussi un mot, un sourire et un pourboire, tout cela mêlé de paroles encourageantes
et humbles destinées à leur prouver qu'elle n'était
pas plus que l'un d'eux. Comme Aimé, le sommelier,
le lift et les autres crurent qu'il serait impoli de ne
pas sourire jusqu'aux oreilles à une personne qui
leur souriait, elle fut bientôt entourée d'un groupe
de domestiques avec qui elle causa bienveillamment ;
ces façons étant inaccoutumées dans les palaces,
les personnes qui passaient sur la place, ignorant
son nom, crurent qu'ils voyaient une habituée de
Balbec, et qui à cause d'une extraction médiocre,
ou dans un intérêt professionnel (c'était peut-être
la femme d'un placier en champagne) était moins
différente de la domesticité que les clients vraiment chics. Pour moi je pensai au palais de Parme,
aux conseils moitié religieux, moitié politiques

donnés à cette princesse, laquelle agissait avec le peuple comme si elle avait dû se le concilier pour régner un jour. Bien plus, si elle régnait déjà.

Je remontais dans ma chambre, mais je n'y étais pas seul. J'entendais quelqu'un jouer avec moelleux des morceaux de Schumann. Certes il arrive que les gens, même ceux que nous aimons le mieux, se saturent de la tristesse ou de l'agacement qui émane de nous. Il y a pourtant quelque chose qui est capable d'un pouvoir d'exaspérer où n'atteindra jamais une personne : C'est un piano.

Albertine m'avait fait prendre en note les dates où elle devait s'absenter et aller chez des amies pour quelques jours et m'avait fait inscrire aussi leur adresse, pour si j'avais besoin d'elle un de ces soirs-là, car aucune n'habitait bien loin. Cela fit que pour la trouver, de jeune fille en jeune fille, se nouèrent tout naturellement autour d'elle des liens de fleurs. J'ose avouer que beaucoup de ses amies — je ne l'aimais pas encore — me donnèrent sur une plage ou une autre des instants de plaisir. Ces jeunes camarades bienveillantes ne me semblaient pas très nombreuses. Mais dernièrement j'y ai repensé, leurs noms me sont revenus. Je comptai que dans cette seule saison, douze me donnèrent leurs frêles faveurs. Un nom me revint ensuite, ce qui fit treize. J'eus alors comme une cruauté enfantine de rester sur ce nombre. Hélas, je songeais que j'avais oublié la première, Albertine qui n'était plus et qui fit la quatorzième.

J'avais, pour reprendre le fil du récit, inscrit les noms et les adresses des jeunes filles chez qui je la trouverais tel jour où elle ne serait pas à Incarville, mais de ces jours-là j'avais pensé que je pro-

fiterais plutôt pour aller chez Madame Verdurin.
D'ailleurs nos désirs pour différentes femmes n'ont
pas toujours la même force. Tel soir nous ne pouvons nous passer d'une qui, après cela, pendant
un mois ou deux ne nous troublera guère. Et puis
les causes d'alternance, que ce n'est pas le lieu
d'étudier ici, après les grandes fatigues charnelles,
la femme dont l'image hante notre sénilité momen-
tanée est une femme qu'on ne ferait presque que
baiser sur le front. Quant à Albertine, je la
voyais rarement, et seulement les soirs fort espacés
où je ne pouvais me passer d'elle. Si un tel désir
me saisissait, quand elle était trop loin de Balbec
pour que Françoise put aller jusque-là, j'en-
voyais le lift à Egreville, à la Sogne, à Saint-
Frichoux, en lui demandant de terminer son travail un peu plus tôt. Il entrait dans ma chambre
mais en laissait la porte ouverte car bien qu'il fit
avec conscience son « boulot » lequel était fort dur,
consistant dès 5 heures du matin en nombreux
nettoyages, il ne pouvait se résoudre à l'effort de
fermer une porte et si on lui faisait remarquer
qu'elle était ouverte, il revenait en arrière et,
aboutissant à son maximum d'effort, la poussait
légèrement. Avec l'orgueil démocratique qui le
caractérisait et auquel n'atteignent pas dans les
carrières libérales les membres de profession un
peu nombreuses, avocats, médecins, hommes de
lettres appelant seulement un autre avocat, homme
de lettres ou médecin : « Mon confrère », lui, usant
avec raison d'un terme réservé aux corps restreints
comme les académies par exemple, il me disait
en parlant d'un chasseur qui était lift un jour
sur deux : « Je vais voir à me faire remplacer par

SODOME ET GOMORRHE

mon *collègue* ». Cet orgueil ne l'empêchait pas,
dans le but d'améliorer ce qu'il appelait *son traite-
ment*, d'accepter pour ses courses des rémunérations,
qui l'avaient fait prendre en horreur à Françoise :
« Oui, la première fois qu'on le voit on lui donnerait
le bon Dieu sans confession, mais il y a des jours
où il est poli comme une porte de prison. Tout ça
c'est des tire-sous ». Cette catégorie où elle avait
si souvent fait figurer Eulalie et où hélas, pour tous
les malheurs que cela devait un jour amener, elle
rangeait déjà Albertine, parce qu'elle me voyait
souvent demander à maman, pour mon amie peu
fortunée, de menus objets, des colifichets, ce que
Françoise trouvait inexcusable parce que Mme Bontemps n'avait qu'une bonne à tout faire. Bien vite,
le lift, ayant retiré ce que j'eusse appelé sa livrée
et ce qu'il nommait sa tunique, apparaissait en
chapeau de paille, avec une canne, soignant sa
démarche et le corps redressé car sa mère lui avait
recommandé de ne jamais prendre le genre « ouvrier »
ou « chasseur ». De même que grâce aux livres la
science l'est à un ouvrier qui n'est plus ouvrier
quand il a fini sans travail, de même grâce au cano-
tier et à la paire de gants, l'élégance devenait
accessible au lift qui, ayant cessé pour la soirée de
faire monter les clients, se croyait, comme un jeune
chirurgien qui a retiré sa blouse, ou le maréchal des
logis Saint-Loup sans uniforme, devenu un parfait
homme du monde. Il n'était pas d'ailleurs sans
ambition, ni talent non plus pour manipuler sa
cage et ne pas vous arrêter entre deux étages.
Mais son langage était défectueux. Je croyais à son
ambition parce qu'il disait en parlant du concierge,
duquel il dépendait : « Mon concierge », sur le même

225   15

ton qu'un homme possédant à Paris ce que le chasseur eût appelé « un hôtel particulier », eut parlé de son portier. Quant au langage du liftier, il est curieux que quelqu'un qui entendait cinquante fois par jour un client appeler : « Ascenseur », ne dit jamais lui-même qu' « accenseur ». Certaines choses étaient extrêmement agaçantes chez ce liftier : quoi que je lui eusse dit il m'interrompait par une locution « Vous pensez ! » ou « Pensez ! » qui semblait signifier ou bien que ma remarque était d'une telle évidence que tout le monde l'eût trouvée, ou bien reporter sur lui le mérite comme si c'était lui qui attirait mon attention là-dessus. « Vous pensez » ou « Pensez ! » exclamé avec la plus grande énergie revenait toutes les deux minutes dans sa bouche, pour des choses dont il ne se fut jamais avisé, ce qui m'irritait tant que je me mettais aussitôt à dire le contraire pour lui montrer qu'il n'y comprenait rien. Mais à ma seconde assertion, bien qu'elle fut inconciliable avec la première, il ne répondait pas moins : « Vous pensez ! » « Pensez ! », comme si ces mots étaient inévitables. Je lui pardonnais difficilement aussi qu'il employât certains termes de son métier et qui eussent à cause de cela été parfaitement convenables au propre, seulement dans le sens figuré, ce qui leur donnait une intention spirituelle assez bébête, par exemple le verbe pédaler. Jamais il n'en usait quand il avait fait une course à bicyclette. Mais si à pied, il s'était dépêché pour être à l'heure, pour signifier qu'il avait marché vite, il disait : « Vous pensez si on a pédalé ! » Le liftier était plutôt petit, mal bâti et assez laid. Cela n'empêchait pas que chaque fois qu'on lui parlait d'un jeune homme de taille haute, élancée et fine, il disait : « Ah ! oui, je sais, un qui est juste de ma grandeur ». Et un jour que j'attendais une réponse de lui, comme on avait monté l'escalier, au bruit des pas j'avais par impatience ouvert la porte de ma chambre et j'avais vu un chasseur beau comme Endymion, les traits incroyablement parfaits, qui venait pour une dame que je ne connaissais pas. Quand le liftier était rentré, en lui disant avec quelle impatience j'avais attendu sa réponse, je lui avais raconté que j'avais cru qu'il montait mais que c'était un chasseur de l'hôtel de Normandie. « Ah ! oui, je sais lequel, me dit-il, il n'y en a qu'un, un garçon de ma taille. Comme figure aussi il me ressemble tellement qu'on pourrait nous prendre l'un pour l'autre, on dirait tout à fait mon frangin ». Enfin il voulait paraître avoir tout compris dès la première seconde, ce qui faisait que dès qu'on lui recommandait quelque chose il disait : « Oui, oui, oui, oui, oui, je comprends très bien », avec une netteté et un ton intelligent qui me firent quelque temps illusion ; mais les personnes, au fur et à mesure qu'on les connaît, sont comme un métal plongé dans un mélange altérant, et on les voit peu à peu perdre leurs qualités (comme parfois leurs défauts). Avant de lui faire mes recommandations, je vis qu'il avait laissé la porte ouverte ; je le lui fis remarquer, j'avais peur qu'on ne nous entendit ; il condescendit à mon désir et revint ayant diminué l'ouverture. « C'est pour vous faire plaisir. Mais il n'y a plus personne à l'étage que nous deux ». Aussitôt j'entendis passer une, puis deux, puis trois personnes. Cela m'agaçait à cause de l'indiscrétion possible, mais surtout parce que je voyais que cela ne l'étonnait nullement

227

et que c'était un va et vient normal. « Oui, c'est
la femme de chambre d'à côté qui va chercher ses
affaires. Oh ! c'est sans importance, c'est le sonnelier
qui remonte ses clefs. Non, non, ce n'est rien,
vous pouvez parler, c'est mon collègue qui va prendre
son service ». Et comme les raisons que tous les gens
avaient de passer ne diminuait pas mon ennui
qu'ils pussent m'entendre, sur mon ordre formel,
il alla, non pas fermer la porte, ce qui était au-
dessus des forces de ce cycliste qui désirait une
« moto », mais la pousser un peu plus. « Comme ça
nous sommes bien tranquilles ». Nous l'étions tellement qu'une Américaine entra et se retira en s'excu-
sant de s'être trompée de chambre. « Vous allez
me ramener cette jeune fille, lui dis-je, après avoir
fait claquer moi-même la porte de toutes mes forces
(ce qui amena un autre chasseur s'assurer qu'il
n'y avait pas de fenêtre ouverte). Vous vous rappelez bien : Mlle Albertine Simonet. Du reste c'est
sur l'enveloppe. Vous n'avez qu'à lui dire que cela
vient de moi. Elle viendra très volontiers », ajoutai-je
pour l'encourager et ne pas trop m'humilier. — Vous
pensez ! — Mais non, au contraire ce n'est pas du
tout naturel qu'elle vienne volontiers. C'est très
incommode de venir de Berneville ici. — Je comprends ! — Vous lui direz de venir avec vous.
— Oui, oui, oui, oui, je comprends très bien, répon-
dait-il de ce ton précis et fin qui depuis longtemps
avait cessé de me faire « bonne impression » parce
que je savais qu'il était presque mécanique et recou-
vrait sous sa netteté apparente beaucoup de vague
et de bêtise. — A quelle heure serez-vous revenu?
— J'ai pas pour bien longtemps, disait le lift qui,
poussant à l'extrême la règle édictée par Bélise

d'éviter la récidive du pas avec le ne, se contentait toujours d'une seule négative. Je peux très bien y aller. Justement les sorties ont été supprimées ce tantôt parce qu'il y avait un salon de 20 couverts pour le déjeuner. Et c'était mon tour de 'sortir le tantôt. C'est bien juste si je sors un peu ce soir. Je prends n'avec moi mon vélo. Comme cela je ferai vite ». Et une heure après il arrivait en me disant : « Monsieur a bien attendu, mais cette demoiselle vient n'avec moi. Elle est en bas. — Ah ! merci, le concierge ne sera pas fâché contre moi — Monsieur Paul? Il sait seulement pas où je suis été. Même le chef de la porte n'a rien à dire. ». Mais une fois où je lui avais dit : « Il faut absolument que vous la rameniez », il me dit en souriant : « Vous savez que je ne l'ai pas trouvée. Elle n'est pas là. Et j'ai pas pu rester plus longtemps ; j'avais peur d'être comme mon collègue qui a été envoyé de l'hôtel (car le lift qui disait rentrer pour une profession où on entre pour la première fois « je voudrais bien rentrer dans les postes », pour compensation ou pour adoucir la chose s'il s'était agi de lui, ou l'insinuer plus doucereusement et perfidement s'il s'agissait d'un autre, supprimait l'r et disait : « Je sais qu'il a été envoyé »). Ce n'était pas par méchanceté qu'il souriait, mais à cause de sa timidité. Il croyait diminuer l'importance de sa faute en la prenant en plaisanterie. De même s'il m'avait dit : *Vous savez* que je ne l'ai pas trouvée, ce n'est pas qu'il crut qu'en effet je le susse déjà. Au contraire il ne doutait pas que je l'ignorasse et surtout il s'en effrayait. Aussi disait-il « vous le savez » pour s'éviter à lui-même les affres qu'il traverserait en prononçant les phrases destinées à me l'apprendre. On ne devrait jamais se mettre en colère contre ceux qui, pris en faute par nous, se mettent à ricaner. Ils le font non parce qu'ils se moquent, mais tremblent que nous puissions être mécontents. Témoignons une grande pitié, montrons une grande douceur à ceux qui rient. Pareil à une véritable attaque, le trouble du lift avait amené chez lui non seulement une rougeur apoplectique mais une altération du langage devenu soudain familier. Il finit par m'expliquer qu'Albertine n'était pas à Egreville, qu'elle devait revenir seulement à 9 heures et que si des fois, ce qui voulait dire par hasard, elle rentrait plus tôt, on lui ferait la commission, et serait en tous cas chez moi avant une heure du matin

ACHEVÉ D'IMPRIMER
LE 10 AVRIL 1922
PAR F. PAILLART A
ABBEVILLE (SOMME)

www.ingramcontent.com/pod-product-compliance
Lightning Source LLC
Chambersburg PA
CBHW061456030726
47503CB00005B/1727